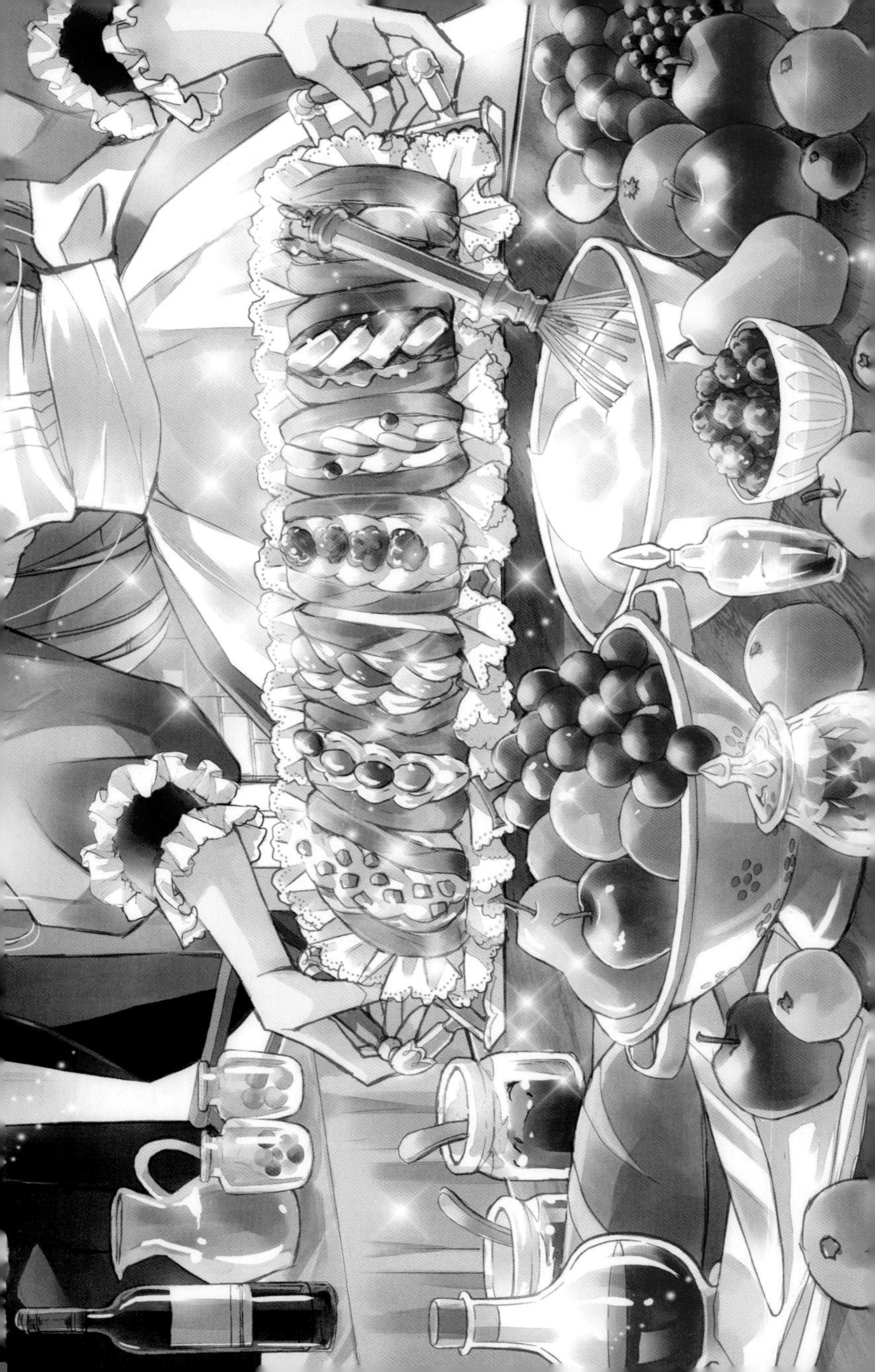

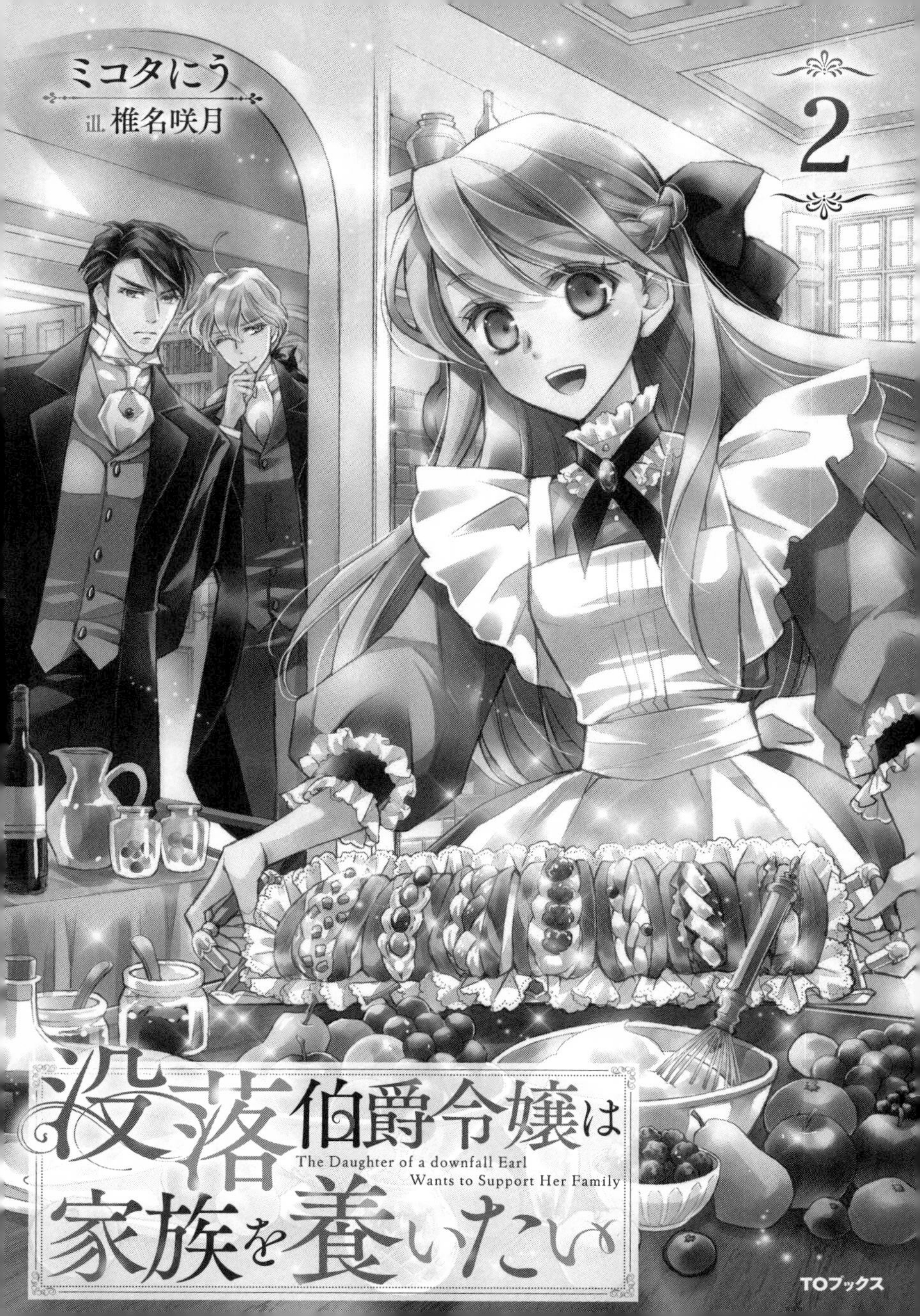
ミコタにう
ill. 椎名咲月
2
没落伯爵令嬢は家族を養いたい
The Daughter of a downfall Earl Wants to Support Her Family
TOブックス

［目次］

The Daughter of
a downfall Earl
Wants to Support
Her Family

Contents

Illustration　椎名咲月
Design　Afterglow

CHARACTERS

クルゼライヒ伯爵家

ゲルトルード

クルゼライヒ伯爵家の長女、
ゲルトルード・オルデベルグ。
21世紀の日本からの転生者。
王都中央学院1年生。

コーデリア

アデルリーナ

ヨーゼフ

エクシュタイン公爵家

エクシュタイン公爵

エクシュタイン公爵家当主
ヴォルフガング・クランヴァルド。

アーティバルト

ツェルニック商会

ロベルト

リヒャルト

サンドイッチ

起きたら昼前だった。

なんだろう、このすっごい疲労感は。昨夜はもうベッドに入ったとたん眠っちゃって、いま目が覚めるまでぐっすり寝てたと思うんだけど……と、ぼんやり思って私は思い出した。

あまりにも怒涛《どとう》すぎた、昨日の出来事を。

いやもう、アレってぜーんぶ昨日一日の出来事だよね？　公爵さまがいきなり我が家にやってきて……いやその前にツェルニック商会が来て意匠登録の話をして、公爵さまから聞かされた衝撃の事実の連続にすべて吹っ飛んじゃったはずなのに、その後さらにとんでもない勘違いクズ野郎が乗り込んできて……。

なんだか昨日の出来事が、すでにあまりに遠すぎる。

目が覚めたとたん、ぐったり疲れ切ってるってどうなのよ？

起きるのもおっくうだったんだけど、私が目を覚ましたことに気がついたナリッサがそっと天蓋のカーテンを開けてくれた。ナリッサがそっとカーテンを開けてくれたのは、同じ部屋でまだアデルリーナが眠っているからだ。

引越しに備えて、使う部屋を最小限まで減らしているため、私たち姉妹はいま同じ部屋で眠っている。それにお母さまも、すぐとなりの寝室を使っている。

だから私もそっとナリッサに訊いた。

「お母さまは？」

「まだお休みになっておられます」

ナリッサの返事に、私は正直にホッとした。

「よかった。疲れていらっしゃるだろうから、ゆっくり休ませてさしあげて」

「はい。シエラにもそのように伝えてあります」

さすがスーパー有能侍女ナリッサである。

「朝食はいかがなさいますか？」

「そうね……厨房へ下りるわ。マルゴと話したいこともあるし」

ごそごそと起き出した私のベッド脇に、ナリッサがさっと洗面器とタオルを用意し、着替えのドレスも出してくれる。

洗面器のお水をナリッサが魔石で温めようとしてくれたけど、私は大丈夫だからと断った。もう日が高くなっているのでお水で顔を洗っても冷たくない。このところ朝晩めっきり冷え込んできてるから、朝早く起きるときは私もお湯をお願いしてるんだけど。

「本日は、ゲンダッツ弁護士とクラウスから面会の要望が届いております」

あー……うん、昨日手紙送ったもんね。そりゃ、二人とも直接訊きたいことが、山のようにあるだろうね……。

怒涛すぎた昨日のことをまた思い出し、私はちょっと遠い目になっちゃう。

なんかもう私自身、いろいろ追いついてないっていうか、考えなきゃいけないことがテンコ盛り状態なんだよねえ。

うーん、とりあえずアデルリーナを起こさないよう、手早く着替えて部屋を出よう。

その通り手早く着替えて部屋を出て、廊下を歩きながら私はナリッサに訊いた。

「ヨーゼフの具合はどうかしら？」

「落ち着いています。今朝は食事も摂ることができました」

「それはよかったわ」

ホッと息を吐いた私に、ナリッサはさらに言ってくれた。

「しばらく痛みと腫れは残るようですが、骨は折れておりませんし二～三日も休めば床を払えるだろうと、お医者さまもおっしゃっていました」

「そうなの？　でもヨーゼフにはあまり無理をしてもらいたくないわね……」

絶対、止めてもヨーゼフは仕事をするって言い張るよね……ホント、あんまり無理してもらいたくないんだけど、手が足りないのも事実だしね……。

厨房へ下りると、すでにマルゴが来ていた。

「おはようございます、ゲルトルードお嬢さま」

「おはようマルゴ。すっかりお寝坊してしまったわ」

「そういう日もございますよ」

マルゴは明るく笑ってくれた。

私は、朝食室を開けるのも面倒なので、昨夜と同じくお行儀悪く厨房で朝食をいただくことにした。マルゴが作り置きしておいてくれたサンドイッチを、ナリッサが冷却箱から取り出してお皿に盛りつけてくれる。

「マルゴ、昨日は本当にありがとう。このサンドイッチも、公爵さまも近侍さんも美味しかったと言ってくださって、それについても本当に助かったわ」

「とんでもないことでございます。お役に立てて何よりでございました」

答えながらマルゴは、ちょうど準備していたらしいパンを示した。私がいま食べようとしているサンドイッチのパンと同じ、直径十五センチくらいの円筒形の大きなパンだ。

「実はですね、今日のおやつにも『さんどいっち』をご用意しようかと思いまして」

マルゴは冷却箱を開け、果物を何種類かとジャム、それに生クリームを取り出してきた。

「こういったジャムやクリームを使い、果物をはさんで『さんどいっち』にしても美味しいのではないかと思ったのでございます」

「すごいわ、マルゴ！」

私は思わず声を上げてしまった。

「わたくしもそれを、マルゴにお願いしようと思っていたの！　ジャムやクリームで果物をはさんでも、絶対美味しいわよね！」

つまり、フルーツサンドである。

マルゴは自分でフルーツサンドを思いついてくれたわけだ。いや、マルゴってばマジですごい！

「さようでございましたか」

マルゴも嬉しそうに笑った。「ゲルトルードお嬢さまは本当に料理のことをよくわかっておいでなのですねえ」

そこで私は、自分の設定というか、なぜ貴族令嬢なのに私が料理をするのかについて、マルゴに説明しておくことにした。

「あのね、マルゴ。ちょっと恥ずかしい話なのだけれど、わたくしは亡くなった前当主にひどく疎まれていて、一時期まったく食事を与えられなかったことがあるの」

マルゴの目が見開く。

まあ、貴族家で直系の子、それも本来なら跡継ぎになる長女に対しそういう虐待があるっていうのは、やっぱり珍しいことだろうからね。

「だからわたくし、厨房へやってきて、自分で食べるものをみつくろうことを覚えたのよ。サンドイッチもそうやって作ったの。パンでチーズやお野菜などを、こうやってはさんで食べると手軽だし美味しいでしょ」

私は、できるだけ暗さというか悲愴感がないように話した。

「ほかにも、思いつきで作ったお料理が何点かあるの。それも、お母さまやアデルリーナにも好評なのよ。でも、料理が専門のマルゴなら、もっと美味しく作れるのではないかと思うの。だから、貴女の時間があるときでいいから、ときどき相談に乗ってもらえないかしら？」

ええもう、この世界のお料理事情がテンプレだっていうのなら、私の前世の記憶を使いまくって美味しい料理を作ろうじゃないの。そしたら、それが収入につながってくれちゃう可能性が高いからね！

そのためには、平民の食事も貴族の食事も心得ているマルゴに協力してもらうのが、いちばんいいに決まってるもの。

私の言葉に、マルゴは力強くうなずいてくれた。

「もちろんでございます、ゲルトルードお嬢さま。いつでもお嬢さまのご都合のよろしいときに、お声をかけてくださいませ」

そう言ってからマルゴは、私をまっすぐ見つめてまたおもむろに口を開いた。

「ゲルトルードお嬢さま、僭越《せんえつ》ではございますが、あたしもお願いがございますです」

「あら、何かしら？」

「この『さんどいっち』を、あたしの息子たちの店で、売らせていただくことはできませんでしょうか？　もちろん、レシピは購入させていただきますです」

「マルゴの息子たちのお店？」

目を見開いた私に、マルゴがうなずく。

「はい、あたしの息子たちはパン屋を営んでおります。このパンも」

マルゴは準備していたパンを示す。「いまゲルトルードお嬢さまが召し上がってくださっているその『さんどいっち』のパンも、息子たちの店で焼いたものでございます」

「そうだったの！」

なんとなんと、マルゴの息子さんたち、商売をしてるとは聞いてたけどパン屋さんだったのね。

私はいま自分が食べていたサンドイッチをまじまじと見ちゃう。だってこのパン、とっても美味しいよね。しかもすごくサンドイッチ向きだよね？

サンドイッチに使うパンは、やわらかすぎてもかたすぎてもダメ。耳の部分が分厚過ぎてもダメだし。確かに日本の四角い食パンとは違い、丸くて耳付きのパンではあるんだけど、ホントにこのパンはちょうどいい。片手でつかめるサイズ感もぴったりだし。

いま私が食べてるサンドイッチは一晩冷却箱に入れてあったから、さすがにちょっとパサついているけど、この程度なら十分合格点だわ。

「親のひいき目もあると思うのですが、息子たちのパン焼きの腕は悪くないと思っておりますです」

マルゴが続ける。「先日、カールからこの『さんどいっち』を教えてもらいましたおりに、それなら息子たちに『さんどいっち』用のパンを焼いてもらおうと思い立ちまして。それで息子たちにはただ、とにかく薄く何枚にも切り分けられる大きなパンを焼いてくれと頼んだのでございます。これも親のひいき目かもしれませんが、なかなかよい出来になったと思っております」

うわ、サンドイッチ用に焼いたパンだったんだ！

それはすごい。だって、カールからサンドイッチについて説明を聞いただけで、こんなにちゃんとサンドイッチにぴったりなパンを用意できただなんて。

そこでマルゴは深々と頭を下げた。

「どうかゲルトルードお嬢さま、この『さんどいっち』を、息子たちのパンで作って売らせることの、ご許可をいただけませんでしょうか」

「ええ、いいわよ。貴女の息子たちのお店で売ってもらっても」

あっさりとうなずいた私に、むしろびっくりしたようにマルゴは顔を上げた。

「よ、よろしいのでございますか?」

「ええ」

私は笑顔でもう一度うなずく。「このパン、とってもサンドイッチ向きだと思うわ。具材をはさんでもとっても食べやすいパンだもの。マルゴの息子たち、本当に腕のいいパン職人さんなのね」

「ありがとうございます!」

マルゴは深々と頭を下げ、それから少し緊張した顔で問いかけてきた。

「では、レシピのお代金なのでございますが……いかほどお支払いすればよろしゅうございますか?」

「あら、別にいいわよ、レシピの代金なんて。だってマルゴはもう作り方はわかっているし、そもそも薄く切ったパンに具材をはさむだけなのだから、作り方は誰でも一目でわかるでしょう?」

私がそう言うと、マルゴは目を見開いた。

「よ、よろしいのでございますか? その、レシピを無料で……」

「ええ、マルゴにはこれからも美味しいお料理を、わたくしたちにたくさん作ってもらわないといけないのだし」

「ありがとうございます！　ゲルトルードお嬢さま、本当にありがとうございます！」

なんだかもう大げさなまでに感激しているマルゴを横目に、ナリッサが私にささやいた。

「本当によろしいのですか？」

私はナリッサが何を言いたいのか、わかっていた。

「ええ。サンドイッチは、意匠登録はまずできないと思うから」

ナリッサの眉がわずかに上がった。

くすっと笑って、私はさらに言う。

「だって、確かに具材の選び方など多少のコツはあるけれど、パンにはさむだけだもの、子どもにだってすぐ真似できちゃうわ。誰かがパンに何か具材をはさんで食べるたびに、意匠使用のための料金を支払ってもらうだなんて、どう考えても無理でしょう？」

ええ、ええ、私も意匠登録については考えたのよ、そりゃもうとっくにね。

とりあえずプリンに関しては、見ただけでは作り方がわからないと思うので、レシピを登録することは可能かなとは思ったの。でも、サンドイッチは無理でしょう。一目で作り方がわかっちゃうし、何か特別な食材や調味料を使っているわけでもないんだもの。

なんだか微妙な顔をしてるナリッサに、私は言った。

「わたくしとしてはむしろ、こんな簡単なお料理をいままで誰も考えつかなかったのかって、そちらのほうが不思議なのよね」

「いやもう、ゲルトルードお嬢さまのおっしゃる通りでございます」

答えてくれたのはマルゴだった。「あたしたち平民は、パンにバターやジャムを塗るくらいはいたしますが、切り分けて食べるような大きなパンを口にすることが、そもそも少ないのでございます。それに……」

マルゴはそこでちょっと口ごもった。

けれど、彼女はスパッと言ってくれた。

「お貴族さまの間では昔から、大きなパンが裕福さの象徴だとされてきましたので、パンを薄く切るということは、まずなさらないのでございます」

あら、まあ。

パンを薄く切っちゃうのは貧乏くさいと思われてるってことね。だから、誰も敢えて薄く切ったパンを料理に使うなんて考えなかったのか……。

そう思って、私は素朴な疑問を覚えた。

「でも、公爵さまもこのサンドイッチは美味しいとおっしゃって、すべて召し上がってくださったわ。特に忌避感はなかったように思ったのだけれど……」

「それはもう、こんなに見た目も豪華なお料理になっておりますから」

マルゴは両手を広げて熱心に言ってくれる。「もちろん見た目だけでなく、こんなにいろいろな具材をはさんで食べ応えのあるお料理になっているのですから、薄く切ったパンを使っていても、それを貧しいなどとお考えになることはございませんですよ。ええ、この『さんどいっち』はまったく新しいお料理でございます」

そういうことだったんだ。

ああでも、公爵さまが平気で食べてくれちゃったってことは、ほかの貴族の人たちも食べてくれるよね？　それに平民の人たちなら、もっと忌避感は薄いだろうし……。

そういうことなら、やり方によってはサンドイッチのレシピも売れるかも？　もしかして、キタコレー？

なのであればちょっとこう、つじつま合わせはしといたほうがいいのかも。

「そうだったのね」

私はちょっと感心したように言ってみた。「わたくし、たまたま厨房に残っていたパンの切れ端をそのまま使って、同じように残っていたハムやチーズなどをはさんで食べてみたら美味しかったのだけど……確かにふつうはそういうことって、しないものかもしれないわね」

と、いうことにしておけば、私がサンドイッチっていう料理を思いついたいきさつとして、かなり信ぴょう性のある話になるなー、と……。

ってナニ、ナリッサもマルゴもなんでそんな、哀愁漂う目で私を見るの！

そりゃ私だって、夜中に厨房で残りものを漁ってたなんて、貴族令嬢にあるまじき行為だってわかってるけど！

でも、設定として大事なんだってば、そういう信ぴょう性がね！

だってだって、なんで私にこの世界にはない知識がいろいろあるのか、突っ込まれたらマズイでしょうが！

と、私が心の叫びを呑み込んで、ちょっとばかり引きつった笑みを浮かべちゃってると、ナリッサがついっと視線を外し、軽く咳ばらいをして言い出した。

「では、この『さんどいっち』をマルゴさんの息子さんのお店で売るのだとして、どうやって売りましょう?」

「どうやって、ってのは?」

マルゴが眉を上げて訊き返す。

ナリッサは私が食べているサンドイッチの盛られた皿を示した。

「ふつうのパンと違って『さんどいっち』は崩れやすいです。お皿に盛るぶんには構いませんが、お店で買った『さんどいっち』をそのままかごに入れて持ち帰るのは、難しくはないですか?」

アッとばかりにマルゴが固まった。

そうだよね、平民の人たちがお店でパンを買ったときはたいてい、持参したかごに入れて持って帰る。先日、荷物運びからの帰りにナリッサがスコーンを買ってきてくれたとき使った、あのかごだ。日本のレジかごよりちょっと小さめで、持ち手がついてることが多い。

でも、持って帰るのが難しくても、その場で食べるのならいいんじゃないかな?

「マルゴ、持ち帰らずに息子たちのお店で食べてもらうことはできないの?」

「無理です」

私の問いかけにマルゴは首を振った。「息子たちの店はほんの小さなもので、パンを並べて売るだけの大きさしかございません」

うーん、イートインもできないか。

「お肉やお魚を買うときのように、リールの皮で包むという方法もありますが……」

ナリッサの提案に、マルゴも考え込んでいる。

「それが無難ですかねえ……」

答えたマルゴが、戸棚からリールの皮を取り出してきた。

そしてナリッサと二人、テーブルの上に皮を広げ、こう包んではどうか、いやこのほうが包みやすいのではないか、と試行錯誤を始めた。

リールの皮っていうのは、まんま竹の皮なんだよね。私は初めて見たとき、びっくりしたと同時に感動しちゃったくらい。いやもう、もち米があるなら肉ちまき作るのに、って。

リールという植物の皮を剥いで乾燥させたこげ茶色のそれは、竹の皮と同じようにざらざらした面とつるつるした面があり、つるつる面は水分をはじいてくれる。安価で手に入るため、便利な食材梱包材として使われているんだ。

ただ、リールという植物は幹の直径がせいぜい五センチほどだとかで、剥がした皮も最大幅が十五センチくらいにしかならない。大きなものを包むときは、水糊で貼り合わせるんだけど、片面がつるつるしてるから仮留め程度にしかならないの。まあ、使い捨て前提だから、それでも別に構わなくてみんな使ってるんだけどね。

リールの皮のつるつる面は水分をはじいてくれるといっても、そこはやっぱりビニールコーティングとは違う天然素材、完全に水に浸けてしまうともろくなって破れちゃう。お肉とかお魚とか包んだ後、水洗いできないから使い捨て前提なのよ。

「蜜蝋布《みつろうぬの》なら水洗いもできて繰り返し使えるし、大きさも好きなように作れるんだけどねえ……」

私のつぶやきに、ナリッサとマルゴの問いかける声がきれいに重なった。

「蜜蝋布とは何でございますでしょう？」

「蜜蝋布とはなんでございますか？」

「え、知らない？　蜜蝋布」

もしかして、この世界では使われてないの、蜜蝋ラップって。蜜蝋自体はふつうに食用油として使われてて、我が家の厨房にもあるのに？

いや、でも、確かに我が家の厨房には蜜蝋はあっても蜜蝋布は一枚もなかったような……だから私、自分で作ったんだよね。蜜蝋布で包んでおけば、パンがパサパサにならずに済むんだもん。

「ええと、蜜蝋布というのは、布に蜜蝋をしみ込ませて乾かしたものよ」

私は説明を始めた。「しみこませた蜜蝋は手で温めるとやわらかくなるの。だから手で温めながら形を整え、手を離せばその形のまま固まるので、カップやお皿のふたにもなるし、ごく簡単な容器にもなるの。手で温めればまた一枚の布に戻るし、汚れても水洗いすればきれいになるので、何回も使えるのよ。それに、蜜蝋が水分を閉じ込めてくれるから、パンを包んでおくとパサパサになりにくいし、お野菜もしなびたりしにくくなるの」

「そんな便利なものが、布に蜜蝋をしみ込ませるだけで作れるものなのでございますか？」

マルゴの目が丸くなってる。

私はうなずいた。

「ええ。わたくし、夜中に厨房で作ったサンドイッチを翌日の朝に食べたかったので、自分で作った蜜蝋布で包んで部屋に持っていっていたの。いまはもう手元に一枚も残っていないのだけど……作ってみましょうか？」

「ぜひ、ぜひお願いいたしますです！」

な、なんかマルゴがすっごい前のめりなんですけど。

もしかして、この食いつき……これってサンドイッチだけじゃなく、蜜蝋布もまたキタコレー！なんだろうか？


と、いうわけで、蜜蝋ラップを作るための布を、シエラに頼んで持ってきてもらった。

布を持ってきてくれたシエラによると、お母さまもアデルリーナも起きてきたとのことで、じゃあもうお昼近くになっちゃってるし、このまま厨房で二人にも食事をとってもらおうということになった。

厨房のテーブルに着いたお母さまの顔色が、ずいぶんよくなっている。

それにアデルリーナも、なんだか嬉しそうに座っている。やっぱり、みんなで一緒にこうしておしゃべりをしながら食事をするのは楽しいんだろうね。

「この『さんどいっち』、とっても美味しいわ」

お母さまが上品にサンドイッチをつまんでいる。

「とっても美味しいです」

アデルリーナもにこにこで、本当に、本当に私の妹はどうしてこんなにかわいくてかわいくてかわいい（以下略）。

私はマルゴがカットしていたパンを示して説明した。

「このサンドイッチのパンは、マルゴの息子たちが焼いてくれたそうです」

「まあ、そうなの？」

「さようにございます。あたしの息子たちはパン屋を営んでおりまして」

お母さまにマルゴが答えてる。

私も続けて言い添えた。

「それで、マルゴの息子たちのお店で、サンドイッチを売ってもらおうと思っているのです」

「それはすてきね」

お母さまはにっこりと笑った。「この『さんどいっち』は本当に美味しくて、しかも手軽に食べられるのですもの、町の人たちもきっと喜んで食べてくれると思うわ」

「ありがとうございます、奥さま」

感激したようにマルゴが頭を下げる。

そこでまた、私が説明しちゃう。

「でも、問題があるのです。サンドイッチは崩れやすいので、ふつうのパンのようにかごに入れて持ち帰ってもらうのが難しいのです」

お母さまの眉が上がった。

「あら、確かに言われてみるとその通りだわ。お皿や容れものを持って、買いに来てもらうしかないのかしら?」

私はうふふふと笑って、シエラに持ってきてもらった端切れをお母さまに見せた。

「だからこの布で、容れものの代わりになるものを作ることにいたしました」

私の言葉にお母さまは不思議そうな顔で、私とマルゴを見比べた。

「ええと、レティキュール(手提げ袋)のような袋を作るのではないのよね?」

「あたしもよくわからないのですが」

マルゴもちょっと不思議そうな顔だ。「なんでも、布に蜜蝋をしみ込ませるのだと、ゲルトルードお嬢さまはおっしゃっておられますです」

「蜜蝋を?」

お母さまも、それにアデルリーナもなんだかきょとんとしちゃってる。

「では、いまからそれを作ってみますね」

私はなんだかすっかり楽しくなっちゃってた。だって、厨房にみんなで集まってこんなに気楽にごはんを食べて、しかもこれからハンドメイドな講座なんてしちゃうのよ?

だからちょっとおおげさに、くるっと回って手を打ってみせる。

「でもその前に! ちょっと違ったサンドイッチを作ってみようと思います!」

「はい、果物とクリームを使った、おやつの『さんどいっち』でございますね」

マルゴがさっと答えてくれたんだけど、私はにんまりと笑って言った。

「それもだけど、もうひとつ別に考えているものがあるの」

「もうひとつ別に、でございますか？」

驚くマルゴに私は問いかけた。

「マルゴの息子たちのお店って、お願いすればすぐパンを焼いてもらえるのかしら？」

「そりゃあ、ゲルトルードお嬢さまのお願いを断るなんざ、できるわけがございません」

マルゴが大真面目にうなずいてくれたので、私はお願いすることにした。

「あのね、こういう、ちょっと細長くて、真ん中に切れ目を入れられるようなパンが欲しいの」

私が手でジェスチャーをしながらパンの形を伝えると、マルゴはまた不思議そうな顔をした。

「細長くて、真ん中に切れ目、でございますか？」

「そうよ。それでね、真ん中の切れ目のところに、ソーセージを一本、丸ごとはさんじゃおうって思ってるの」

「へぇー！　そりゃあまた！」

マルゴはすぐに想像できたようだった。さすが料理人。

「そりゃあ、おもしろうございますね。ソーセージを丸ごと一本でございますか」

「ええ、それでパンにはこのサンドイッチに使ったトマトソースを塗って」

私は朝ごはん用にマルゴが作ってくれていたサンドイッチを示す。ケチャップがないから、代わりにトマトソースを使おう。

「はさんだソーセージの上に粒辛子をちょっと塗ると美味しいと思うの」

「よございます、ぜひやってみましょう！」

マルゴによると、息子さんたちのお店はいまちょうど夕食用のパン種を仕込んでいる時間帯になるので、おそらくすぐに必要なパンを焼いてくれるだろうとのことだった。

そこで、お店の場所をマルゴに説明してもらい、カールとハンスにお使いに行ってもらうことにした。パンとソーセージをたくさん持って帰ってくる必要があるからね、二人で行ってきてってことになったのよ。

その段になって、ナリッサがおもむろに口を開いた。

「ゲルトルードお嬢さま、僭越ではございますが、カールとハンスには、面会を希望しているゲンダッツ弁護士とクラウスへの返事を持たせていただければと思うのですが」

「あっ、そうね、それがあったわね！」

私は慌ててお母さまに向き直る。「お母さま、ゲンダッツさんとクラウスから面会依頼が来ているそうです。いかがいたしましょう？」

「そうねえ……明日か明後日でどうかしら？」

お母さまは、もう今日はお客さまを迎える気はないらしい。

もちろん私もだ。

とりあえず今日一日くらいは、のんびりゆったり穏やかに楽しく過ごしたい。引越し作業も今日は一時中断だ。

ホンット、昨日は一日中怒涛だったからねえ。

だから私もうなずいた。

「そうですね、では明日ということにしましょう。ゲンダッツさんもクラウスも、一緒に来てもらって大丈夫でしょうか？」

お母さまはクスっと、微妙に苦笑のような表情を浮かべた。

「ええ、おそらく二人とも訊きたいことはほぼ同じでしょうからね。同じお時間を指定しておきましょう」

今回は面会の承諾だけなので手紙は必要なく、カールとハンスに口頭で伝えてもらえばいい。

カールとハンスは、まずマルゴの息子たちのパン屋さんでパンを注文し、パンを焼いている間にゲンダッツさんの事務所と商業ギルドを回り、それから市場でソーセージを買ってパン屋に戻り、パンを受け取って帰ってくる、という結構なお使いになってしまった。

それでも、新しい料理を試食させてもらえる、それもパン一個につきソーセージがまるまる一本ついてくると聞いて、二人はすごく嬉しそうに出かけて行った。

厨房での楽しい時間

さて、蜜蝋布作りである。

まずは天火《オーブン》の予熱を開始して、と。

「天火をお使いになるのでございますか？」

マルゴがびっくりしてる。まあ、そうだよね。油脂をしみ込ませた布を天火に入れるなんて、ちょっと考えにくいもんね。

「ええ。低温でほんの少し、そうね、十か二十ほど数える間だけ、天火に入れて熱するの。そうすると布にまんべんなく蜜蝋がしみ込むのよ」

「さようでございますか」

なんだか納得したのかしてないのか、みたいな顔をマルゴはしてる。

そのマルゴに、戸棚から蜜蝋を出してもらった。

「あと、油も少し入れたいのだけど……」

私はそう言いながら、油瓶が並んだ棚を見上げる。以前、自分で蜜蝋布を作ったときは、手近にあった食用油を適当に使ったんだけど、わりと上手くいった。まあ、油は足さなくても大丈夫なんだけどね。

「マルゴ、乾きにくい油ってある？」

「乾きにくい油、でございますか？」

問われている意味がわからないのか、マルゴは首をかしげている。

「ええとね、こぼしたままにしておいたら、固まらずにずっとベタベタしているような油ということよ」

「それでしたら……」

マルゴが戸棚からひとつ瓶を取り出した。

「このセイカロ油がよろしいかと思います」

セイカロ？　私の知らない素材キター！　かな？

瓶の中を見せてもらうと、なんだかオリーブ油みたいな淡い緑色をしているんだけど、香りはほとんどしない。瓶を揺すってみた感じでは、さらっとした油のようだ。

マルゴによると、木の実から採れる油なんだって。オリーブ油の代替品認定でよさそう。

あと、樹脂っていうか松脂《まつやに》の代わりになるようなものがあれば完璧なんだけど……こっちの世界に松ってあるのかしらね？　まあ、松脂もあれば貼りつき具合がよくなるけど、なくても大丈夫だからいいか。

早速小鍋を取り出し、マルゴに頼んで蜜蝋を削って入れてもらう。さすがマルゴ、高速でゴリゴリ削りまくってくれちゃった。

今回は、かごの底に敷いてパンを包めるくらいの大きさがある正方形の布一枚と、カップや小皿のふたにできそうなサイズの丸い布が二枚。使う蜜蝋と加える油の量はまるっきり私の目分量なんだけど、余ったら余ったで別の端切れを追加してもいいし。

蜜蝋と油を入れた小鍋を焜炉《こんろ》にかけ、マルゴがゆっくり溶かしてくれている間に、私は布を天火用の天パンに広げていく。いや、クッキングシートかアルミホイルを敷きたいところだけど、そんなのないんだから仕方ない。天パンに直置きだ。後で天パンを湯洗いせねば。

我が家の天火はとっても大きいから天パンも大きくて、かなり大きいサイズのも含め三枚まとめて布を並べてしまえるのは利点だけど、後始末が大変なんだよねー。

などと思いながら布を並べた天パンをテーブルに置くと、マルゴが蜜蝋と油を温めて溶かした小鍋を持ってきてくれる。

私は小鍋を受け取り、傾けながらスプーンで中身をすくって布の上にぽたぽたと散らし始めた。

テーブルの向こう側では、熱い油を扱うから離れていてと言っておいたアデルリーナ、それにお母さまも一緒に並んで、身を乗り出すようにして私の手元を見てる。

なんかもう、妹だけじゃなくお母さままでめっちゃかわいいんですけど！

あああ、アデルリーナもお母さまも、あんなに目を見開いて真剣になって、それでいてどこか不思議そうな顔で……もうなんなの、この眼福！　やっぱ私の家族は最高で最高の最高にかわいくてかわいくてかわいくてかわいくてかわいく（以下略）。

ちなみにマルゴと、それに布を扱うとなるとやっぱりどこか目の色が変わってくる元お針子シエラは、ほぼかぶりつきで私の手元を見てる。

いや、溶かしたワックス垂らしてるだけなんで！　しかも目分量の超適当なんで！

でも蜜蝋を削ってお鍋で溶かしているから、日本でよく売ってた蜜蝋チップを使うより仕上がりがムラになりにくいし、加熱時間も圧倒的に短くて済むし、ホントに目分量の超適当でも結構きれいに作れちゃうのよね。

「はい、じゃあこの天パンを天火に入れます」

私がそう言うと、マルゴが天火に入れるための取っ手を使って天パンを持ち上げ、シエラが天火の扉を開けてくれた。

こっちの天火、つまりオーブンは、ほぼ石窯って感じの造りなんだけど、加熱は火じゃなくて魔石を使ってる。黒っぽい魔石が熱を発すると赤くなり、さらに温度が上がると黄色へと変わっていくので、その色味で温度を推測するしかない。

シエラが扉を開けてくれた天火を覗き込むと、低温になるよう加熱の魔石に魔力を通しておいたので、庫内の色はかなり赤っぽい。いや赤みが強すぎるかな。天火自体が大きいから、扉を閉めておいても予熱に時間がかかるんだよね。これだと、二十秒くらいは加熱したほうがいいかも。

「マルゴ、天パンを入れてくれる？　扉は閉めずにようすを見ながら加熱するので、私が言ったらすぐ天パンを取り出してほしいの」

「承知いたしました」

天パンを庫内に入れてもらい、私は一、二、三……と数える。

二十まで数えたところでマルゴに言った。

「マルゴ、天パンを取り出して」

すぐにマルゴが取っ手を差し入れ、天パンを引っ張り出してくれた。

うん、焦げてない！　ちゃんと布全体にワックスがしみてるし、バッチリだ！

私はフォークを手に取り、天パンに並んでいる布の端っこに差し込む。そして布の裏側に空気を入れるように持ち上げた。

「後の二つもこうやってフォークで持ち上げてくれる？」

私が言うとマルゴとシエラがすぐに動いて、フォークを使って布を持ち上げてくれた。天パンに置いたままだと、布の裏にワックスがたまって白くなっちゃうんだよね。

私は指先でちょんちょんと布を触り、そろそろ大丈夫かなと布の端っこをつまんで天パンから取り出す。

「熱いけれど、気をつけてこうやって持ち上げて、こうやってパタパタと振って」

そう言いながら、私が取り出した四角い布を何度か振ると、すぐに布がごわっとした感じに固まっていく。

マルゴとシエラも慌てて布をつまみ上げ、そしてパタパタと振ってくれる。

「はい、完成！　あとはもうこれを完全に乾かすだけよ。乾いたら使ってみましょうね」

私は笑顔で言った。

そんでもって次は、おやつのフルーツサンド作りに取り組むのである。

フルーツサンドだよ、ひゃっほーい！

マルゴは、厨房隅のタオルハンガーの上に広げてある蜜蝋布が気になるようすだったけど、私は構わずせかしてしまう。

「マルゴ、今日はどんな果物が用意してあるのかしら？」

「あ、ああ、はい、そうでございますね」

テーブルの隅に寄せてあったかごを、マルゴは慌てて私の前に持ってきてくれた。

かごの中にはいろんな果物が入っている。

「杏《あんず》と林檎、それに葡萄柚《ぶどうゆず》が二種類、葡萄も二種類ございますね。それから藍苺《あいいちご》と木苺もございます」

葡萄柚？

って、もしかしてグレープフルーツ？

マルゴが差し出してくれたその黄色くて丸い果物は、どう見てもグレープフルーツだ。

「葡萄柚は、黄と紅《べに》がございますです」

そう言って、マルゴはその葡萄柚をカットしてみせてくれた。

おお、間違いなくグレープフルーツ。しかもルビー！　そんでもって、ルビーじゃないほうは、私が知ってるグレープフルーツの色より少し黄色みが強い。

いいわいいわ、これはいいわ。この二種類を白いホイップクリームではさむと黄色と紅色でめっちゃ映えると思う。

葡萄も、巨峰みたいな濃い紫色と、マスカットみたいな鮮やかな黄緑色という、二種類が用意されてる。しかも、紫色のほうは巨峰と違って皮を剥いた中身も芯まではっきり紫色をしてる。黄緑色のほうはそのまんま中身も黄緑色だ。

それに藍苺ってどう見てもブルーベリーで、木苺はラズベリーだ。ただし、私が知ってるものよりちょっとサイズが大きい。どっちも直径が三センチくらいある。これならまるごとホイップクリームではさんでＯＫだわ。

私はマルゴに、生クリームを固めにホイップしてくれるよう頼む。もちろん、はちみつを入れながら、ね。

マルゴが大量にホイップクリームを作ってくれている間に、私たちは果物の皮剥きだ。シエラもナリッサも、お母さまもアデルリーナもみんな並んで座り、グレープフルーツの皮を剥いてはお皿に並べていく。

でも幼いアデルリーナにはやっぱり難しいようで、グレープフルーツの薄皮がきれいに剥けなくて身がいくつにも割れてしまい、泣きそうな顔をしてる。

「リーナ、大丈夫よ。パンにはさむとき、隅にまでいっぱい詰めるには、小さく割る必要があるのだから」

「そうなのですか？」

私の言葉に、アデルリーナがパッと顔を輝かせる。

ううううう、泣きそうなへにょり顔のアデルリーナもめちゃくちゃかわいいんだけど、やっぱこういう明るい顔がいちばんかわいい！　もうどうして私の妹はこんなにもかわいくてかわいくてかわいい（以下略）。

すっかりデレデレの私は、思いっきり妹を甘やかしたくなっちゃう。

「でもせっかくだから、ちょっとお味見してみましょうか？」

そう言って、アデルリーナが剥いて割れちゃったグレープフルーツを、私はひとつつまんで自分の口に入れちゃった。うん、甘酸っぱくて美味しい！

アデルリーナは目を見張り、でも嬉しそうに笑って内緒話をするように小さな声で私に問いかけてきた。

「ルーディお姉さま、わたくしもひとつお味見してもいいですか？」

「もちろんよ！」

ああああああもうもうもう！　ナニこのかわいくてかわいいかわいい生き物は！

なのにこのかわいいかわいいかわいい私の妹は、さらにかわいいことを言ってくれちゃう。

「では、お母さまもごいっしょにお味見を……」

その言葉に、私もお母さまを見たのだけれど……お母さまの口が、すでにもぐもぐと動いてる。

しかも、口元を押さえてる手の、指先に赤い色が染みついてたりなんかしてる。

「あらやだ、見つかっちゃったわ」

なんかもう、てへぺろな顔してるお母さま、どうしよう、めちゃくちゃかわいい！

「わたくし、マールロウ領地に居たころは、よく森へ出かけていって木苺を採って食べていたの。木から採ってそのまま食べるのって、とっても美味しいのよ」

本当になんだかもういたずらっ子のようにお母さまが笑ってる。

「コケモモや茱萸《ぐみ》も森の中にはあったから、わたくしぜんぶ順番に食べて回って……衣装の袖口をしみだらけにして帰宅して、侍女頭によく諌められていたわ」

そしてお母さまはまたかごから木苺をひとつつまみ出し、しみじみと言った。

「こんなに美味しい木苺を食べたのは、本当に久しぶりよ」

そう言えば、おじいちゃんのほうのゲンダッツさんも言ってたよね、お母さまが村の娘さんたち

に交じって荷馬車競走に出てたって。

お母さまの娘時代って、なんか結構アクティブでワイルドだよね……。

それを思い、私はふいに泣きそうになってしまった。

だって……このちょっとお茶目でかわいらしくて、そしてちょっとお転婆さんなのが、間違いなくお母さまの本来の性格なんだ。

それなのに、ずっと暴力で支配され籠の鳥にされ、自分の意見を言うことも友だちと会うことも許されず、ずっとずっと抑圧されたまま、ただの飾りとしてこのタウンハウスに閉じ込められてきて……すべての感情を消してしまわなければ自分を保てないような状況で……。

はっきり言うわ。あのゲス野郎が死んでくれて、本当によかった!

マルゴが明るい声で言う。

「まあ、奥さま。それはようございました。今日もカールが、市場でとびきり新鮮なものを選んで買ってきてくれましたからねえ」

そしてさらに、にんまり笑ってマルゴは言った。

「それでも、お味見はほどほどになさいませんと。先ほどお食事を召し上がったばかりでございますし、おやつの『さんどいっち』がお腹に入らなくなってしまっては大変でございますよ」

「あら、大丈夫よ」

澄ました顔でお母さまが答える。「わたくしのお腹の中では、お食事が入るところと、おやつが入るところは、別々になっていますからね」

要するに、おやつは別腹ってことね。

みんなが笑いをこらえている中、アデルリーナが大真面目な顔で言い出した。

「お母さまのお腹の中には、お食事とおやつの仕切りがあるのですか?」

爆笑である。

私もだけどお母さまもマルゴもシエラも、いつも澄ました顔のナリッサまでも、みんなそろって噴き出してしまい、肩をひくひくさせちゃった。

その中で一人きょとんとしてるアデルリーナがもうホンットにどうしようもなくかわいくてかわいくてかわい(以下略)。

だけどその笑いは一瞬にして引っ込んでしまった。

だって、ハンスがいきなり駆け込んできたから。

勝手口から、文字通り転がり込むような勢いで。

「あっ、あのっ、あの、こ、こ、こ!」

慌てふためくハンスのようすに、私たちは全員ぎょっとばかりに腰を浮かせてしまった。


緊急事態がやってきた!

「どうしたのハンス!」

私が慌てて駆け寄ると、ハンスはよろけながら必死に口をぱくぱくする。

「あっあの、あの、こ、こう」

「落ち着いて、大丈夫だから」

声をかけている私の後ろから、ナリッサが素早くお水の入ったカップを差し出してくれた。カップを受け取ったハンスは、手を震わせながらなんとかそのお水を口にする。

「あ、あの、こうし」

ふたたび口を開いたハンスがそれを告げるより早く、別の声が聞こえた。

「あの、どうか玄関に！　いますぐ開けますから、こんな勝手口からなんて！　あの、お願いします！　オレが、いや私が、怒られます！」

カールが何か叫んでる。

私だけじゃなくみんなの視線が、勝手口に向く。

その瞬間、私たちは完全に固まった。

「なぜ厨房に夫人や令嬢まで集まっているのだ？」

そう言いながら勝手口から入ってきたのは……エクシュタイン公爵さまだったのだから。

なんかもう、いったい何が起きてるのかさっぱりわからない。

だって公爵さまよ？

公爵さまがなんで勝手口から、厨房に直接入ってきちゃったりするの？

玄関は、玄関のお出迎えは……そう思ってやっと私は気がついた。

ヨーゼフが寝込んでるんだったーーー！

「あ、あの、公爵さま、あの、玄関、玄関が閉まって、あの、どうか玄関へお回りに」

私も焦って上手く話せない。

公爵さまは、あのむっつり小難しい顔で眉間にシワ寄せてる。

それでも、公爵さまの後ろであのイケメンなだけじゃない近侍さんが笑いをこらえるように、肩をひくひくさせちゃってる姿が見えたとたん、私はちょっと落ち着いた。

だってこれ、どう考えても、公爵さまのほうがおかしいよね？

よそのお家の勝手口から、いきなりお台所に入ってくるっていくらなんでも失礼でしょ。

ご近所のよく知ってるおばちゃんが、お惣菜持ってきてくれるのとは違うのよ、昨日会ったばかりの、それも言ってみりゃ、自分トコの傘下に入らないかって誘いをかけてきてる大企業の代表取締役みたいな人が、よ？

「尊家では、夫人も令嬢も厨房で料理をするものなのか？」

なのに公爵さまときたら、剥いたフルーツやカットされたパンが並ぶテーブルをちらりと見て、マイペースな質問をかましてくれちゃってる。

私はだんだん腹が立ってきて、つい胸を張って答えてしまった。

「我が家の料理人と、新しいお料理について相談しているところだったのです」

ふつう貴族家の夫人や令嬢が厨房へ入るのは、料理人と料理の相談をするときくらいだ。

と、私は聞いている。なにしろ我が家は特殊だったからね。でもこの返答で合っているはず！

ふんす！　と鼻息も荒く答えた私に、公爵さまはあっさりと言った。

「そうか。それならばいい」

拍子抜けである。

まったく表情を変えない公爵さまの後ろから、イケメンなだけじゃない近侍さんがちょっと苦笑気味に言い添えてくれた。

「申し訳ございません。失礼であることは承知しておりましたが、昨日の今日ですから、またご尊家に何かあったのではと、閣下が心配をされまして」

「……アーティバルト」

公爵さまは近侍さんをたしなめるようににらみつけたけど……心配してくれたんなら、そう言ってよ！　夫人も令嬢も料理をするのかとか、そんなこと訊いてないで！

「それは、こちらこそ申し訳ないことをいたしました」

気を取り直したお母さまが、さっとスカートをつまんで膝を折る。

いわゆるカーテシーで正式な礼をしてるんだけど……お母さまの指先がつまみ食い、げふんげふん、お味見した木苺の果汁で赤いんですけど。ドレスが喪色の黒だから目立たないのが幸いだったけど。

でもさすがお母さまは、澄ました顔で続けてる。

「すぐに客間の準備を致しますので、どうぞそちらに」

けれど、準備のためにさっと動いたナリッサを押しとどめるように、公爵さまは答えた。

「いや、構わぬ」

こっちが構いますって！

叫びそうになる私を前に公爵さまは、今度は自分で言ってくれた。

「尊家の執事はまだ起きられる状態ではないだろう。それでなくとも人手が足りぬだろうに、手を煩わせるのは申し訳ない」

なんだかなー、この公爵さま、たぶんぜんぜん悪い人じゃない認定でもういいと思うのよ。でもね、なんて言うのかこう、ちょっといろいろ、残念だよね？

心配してくれたり、気を遣ってくれたりしてもらえるのは、本当にありがたいのよ。

でも、こんな散らかり放題の厨房で、どうやって『公爵閣下』をおもてなししろと？

なんかもうまるっきり、いきなり人んチの台所に上がり込んできて、いいからいいからって言いながら居座っちゃうおっさん状態じゃないの。

そんなことされて、キレない主婦がいたらお目にかかりたいもんですわ。

私は、なんとかフォローしてくださいとばかりに、ついイケメンなだけじゃない近侍さんに視線を送っちゃう。

でも近侍さんは、やっぱり笑いをこらえてるような顔を、すっと背けてくれちゃうんだ。

ダメだ、こいつ完全におもしろがってる。

思わず半眼になっちゃった私に、近侍さんは視線を戻してきて、それからその視線を意味ありげにテーブルの上へと動かした。

ええ、そうですか、わかりました。

要するにいま作ってる最中のフルーツサンドを、ここで食わせろとおっしゃるんですね！　それほど我が家のサンドイッチがお気に召しましたか、そうですか！

「お心遣い、本当にありがとうございます、公爵さま」

私はにっこりとほほ笑んだ。「そこまでおっしゃってくださるのであれば、ここでお席をご用意させていただきます」

さっと振り向いた私はナリッサに声をかける。

「ではナリッサ、公爵さまのお席をここで準備してくれるかしら？」

「かしこまりました、ゲルトルードお嬢さま」

うん、ナリッサの笑顔が怖いよ。

いやもう、いまの私の笑顔も十分怖いだろうなって自覚はあるんだけどね！


と、いうことで、厨房のテーブルっつーかぶっちゃけ調理台に、公爵さまのお席が粛々と準備されていく。

要するに、さっとテーブルの上を拭いてクロスをかけ、そこに背もたれもない丸椅子を置いただけなんだけどね。いや、ナリッサが超高速でテーブルの上の食べ残しサンドイッチを冷却箱に放り込み、マルゴも調理中のフルーツサンド食材をガッとばかりにテーブルの端に寄せまくってくれたけど。

とりあえず我が家の厨房は広いからテーブルだってデカいよ、お客さまの十人だろうがドンと来いだわよ！　ほぼヤケクソだけどね！

作業台のちっちゃい丸椅子に、悠然と腰を下ろす公爵さま。

うん、このとんでもなく素晴らしい場違い感はどうよ。

後ろにはイケメン過ぎる上にとってもイイ笑顔の近侍さんまで従えちゃってるしね。

ナリッサが茶器を用意し始め、マルゴもお湯を沸かし始めてくれてる。

そんでもシエラはいまだに真っ青な顔をしてるし、ハンスもカールも完全に涙目だ。そりゃあもう、ハンスもカールも怖かったでしょうよ。公爵なんて最上位の貴族男性が、こんな無体を働くだなんて。

たぶん、二人がお使いから帰ってきたところ、門の前で公爵さまに捕まっちゃって、門を開けたのはいいけれど玄関はどれだけノッカーをたたいても誰も出てこないっていうんで、こんなことになっちゃったんだと思う。カールは門の鍵は持ってるけど玄関の鍵は持ってないもんね。厨房にいるとノッカーの音は聞こえないし。

よくカールは、公爵さまを止めようと声を上げることができたもんだと思うわよ。ホントにめちゃめちゃ頑張ってくれたわ。後でいっぱい褒めてあげなくちゃ。

そしてカールとハンス、涙目でちょっと震えてても、かごはしっかり両手で抱えてる。うん、パンとソーセージがいっぱい入ってるもんね。

公爵さまの前だけど、とにかく二人からかごを受け取ってこの場から解放してあげなきゃと、私が足を踏み出そうとしたとき、お母さまが先に動いた。

「エクシュタイン公爵さま、当家の次女を紹介させてくださいませ」

正式な礼をしたお母さまが、アデルリーナを促した。

「こちらにいらっしゃい、アデルリーナ。公爵さまにご挨拶しましょうね」

お母さまも腹を括ってくれた、というか、もうここで公爵さまのおもてなしをするしかないって思ってくれちゃったらしいわ。

うながされたアデルリーナは、公爵さまの前でどうしていいかわからなくてずっとうつむいていた顔を上げ、ちょっとホッとしたような表情を浮かべた。

「我が家の次女のアデルリーナでございます。まだ社交は始めておりませんが、せっかくでございますから、ご挨拶させてくださいませ」

お母さまに紹介されたアデルリーナは緊張したようすながらも、しっかりとドレスの裾をつまんで正式な礼である、カーテシーをした。

「初めまして、エクシュタイン公爵さま。クルゼライヒ伯爵家次女のアデルリーナです」

おおおおおおお、しっかりご挨拶できたわね！　本当になんてかわいくてなんて賢くてかわいいの、私の妹は！

「アデルリーナ嬢は何歳になられた？」

公爵さまから問われて、アデルリーナはやっぱり緊張したようすで答えてる。

「十歳です、公爵さま」

「魔力の発現はまだ見られぬのか」

だから公爵さま、そういうデリケートなことは言わないで！　アデルリーナがちょっと泣きそうな顔になっちゃったじゃないの！

「はい、あの、まだ魔力は……」

「私は魔力が発現したのは十三歳になる直前だった」

公爵さまの言葉に、アデルリーナはハッとしたような顔をする。

そのアデルリーナに公爵さまはうなずいた。

「魔力の発現する時期は人によって違う。どちらかと言えば、強い魔力を持つ者ほど発現時期は遅いと言われているほどだ。まだ十歳ならば気にすることはない」

ああ、うん、やっぱ悪い人ではないよね、この公爵さまは。

いろいろ、なんかこう、いろいろ残念なとこはあるんだけど。言い方だって、そんな小難しい顔で淡々と言うんじゃなくて、もうちょっと優しげに言えばいいのに。

それでも、そんな言い方であっても、アデルリーナは公爵さまがわざわざフォローするようなことを言ってくれたのが本当に嬉しかったようだ。パッと顔を輝かせて声を上げた。

「ありがとうございます、公爵さま！」

ぐわーーー！　アデルリーナにこんなかわいすぎる顔をさせることができちゃうなんて、公爵さま侮りがたし、だわ！

と、私が内心じたばたしている間に、ナリッサがさくさくとお茶の準備を終えてくれた。

お母さまと、それに公爵さまに挨拶を終えたアデルリーナも席に着き、私の席もナリッサは準備してくれている。

そこで私は公爵さまに申し出た。

「公爵さま、わたくしはただいま我が家の料理人と本日のおやつの相談をしておりました。大変失礼だとは存じますが、このまま料理人と相談を続けさせてくださいませ」

「では、そのように」

公爵さまは鷹揚《おうよう》にうなずいてくれたけど、その目をチラッとテーブルの端のフルーツサンド食材へ向けちゃったのを私は見逃さなかったからね。

ええ、ええ、ちゃんと公爵さまにもおすそ分けして差し上げますとも。フルーツサンドの美味しさを思い知らせて差し上げますとも。

とりあえず、とりあえず私のかわいいかわいい妹に、とってもいい笑顔をさせてくれちゃいましたからね、そのお礼くらいはさせていただきますわよ！

でも、その前に。

私はカールとハンスのところへ行って、声をかけた。

「二人とも、お使いご苦労さま。ちゃんと用件は済ませることができたかしら？」

「あっ、はい、はい！」

カールが慌てて返事をする。

ハンスはとっさに声が出なかったのか、それでも必死にこくこくと首を動かした。

「あの、このかごがソーセージで」

自分が持っていたかごをカールが差し出す。「ハンスのかごがパンです。それから商業ギルドとゲンダッツさんの事務所へも間違いなく行って、お言葉を伝えてきました！」

「そう、ありがとう。よくやってくれたわね。貴方たちはもう下がっていいわよ」

「ありがとうございます、ゲルトルードお嬢さま。それでは失礼させていただきます」

私にかごを渡したカールとハンスは、もうあからさまにホッとした表情を浮かべた。

そして厨房を出て行こうとするカールにナリッサが何か耳打ちして、カールはひとつうなずいてからハンスと一緒に勝手口から出て行った。

受け取ったかごからは、焼き立てパンのいい匂いがしてくる。かごにかけてある布を持ち上げると、こんがりいい色に焼けた美味しそうなコッペパンがぎっしり入っていた。

いや、コッペパンって呼び方はこの世界にはないと思うけどね、ホントに大きさといい形といいホットドッグにぴったりなパンだわ。

しかもパンのサイズは、もうひとつのかごのソーセージの長さにぴったりだ。カールがちゃんとマルゴの息子たちに伝えて、ソーセージの長さにパンを合わせてくれたんだわ。

「シエラ」

「は、はいっ！」

私の呼びかけに、シエラが跳び上がるように返事をした。

大丈夫、あのおっさんたち、げふんげふん、公爵さまと近侍さんは気にしなくていいから、と私は目線で伝えながらシエラに問いかけた。

「シエラは、お料理はできるのかしら？」

「あ、えっと、はい、あの、お針子になるまでは家で家事を手伝っていましたので、料理も簡単なものでしたらできます」

「そう、じゃあ、申し訳ないけれど、このソーセージを焼いてくれる？　あ、えっと、茹でたほうが美味しいかしら？」

「蒸し焼きにいたしましょう、ゲルトルードお嬢さま」

マルゴが声をかけながら、大きな鉄鍋とそのふたを取り出してくれる。

シエラも嬉しそうにうなずいた。

「私の家でもソーセージは蒸し焼きです」

私はマルゴとシエラに相談して、とりあえず十本蒸し焼きにしてもらうことにした。シエラはハンスの下にまだ弟二人と妹一人がいるという五人きょうだいで、両親を含めて七人家族であるため量が多い料理にも慣れているとのことだった。

そうやってシエラがソーセージを調理してくれている間に、私とマルゴはフルーツサンドに取りかかることにしたのである。

「この輪切りにした薄いパン二枚ではさんで、さらに真ん中で切り分けるでしょう。だから、切り口がきれいに見えるように果物を並べたいの」

私の説明に、マルゴはふんふんとうなずいてくれる。

「それでしたら、色の組み合わせが大事でございますね」

「その通りなのよ。だから今日は、葡萄柚の黄と紅、それに葡萄の紫と黄緑という二種類を、白いクリームではさもうと思うの」

「よろしゅうございます。では、ジャムもひとつご用意しますかね？　酸味の強い果物ばかりでございますし」

「そうね、ジャムは何があるの？」

「杏と林檎がございます」

「じゃあ、杏のジャムに、杏の角切りもちょっと交ぜてみてはどうかしら？」

と、私とマルゴが作業台の端で相談しながらフルーツサンドの試作を始めたんだけど……お母さま、お茶のカップを持ったまま真剣に身を乗り出してこっちを見てないで、公爵さまのお相手をしてください！

って、公爵さまもカップを持ったまま横目でこっちをちらちら見てるし、イケメンなだけじゃない近侍さんなんかもう、お給仕の手を止めちゃって堂々とこっち見てるよ！

お母さまとアデルリーナはかわいいからいいけど、おっさんたち、げふんげふん、公爵さまはお客さまとしてお母さまにちゃんと会話を振ってくださいってば。近侍さんもナリッサが超怖い笑顔を向けてるの、ちゃんと意識してよー。

などと思いながらもフルーツサンド作りは進行するのである。

「切り分ける位置に、目印になるよう先に切れ目を入れておいていいですかね？」

「それ、とてもいいと思うわ」

マルゴが提案してくれ、パンに切り分ける位置の目印になる切込みを入れていく。

「泡立てクリームはたっぷり使いましょう。でも、重ねたときはみ出してしまわないよう、端のほうは少し塗り残して……」

「これくらいでいかがでしょう、ゲルトルードお嬢さま」

「ええ、それくらいがちょうどよさそうね」

私はマルゴと手分けして、パンにホイップクリームをたっぷりと塗った。そして葡萄のほうを担当した私は、紫と黄緑が交互になるよう順番に並べて行った。マルゴは鮮やかな紅と黄色の葡萄柚を並べてくれている。

「この上にまたクリームをたっぷり塗って……パンを重ねれば出来上がりよ」

はい、そこ、身を乗り出してこっちを見ない。

お母さまとアデルリーナはかわいいからいいけど。

直径十五センチほどの丸いフルーツサンドが八個出来上がった。そして杏のジャムサンドも二個作ってみた。

「しかしお嬢さま、これはまた厚みがありますねえ。しかもかなりやわらかいですから、これをきれいに切り分けるのはなかなか難儀ではございませんか？」

パン切り包丁を取り出したマルゴが真剣な顔でフルーツサンドを見ている。

私は笑いながら言ってしまった。

「ええ、だからしばらく置いて、落ち着かせてから切るのよ」

はいはい、そこ、がっかりした顔をしない。

お母さまとアデルリーナのちょっぴりしょんぼり顔はかわいいからいいけど。

私は清潔な布巾を水で固く絞り、フルーツサンドを包んでいった。

「こうしておけばパンがパサパサにならないし、布巾の重みでパンと具が落ち着くの」

「ほ、これはまた。こういう方法があるのですねえ」

感心しながらマルゴも一緒に布巾を絞ってフルーツサンドを包んでいってくれる。

そこに、シエラが声をかけてきた。

「ゲルトルードお嬢さま、ソーセージが仕上がりました」

こっちのソーセージって日本のスーパーで売ってるのとは違い、完全に生なんだよね。だからしっかり時間をかけて加熱する必要があるんだけど、シエラは上手に蒸し焼きにしてくれたようだ。

お皿に並べられたソーセージは見るからにぷりっとしていて皮も破れてないし、きれいな焼き目もついているし、実に美味しそう。

侍女にお料理なんかさせちゃって本当に申し訳ないけど、うーん、シエラも有能過ぎる。

「ありがとう、シエラ。とっても美味しそうね。ちょうどいいわ、こちらを先に作ってしまいましょう」

私はかごからコッペパンを取り出し、マルゴからパン切り包丁を受け取った。

「こういう感じでまっすぐ切込みを入れて……パンがふたつに割れてしまわないようにね」

そして冷却箱から、マルゴが作り置きしておいてくれたトマトソースと、日本でいう粗挽きマスタードっぽい粒辛子を持ってきてもらう。

「この切込みの内側にトマトソースを塗って……ソーセージをはさんで、さらにちょっとだけ粒辛子を塗れば、ほら完成。とっても簡単でしょ」

私はホットドッグをお皿ごと笑顔で持ち上げた。

そのとたん、真後ろからいきなり声がした。

「ああ、これはまた、美味しそうですねえ」

ギョッとばかりに振り返ると、いつの間に来たのかイケメン近侍さんが立っていた。

ちょっ、イケメンなくせに気配を完璧に消してしまえるってどういうこと！

固まっちゃった私の目の前に、ナリッサが弾丸のように超高速で移動してくる。

「近侍さま、あちらにお戻りくださいませ」

ガッとばかりに私と近侍さんの間に割り込むナリッサの笑顔が最凶に怖い。

なのに、近侍さんはさわやかに笑って答えちゃうんだ。

「これは失礼いたしました。美味しそうな匂いにすっかり釣られてしまいまして」

あーだんだんわかってきたわ、この近侍さん。

ホンットにイケメンなだけじゃないわね、結構黒いわよね。自分のイケメンっぷりを知ってて、わざとやってるよね。このサワヤカ笑顔を信じちゃいけないわ。ほらほらシエラ、ぽーっとした顔なんかしてちゃダメよ、騙されちゃうわよ！

で、私もにこやか～に答える。

「まあ、それではぜひ、近侍さんも召し上がってくださいませ。ナリッサ、近侍さんのお席もご用意してちょうだい」

「かしこまりました、ゲルトルードお嬢さま」

「いやあ、申し訳ないことです」

って、言ってるそばから嬉しそうな顔してんじゃないわよ、イケメンなだけじゃなさすぎる近侍さん。それでも一応、公爵さまに確認してるけど。

「閣下、私もご相伴にあずかってよろしいでしょうか？」

「……すまない、ゲルトルード嬢。ご厚意に甘えさせてもらう」

ナリッサに怖い笑顔で圧をかけられてるのに、まったく気にしたようすもなく嬉しそうに席に着く近侍さん。そんなにホットドッグ食べたいですか、そうですか。

それから私は、ことの成り行きに戸惑いまくってるマルゴとシエラに笑顔を向けた。

「それでは、こちらのパンのお料理を作ってしまいましょう。ソーセージをはさむだけだから簡単よ。ほかのものをはさんでも美味しいのだけれど、今日のところは……」

「あ、ゲルトルードお嬢さま」

気を取り直したようにマルゴが言い出した。「卵を炒ってはさんでも美味しいのではございませんか？」

「そうね、卵も絶対美味しいわよね」

マルゴはにんまり笑って冷却箱から卵を取り出した。

「すぐに炒り卵をお作りしますので、パンを少々残しておいていただけますでしょうか？」

「もちろんよ、お願いするわ、マルゴ」

私はシエラと手分けしてコッペパンに切込みを入れ、トマトソースを塗っていく。ソーセージをはさみ、粒辛子を塗ってホットドッグを完成させたところで、マルゴが手早く炒めた卵を持ってきてくれた。

「チーズを入れて炒めましたので、このまま食べても美味しゅうございますよ」

アツアツの炒り卵も、とろけたチーズの粘り気でまとまりがいい。マルゴが出してくれたサラダ菜のような葉野菜もちぎって一緒にはさんだので彩《いろどり》もよく本当に美味しそうに仕上がった。

「では、おやつの時間にはまだ少し早いですが、こちらを公爵さまと近侍さんに召し上がっていただきましょうか」

そう言って私が浮かべた笑顔がちょっと怖かったとしても、誰にも文句なんて言わせないからね！

食べる気満々興味津々

「これまた美味いですね」

「うむ、美味い」

公爵主従は、なんか真顔で美味い美味いって言いながら、ホットドッグをほおばっている。

「こちらの炒り卵もいけますけど」

「ああ、このソーセージをはさんだだけというのが」

「本当にこんなにあっさりした組み合わせなのに、めちゃくちゃ美味いです」

お毒見が必要かと思ってたら、昨夜のように近侍さんがまず一口食べて、それから公爵さまに渡してくれた。

お母さまとアデルリーナには、一本を三等分したものを一切れずつ渡してある。私もお毒見用に食べようと三等分したんだけど必要なかった。でも、もちろん食べたわよ。

三分の一しかないホットドッグなんて二口くらいでペロリだけど、本当に美味しい！　ソーセージはぷりっぷりだし、何よりマルゴのトマトソースと粒辛子を使ったの、大正解だったわ。

お母さまもアデルリーナも嬉しそうに美味しい美味しいってにこにこしながら食べてくれてる。

三分の一ずつだから、ホントにちょっとだけのお味見状態になっちゃったけど、でもね、ほら、さっき朝ごはんのサンドイッチ食べたばっかだし、果物のつまみ食い、げふんげふん、お味見もしちゃったし。いくらおやつは別腹だっていってもね。

それに、まだフルーツサンドだってあるし！

とってもとってもかわいいお母さまと妹に癒されながら、私はリールの皮を取り出した。そしてホットドッグにそれを巻き付け、巻き終わりに水糊をぺんぺんと数か所付けて貼り合わせた。

「ほら、どうかしらマルゴ、こうすれば持ち運びも簡単だと思うの」

私はリールの皮の巻き終わりをくるっと回して、ホットドッグの裏側に向ける。そしてその状態で、かごの中へ置いてみた。

「すばらしいです、ゲルトルードお嬢さま」

マルゴが感嘆の声をあげた。「この細長い『さんどいっち』であれば作るのも簡単ですし、リールの皮で巻いて客に渡せば、そのままかごに入れられる。本当にすばらしいです！」

「よかったわ。これならほら、食べるときにこうやってリールの皮をちょっとずらせば、手を汚さずに食べることもできると思うの」

ホットドッグに巻いたリールの皮をちょっとずらし、私は上からかぶりつくようなしぐさをしてみせる。

「それに、ソーセージをはさむだけが一番簡単だけれど、ハムやチーズ、それにマルゴが作ってくれた炒り卵も美味しいし、お芋のサラダなんかもはさむといいと思うのよね。日によって種類を替えて売るのもいいと思うのよ」

本当は焼きそばパンが欲しいところだけど、それはさすがに無理よねえ。

「そ、その、こちらの『さんどいっち』も、あたしの息子たちの店で売りましても……？」

「もちろんよ、最初からそのつもりで考えてみたのだけれど、どうかしら？」

「ありがとうございます、ゲルトルードお嬢さま！　ありがとうございます！」

マルゴは本当に泣きださんばかりのようすだ。両手を胸の前で組み、大柄な体を丸めるようにして私に何度も何度も頭を下げた。

通常のサンドイッチは、バリエーションが豊富なぶん作るのが手間だし、やっぱり平民が日常的に買って食べるには手軽なホットドッグのほうがいいと思うんだよね。

それと、サンドイッチはマヨネーズも作ってセットにしたら、レシピの販売っていうことも考えられなくもなさそうだし……マルゴには許可を出しちゃったけど、それはそれでまた別に考えてみてもいいかも、ってことも思っちゃったのよね。

で、やっぱりマルゴも心配になったみたい。

「けれど、本当によろしいのですか？　このような、目新しくて、誰もが喜んで食べそうなお料理を、あたしの息子たちに、その、ご許可してくださすって」

私は笑顔でうなずいた。

「ええ、だってこういう簡単なお料理は、真似しようと思えば、誰でもすぐに真似できてしまうでしょう？　だから、マルゴの息子たちが売り出したら、すぐほかのパン屋でも真似すると思うわ。後はもう、息子たちの腕にかかってるってことね。売り上げは、美味しさ勝負になるわよ？」

ちょっといたずらっぽく笑ってみせる私に、マルゴもちょっと泣き笑いみたいな顔で言ってくれた。

「本当にありがとうございます、ゲルトルードお嬢さま。あたしはこれからもずっと、ゲルトルードお嬢さまに誠心誠意お仕えさせていただきますです」

「ゲルトルード嬢」

「はい」

突然公爵さまに呼ばれて、私は驚きつつ返事をした。

公爵さまはがっつりホットドッグをお召し上がりになり、ナプキンで口を拭っている。

「申し訳ないが話が聞こえてしまった」

ええ、はい、聞き耳立ててらっしゃるのは感じておりました。

などとは言わず、私は先をうながすようにうなずいてみせる。

「きみは、この具材をはさんだパンを、街で販売するつもりなのか？」

「はい。我が家の料理人の家族が、街中でパン屋を営んでおりますので、そちらでの販売を許可いたしました」

私の返答に、公爵さまはちょっとだけ眉間のシワを深くしてから言った。

「それでは、この具材をはさんだパンを、軍の携行食料として採用しても構わないだろうか？」

は、い？

軍の携行食料？

ええと、我が国の軍隊のお食事に採用するってことですか？

「この細長いパンであれば、行軍しながらでも片手で食べられる。しかも、リールの皮で巻いた状態で配給すれば、手甲を外す必要もない。なにより、パンとソーセージをまとめて食べることができ、食事としての満足度も高い。兵士だけでなく、騎士も武官も喜んで食べるだろう」

公爵さまの説明に、私はなんかもうぽかーんとしてしまう。

「はい、ええと、あの、もちろんご採用くださって結構です」

とりあえず、うなずいてみせた私に、公爵さまも重々しくうなずき返してくれた。

「そうか。許可してもらえるならば、すぐにでも軍の上層部に話をもっていこう。詳細は追って連絡する」

そして公爵さまがすっと動かした視線を受けた近侍さんが、にこやかに立ち上がる。

「では、一通りで構いませんから、作り方を教えていただけますか？」

近侍さんは実に自然に私のそばへやってきた。

ナリッサの笑顔がまた怖くなってるけど、さすがに公爵さまの指示じゃ割って入れない。

「簡単です。要は、この形のパンを用意すればいいだけですから」

私もにこやかにほほ笑んで近侍さんに説明した。

「このパンは、この形に焼くよう指示したわけですね」

「はい。マルゴの……我が家の料理人の家族が営むパン屋で、ソーセージが一本まるごとはさめる形にしてほしいと、本日焼いてもらいました」

「なるほど。そしてパンの中央、縦に切込みを入れて、そこに具材をはさむ、と」

近侍さんがパンを手に取って検分してる。

私は笑顔を貼り付けて付け加えた。

「切込みの内側に今回はトマトソースを塗りました。具材によっては、クリームチーズやバターなどを塗るといいかと思います」

うん、ふつうのサンドイッチ用にマヨネーズも早めに作っちゃわないと、だわ。

「よくわかりました。ありがとうございます」

うーん、これだけのイケメンにこの至近距離で笑顔を振りまかれると、結構な破壊力よね。

などと私が思いながら笑顔を返したところで、近侍さんはさらに言った。

「それで、大変図々しい申し出で恐縮なのですが、こちらのパンを、見本にいただいていくことは可能でしょうか？」

おう、そう来たか。

そんなにお気に召したのね、ホットドッグが。

「もちろん構いません。ぜひお持ちになってくださいませ」

笑顔を貼り付けまくってるおかげでだんだん顔が疲れてきちゃったけど、もうちょっとの間、頑張れ私。

私は笑顔のまま答え、お皿の上のホットドッグに手を伸ばした。

「ではこちらの、ソーセージをはさんだものと、炒り卵をはさんだものをおひとつずつ」

言いながら、私はリールの皮でくるっと巻いて、巻き終わりを水糊で貼り合わせる。

「本当に助かります。感謝申し上げます、ゲルトルード嬢」

なんかもう背後に花背負ってませんかって勢いの笑顔で、近侍さんはお礼を言ってくれちゃう。

それから近侍さんは腰に下げていた袋……手のひらくらいの大きさの革袋のようなものを外し、私が差し出したホットドッグにその袋の口を向けた。

次の瞬間、ふたつのホットドッグが、しゅるんとその袋の中へと吸い込まれて消えた。

「えっ？」

「ああ、もしかしてご覧になるのは初めてでしたか？　収納魔道具です」

収納魔道具……マジックバッグだよ、ファンタジーキターーー！　だよ！

いや、魔石を使う照明だって焜炉だって天火だって冷却箱だって、ぜんぶ魔道具なの。でもね、ほら、日本人感覚としてそういうのは電気で使ってた道具に近いじゃない？

でもマジックバッグは違うのよ、だってこんなちっちゃな袋にいろんなモノをガンガン収納できる、一目で物理的におかしいでしょなトコが魔法なのよ。ファンタジー感が違うのよ。

「こちらの収納魔道具は小型で、内部の時間を止めることができないのですよ。ですから、この美味しいパンも冷めてしまうのが少しばかり残念ですね。それでも、十分美味しくいただけると思いますので、本当に助かります」

近侍さんはさわやかな笑顔で言ってくれちゃう。

でも、小型で内部の時間を止めることができない、ってことは……。

「内部の時間を止めてしまえる収納魔道具も、公爵さまはお持ちなのですか？」

「持っている」

思わず訊いてしまった私に、公爵さまは一言答えてくれた。

公爵さまは一言だけだったけど、近侍さんがさらに説明してくれた。

「エクシュタイン公爵家が所有している収納魔道具は、その収納力においても我が国随一です。生きもの以外はなんでも収納できますし、時間を止めてしまえますから、収納した状態そのままで保存できます」

「それはすばらしいですね」

私はもう素直に感動してしまった。

だってファンタジーよ。とってもファンタジーなのよ。この世界に転生して十六年、なんかやっとファンタジーっぽいお話なのよ。いや、自分の固有魔力である【筋力強化】は、不本意ながら、ある意味とっても役に立ってくれてはいるんだけど。

「ゲルトルード嬢は魔道具にご興味がお有りですか？」

イケメンがその顔面圧力全開で私にほほ笑みかけてくる。

おかげで私の傍にいるシエラなんか、ホントにぽーっとしちゃってるもんね。うん、ふつうの女子の反応だわね。

でもごめんなさいね、私ゃ前世の記憶のおかげで、見た目と違って中身はすっかりスレちゃってるもんで。しかも、実はイケメン耐性がめっちゃ高いのよ。

だからもう、にっこりとお返事できちゃう。

「興味というほどではございませんが、収納魔道具は初めて目にしたものですから」

「そうですか。もしご興味がお有りでしたら、私の弟が魔法省の魔道具部に勤めておりますので、紹介いたします。いつでもお声をかけてください」

なんだろ、何かフラグ立てられちゃった？

あ、でも弟さんが魔法省に勤めてるって……つまりこの近侍さん、アーティバルトさんも貴族だってことね。国の行政機関、それも魔力に直接関わる魔法省魔道具部だもの、平民に務まるような職場じゃないからね。

まあ、この近侍さんはそうだろうとは思ってたけど。高位貴族家は、執事や近侍も貴族が務めるのがふつうだって聞いてるし。

むしろ、伯爵家である我が家の執事が平民のヨーゼフだっていうほうが珍しいのかもしれない。そう言えば、ヨーゼフをいじめてたあの役立たず執事も貴族だったような？

などと考えながら、私はとりあえず笑顔で答えておいた。

「ええ、機会があればぜひお願いいたします」

あー笑顔を頑張りすぎて顔が引きつる。

そんでもってナリッサも近侍さんをにらみすぎて、げふんげふん、ちょっと怖い笑顔を向けすぎて、いい加減顔が引きつってると思う。

それにしても、近侍さんがこんなにグイグイ来てるのに、公爵さまが静観しちゃってるっていうのも、なんだかなーだよね。

このイケメン圧は公爵さま公認？

なんか勘ぐっちゃうな、このイケメン圧で何か私への要求を通りやすくしようとか……あ、アレかな、後見人になるとかいうヤツ。

あーでも、まだお母さまと全然話せてないのよねえ。昨日の今日で、公爵さまがいきなり来られたのもその話なのかな。でもねえ、圧も何も、こっちはもう公爵さまにご迷惑かけっぱなしのお世話になりまくりなんだから……そう思って、私はようやく思い出した。

『クルゼライヒの真珠』！　その代金！　そんでもって、蒐集品目録《しゅうしゅうひん》！

うわー公爵さま、今日のご訪問は絶対ソレだよね？

『クルゼライヒの真珠』を買い戻すための相談。我が家の蒐集品の中からどれを、あのイケオジ商人に渡すのか。

って、蒐集品目録ってケールニヒ銀行から取り寄せないとダメなんじゃ……急いでカールをお使いに、ってダメだわ、銀行は下働きの子どもになんか目録を渡してはくれないでしょ。ヨーゼフは動けないし、ナリッサなら侍女頭だから……。

焦りながらついナリッサに目を遣ると、ナリッサは何か確信に満ちた笑顔でうなずいてくれた。

「ゲルトルードお嬢さま、そちらの『さんどいっち』は、そろそろ切り分けることがおできになりますでしょうか？」

ナリッサはにこやかに問いかけながら、私と近侍さんの間に割り込んでくる。

「せっかくでございますから、こちらも公爵さまに味わっていただきましょう」

「え、ええ、そうね、そうしましょう」

私もにこやかにうなずいて見せると、近侍さんが嬉しそうに言った。

「それでは重ね重ね申し訳ございませんが、私もご相伴させていただいても？」

「もちろんでございます」

って、私が答える前からとっくに食べる気満々だったでしょうが。

ちょっと公爵さま、そっと目を逸らしてないで！　この人、貴方の近侍でしょ！

そこにまた、ナリッサが割り込んでくれる。

「では、ご足労おかけして申し訳ございませんが、客間へとご移動願えますでしょうか？」

「え、いや、このままここで――」

「客間を整えましてございます」

言いかけた近侍さんの言葉を、ナリッサがぶった切った。

「客間には、当クルゼライヒ伯爵家蒐集品の目録をご用意してございますので、公爵さまにはそちらでぜひご覧いただきたく存じます」

こんな厨房なんかで伯爵家の蒐集品目録広げさすんぢゃねーよ、とナリッサの笑顔が強烈に主張してる。

って、ナリッサいつの間に！

さっきカールにささやいてたのは、客間を整えてねってことだったのね。

それに目録！　本当にいったいいつの間に！　午前中に銀行から取り寄せてくれたんだわ、ああもう、ナリッサが有能過ぎる！

「公爵さま、申し訳ございませんが客間にご移動願えますでしょうか？」

私も頑張って笑顔を振りまいた。「こちらのおやつもすぐにお運びします。どうぞ召し上がってくださいませ。その後、我が家の蒐集品目録をご確認いただければと存じます」

「そうか。ではそのようにさせていただこう」

目を逸らしていた公爵さまは、何事もなかったかのように腰を上げた。

そのとき、お母さまの目がちらりと私に向かった。そうだ、お母さまはご存じない。なぜ我が家の蒐集品目録を公爵さまに見ていただく必要があるのかを。それに、後見人の件についても、少しでもいいから事前に話をしておきたい。

私はお母さまに小さくうなずき、声を上げた。

「公爵さま、昨日といい今日といい、至らぬことばかりで本当に申し訳ございません。客間では正式なお茶をご用意させていただきますので、まことに申し訳ございませんが、少々お時間をいただけますでしょうか？」

なんだか訝しげに軽く眉を上げた公爵さまに、私は正式な礼をする。

「わたくしも母も衣装を着替えさせていただきたいのです。これ以上公爵さまにご無礼差し上げるのも恥ずかしくございますので」

「ふむ」

自分のあごに手を遣って、公爵さまは私の姿をさっと上から下まで見てくれちゃった。

そりゃーもう、お母さまの黒いドレスはともかく、私なんか昨日はブリーチズ姿で、今日は自分で脱ぎ着できちゃうような貴族令嬢にあるまじきドレスを着てるからね！　エプロンで隠してるけどね！　そもそも今日は厨房で、マルゴとお料理の相談することしか考えてなかったからね！

それで納得してくれたのか、公爵さまはうなずいて言ってくれた。

「相分かった。では、客間でお待ちしよう」

私は公爵さまに礼を言い、すぐに指示を出した。

「ナリッサ、公爵さまを客間にご案内して。シエラはお茶のワゴンを用意してね。マルゴはそのサンドイッチを公爵さまにお出しできるようにしてちょうだい。そうね、サンドイッチの残りは、せっかくだから作ったばかりの蜜蝋布で包んでおきましょう」

厨房の扉を開けたシエラがすぐにワゴンの用意に取りかかり、マルゴも嬉しそうに干してあった蜜蝋布を持ってきた。

「ゲルトルードお嬢さま、これをどのように使えばよろしゅうございますか？」

「簡単よ、手で温めると形が……」

「それはいったい何ですか？　蜜蝋布とおっしゃいましたか？」

だーかーらー！

イケメンのくせに気配を完全に消してくるの止めて！

さっさと公爵さまと一緒に客間へ行ってよ、近侍さん！

「これは、布に蜜蝋を浸して乾かしたものでございます」

興味津々の近侍さんに、にこやかに答えてる私のその顔には、たぶんもう『ぐだぐだ言ってないでとっとと客間へ行きやがれ！』と書いてあると思う。

そんでもって、そばに立ってるナリッサの笑顔には『てめえ、地獄の業火に焼かれちまえ！』ぐらいは書いてある……と、私には読める。うん、めちゃめちゃ怖いよ。

なのに、このイケメン近侍はこれっぽっちもひるむことなく、いやもうむしろ嬉しそうに、サワヤカなほほ笑みを返してきやがるんだわ。

「蜜蝋ですか？　布に蜜蝋を浸して、何に使うのですか？」

「食品を保存するために使います」

私はマルゴに言って、大きな四角い蜜蝋布だけでなく、小さくて丸い蜜蝋布と、その布に合うサイズのカップを持ってきてもらった。

「この布で食品を包んでしまうこともできますが、このようにふたとして」

私は言いながらテーブルの上のカップに丸い蜜蝋布をかぶせた。

なんか気がついたら公爵さままで近くに寄って来てて、お母さまも反対側から私の近くに回って来てた。そんでもって、お母さまのスカートの陰から真剣な顔をのぞかせてるアデルリーナが超かわいくてかわいすぎてかわいい（以下略）。

思わずデレてしまいそうな顔に頑張って澄ました笑みを貼り付けながら、私は手で蜜蝋布を押さえ、カップのふちに沿わせて貼り付けていった。

「手で温めながらこうして押さえていくと、蜜蝋が固まってぴったりとふたをすることができるのです」

私は蜜蝋布でふたをしたカップを持ち上げ、逆さまにしてみせた。

さすがに中身が入っているとこぼれちゃうけど、空のカップなら蜜蝋布がぴったり貼りついたまま外れないからね。

「これはまた！」

イケメン近侍さんの透き通ったアクアマリンの目が、ちょっと本気で丸くなってる。

私はカップにかぶせた蜜蝋布のふちを手でなぞり、今度はぺりぺりっと剥がしてみせた。

「こうやってまた手で温めると簡単に外れます。水洗いもできますし、何回も繰り返し使うことができます。蜜蝋のおかげで中のものが乾きにくくなり、パンを包んでおけばパサパサになりにくいという利点もございます」

私はテレビショッピングかってくらいの勢いでしゃべっちゃった。

うん、なんかもう面倒くさくてすぐにこのおっさんたち、げふんげふん、公爵さまと近侍さんをここからさっさと追い払いたい感があふれちゃったわね。

なのになのに、近侍さんだけじゃなく公爵さまも興味津々で、その蜜蝋布を貸してくれないかと言って実際に手に取り、自分でカップにふたをしたり外したりし始めちゃった。

「これはすごいな、本当にぴったりと貼りつく」

「好きな形に整えればそのまま固まりますよ」

「折り目を付けてもすぐもとに戻せる」

「あ、ほら、テーブルの端にくっつけても大丈夫です」

「陶器以外にも使えるのか」

もはやカップのふたどころか、二人はなんだかんだ言いあいながら好き放題に蜜蝋布を丸めたり伸ばしたり貼り付けたりしちゃってる。

なんなんだろうね、このお二人。めっちゃ楽しそうなんですけど。公爵さまってばさっきはそっと目を逸らしてたくせに、実は近侍さんとめちゃめちゃ仲良しじゃないですか。

しかし、公爵さまの眉間にはやっぱりちょっとシワが寄ってるんだけど、それなのにすごい楽しそうだっていうのがわかっちゃうって、私もだいぶ慣れてきたんだろうか。

なんかもう、新しいおもちゃを手にした子どもみたいなお二人のようすに、私もなんだか仏心を出しちゃった。

「こちらの大きな蜜蝋布でしたら、食べものをそのまま包んでしまえますよ」

私はそう言いながら、広げた蜜蝋布の真ん中に布巾を外したフルーツサンドを重ね置き、布の四隅をぱたぱたとたたんで折り曲げる。そして布の対角を持ち上げて、フルーツサンドを覆っていった。

「こうしておけばパンがパサパサにならずに済みますし、こういう具材をはさんだ崩れやすいパンも安心して運べます」

「すばらしいな。しっかり形を保てるほど生地にハリがあるのに、こんなに簡単に形を変えられるとは」

私から蜜蝋布の包みを受け取った公爵さまが、本気で感嘆したように言った。

近侍さんも公爵さまが持っている包みを手で触って確認している。

「これなら、桃や苺のようなつぶれやすい果物をかごに入れて運ぶのにも使えますね。しかも、木箱と違って使わないときはたたんでしまえるから、かさばらない」

私はうなずいて答える。

「はい。それに、蜜蝋のおかげで水分が保たれますから、果物や野菜もしばらくの間であれば、み

ずみずしい状態で保存できますよ。ただ、酸味の強いものは蜜蝋を溶かしてしまいますので、蜜柑や檸檬などを剥いた状態で包むことはできません。それに、熱には弱いですから、焼き立てアツアツのパンなどは冷ましてからでなければ包めませんね」

「ふうむ……」

公爵閣下は手にした蜜蝋布の包みを、手でめくったりもとに戻したりを繰り返してる。そして私に顔を向けて問いかけてきた。

「ゲルトルード嬢、これは布に蜜蝋を浸して乾かしたと言ったが……簡単に作れるものなのか？」

「はい。必要なのは布と蜜蝋、あとセイカロ油も使っておりますが簡単に作れます」

「布はこういう、リネンのような布がいいのか？」

「そうですね、木綿の平織り布がいちばんいいと思います。あ、色や柄のある布を使うと見た目も華やかで楽しいですよ」

今日作ったのは、白いリネンの端切れを使ってるからね。

にこやかに答えてみせた私を、公爵さまはその銀が散った不思議な深い藍色の目でしげしげと見つめた。

「これは、きみが考えて作ったものなのか？」

「そうです」

大丈夫、誰かに訊かれたときの対応はちゃんと考えてある。

「以前、溶けた蜜蝋を布巾にこぼしたまま、気がつかず置き放しにしてしまったことがございまして……その蜜蝋が乾いたところを、こんなふうに手で温めると形を整えられることに気がついたのです」

私はそれらしく話しちゃう。「それで、試しに大きめの布に蜜蝋を浸して乾かしたものを作り、パンを包んで一晩置いてみたらとても具合がよかったものですから」

公爵さまは眉間にシワを寄せたまま考え込んでる。

うーん、ちょっとわざとらし過ぎたかな？　でも、こういう言い方くらいしか思いつかないよね？　まさか、私には前世の、違う世界の記憶があるんですーなんて言えないし。

笑顔を貼り付けた顔で思案していると、ようやく公爵さまが口を開いた。

「ゲルトルード嬢、きみはこの蜜蝋布を意匠登録する気はあるか？」

おお、来たよ、またもや意匠登録だよー！

公爵さまの問いかけに、私はうなずいた。

「はい、あの……実はすでにひとつ、これとは別のものになりますが、私が考案したものの意匠登録を、我が家の出入り商会から買い取りたいと申し出を受けておりまして……」

「なんと、すでに？」

藍色の目が瞬く。「どのようなものを考案したのだ？」

「ええと、刺繍の一種？　です」

公爵さまが近侍さんと顔を見合わせている。

私は、ここはもう正直に申告しておくべきだと思った。なんせ、公爵さまにはすでにさんざん迷惑をかけてるからね。まあ、今日はこっちが迷惑をこうむってる……とは言えない立場なんで！

「申し出を受けたのは昨日です。公爵さまがいらっしゃる、その直前のお話でした」

「ああ、私たちと入れ違いに出て行ったあの馬車か……」

公爵さまは覚えていたようで、眉を寄せたまま頷いてる。

「はい。とりあえず、申し出を受ける方向で話を進める予定でしたが……その、昨日はその後、あのような状況になりましたので……」

「なるほど。まだ具体的な話は進んでおらぬのだな」

「さようにございます」

私はうなずく。「我が家の顧問弁護士に相談するつもりでおります」

その言葉に、公爵さまの顔がわずかに曇った。

「尊家の顧問弁護士というのは……」

「王都に事務所を構えております、ドルフ・ゲンダッツ弁護士です。代替わりしておりますが、先代のジェイコブ・ゲンダッツ弁護士は母の父、つまりマールロウ男爵家前当主の顧問を務めておりました」

公爵さまの眉間のシワがちょっと開いた。

「そうか……それならば、安心だな」

息をこぼした公爵さまが、さらに問いかけて来る。

「それで、その申し出をしてきた出入りの商会とは……」

私が答える前に、お母さまが口をはさんだ。

「大変申し訳ございませんが公爵さま、込み入ったお話になりそうですから、先に客間へご移動いただけませんでしょうか？　わたくしたちも急いで参りますので」

「ああ」

ちょっとハッとしたように公爵さまがうなずいてくれた。「そうであったな。では客間でお待ちしよう」

長い午後の始まり

はーーーやっと客間へ行ってくれたよ。

ナリッサがおっさんたち、げふんげふん、公爵さまと近侍さんを厨房から連れだしてくれたとたん、私は思わず大きな息を吐きだしてしまった。

ちなみにお母さまも、それにマルゴとシエラも一気に息を吐きだしていた。

なんかもう、アデルリーナまでホッとしたような顔しちゃってるし、ホンットすでに全員ぐったりだわよ。

いやもう公爵さまってば、人んチのお台所に勝手に上がり込んで、いいからいいからって居座っちゃうなんて行為はもう、おっさん以外のナニモノでもないからね！　実年齢がアラサーだろうがなんだろうが、おっさん認定間違いナシだからね！

ホンット、疲労感たっぷりに私は呼びかけちゃう。

「お母さま……」

「……長い午後になりそうね」

目を見かわしたお母さまも、げんなりとうなずく。

私もげんなりとうなずき返した。

「とりあえず、昨夜公爵さまとお話ししたことを、お母さまにお伝えいたしますね」

「ええ、ありがとうルーディ。本当に助かるわ」

私はお母さまと一緒に、シエラを連れて私室へと向かった。アデルリーナは今日もマルゴに預けてきた。

いわばお留守番になってしまったアデルリーナはしょんぼりしてたけど、公爵さまが客間に移られたのだからカールとハンスもじきに厨房に戻ってくるだろう。カールやハンスと一緒におやつを食べたり、マルゴのお手伝いをしたりしていてねと言うと、アデルリーナはちょっと明るい表情になった。ホントにホントにもうなんで私の妹はあんなにかわいくてかわいくてかわい（以下略）。

私室に入ると、私はすぐシエラに手伝ってもらいながら衣装を着替える。昨日届いたばかりの、あの若草色のデイドレスだ。このドレスが届いていて本当に助かったわ。

お母さまも、来客用のデイドレスに着替えてもらう。未亡人の黒はそのままに、シルバーグレーのレースをさりげなくあしらった上品なドレスだ。まあ、お母さまレベルの美人だと、どんな恰好をしていても目の覚めるような美しさになっちゃうんだけどね。

着替えながら、私は昨夜のことをお母さまに話した。

公爵さまがあのイケオジ商人と話をつけてくれて、『クルゼライヒの真珠』を取り戻せそうだということ。ただ、先方は『クルゼライヒの真珠』に代わる品として我が家の蒐集品を数点、要求しているということ。

「では、先ほどナリッサが言っていた蒐集品目録というのは、そのためだったのね」

「そうなのです、お母さま」

私はうなずいて答える。「どの品をハウゼン商会に渡すかについては、もう公爵さまにお任せしようと思っているのですけれど」

「貴女がそれでいいというのであれば、わたくしも構いませんよ。あの蒐集品は、いずれ貴女が手にするものなのですから」

うん、お母さまの顔にも、もう選ぶのも面倒くさいって書いてある気がするわ。

お母さまってホンット、ご自分の美貌にも、美貌を際立たせる衣装や宝飾品にも、まるで興味がないのよねえ。

すでに私の脳内に浮かぶのは、華やかに着飾って夜会へ出かけていくお母さまの姿ではなく、荷馬車を駆ってドリフトしながらコーナーを回るお母さまの姿や、指先を赤く染めながら木苺を木からむしってもぐもぐと食べてるお母さまの姿だ。

もう少しして落ち着いて……さすがに春になる頃には状況も落ち着いてるだろうから、みんなでピクニックに行こう。サンドイッチをかわいい柄の蜜蝋布で包んでかごに詰めて、みんなで郊外の森までピクニックに行こう。きっとお母さまもアデルリーナも喜んでくれる。

そう思うと、私はようやく胸が温かくなって気持ちが晴れていった。

でもま、その前に片づけなきゃいけないことがテンコ盛りなんだけどねえ。はあ……。

だから私は、シエラに髪を結ってもらいながら公爵さまの話を続けた。その内容に、お母さまが驚きの声をあげた。

「えっ、じゃあ、『クルゼライヒの真珠』を買い戻す代金は、公爵さまが支払ってくださるというの……?」

私の説明に、お母さまは目をぱちくりさせている。

よかった、お母さまはやっぱり私と同じ感覚だった。

「公爵さまは、そのおつもりのようです」

「なぜ公爵さまは、そこまでしてくださるのかしら……」

ええもうお母さま、私もその疑問というか不安、すっごく感じました。

そう思いながら、私は言った。

「わたくしもよくわからないのですけれど……ただ、公爵さまのように地位も財産もお持ちのかたの場合、手を差し伸べられた側が頼りにしないというほうが、かえって失礼にあたってしまうのかもしれません」

「ああ……確かに、貴族男性の場合、そういうことも考えられるわね」

お母さまも納得顔でうなずいてくれた。

「それに、公爵さまは、わたくしの後見人になる用意があるとおっしゃってくださいました」

「後見人に？　あのかたが、ルーディの？」

アメジストの目を瞬いてるお母さまに、私はうなずく。

「はい。庇護が必要な未亡人と令嬢が目の前に居るのだから、ご自分が手を差し伸べるのは『持つ者』としての義務であるから、と。それに、わたくしに対して、利用できるものは何でも利用しなさい、わたくしに利用されたぐらいで公爵家がどうにかなるようなものではないから、と」

私の言葉に、お母さまが考え込んでいる。

そしてお母さまは、まっすぐに私を見て問いかけた。

「ルーディ、貴女はどう思っていて？　公爵さまに後見人になっていただきたい？」

「……迷っています」

私は正直に言った。「決して悪いかたではないと思います。けれど、本当にまだ昨日初めてお会いしたようなかたですし……」

「ええ、本当にそうね。貴女が迷うのは当然よ」

お母さまはうなずいてくれた。

そりゃあもう私の場合、いい人判断の基準が、暴力をふるわなかった、ナリッサを変な目で見なかった、くらいなんだもんね？　判断基準のあまりの低さに自分でもめまいがしそう。

ああでも、今日はアデルリーナをあんな笑顔にしてくれたし……いろいろ残念なこともしてくれちゃったけど、あの公爵さまは悪い人じゃないとは思うのよ、悪い人じゃないとはね。

むしろ、あのイケメンなだけじゃなさすぎる近侍さんのほうがよっぽど悪そうなんだけど……悪そうだなってわかるほうが、どこか安心しちゃう自分ってどうよ、って思っちゃうのよねえ。イケメン耐性どころか悪いイケメンに慣れすぎだろ、私。


結局、後見人の件は保留にして、私たちは客間へと向かった。

シエラを連れて客間の前まで行くと、ナリッサがワゴンを押してサッと合流してくれた。ワゴンの上のお皿には、マルゴが切り分けてくれたフルーツサンドが見事に盛り付けてある。

「まあ！」

思わずお母さまが小さな声を上げちゃったけど、その気持ちわかりますってば！

だってこんなにきれいで美味しそうなフルーツサンド、テンション上がりまくり！

顔を見合わせたお母さまが、うふふっと笑ってから自分の頬を両手で押さえて表情を整えてる。

こういうお母さまって、ホントにめちゃくちゃかわいい。

そして澄ました顔を貼り付けたお母さまは、客間をノックして扉を開けた。

「お待たせして申し訳ございませんでした、公爵さま」

私もお母さまに続いて室内に入り、お母さまに倣って正式な礼をする。

「お待ちいただきありがとうございます、公爵さま」

私たちの姿に、ソファーでくつろいでいた公爵さまの眉がちょっと上がった。

その公爵さまの後ろに控えていたイケメン近侍さんが、思いっきりサワヤカな笑顔を振りまいてくれる。

「これはこれは。伯爵家未亡人の黒いお衣裳もよくお似合いですが、ゲルトルード嬢のその若草色のお衣裳も本当によくお似合いですね」

近侍さんが、ね、そうでしょう閣下？　と公爵さまに振ると、公爵さまも眉間にシワをよせたままだったけどうなずいてくれた。

「そうだな。お二人ともよく似合っておられる」

これにはお母さまが嬉しそうに答えちゃった。

「ええ、娘のこの衣装は出入りの商会が見立ててくれたのですけれど、本当にゲルトルードの美しさをいちばん引き立ててくれる衣装を選んでくれますの。ほかにもまだ何着か注文しておりますので、仕上がってくるのが楽しみでしかたありませんわ」

なんかお母さまが饒舌だ。

それにシエラも超にこにこしちゃってるし、ナリッサも心なしかどや顔っぽい。

「お母さま、それより公爵さまをこれ以上お待たせするわけには……まず、こちらのおやつを召し上がっていただきましょう」

私も一応笑顔でお母さまをうながす。

お母さまは素でにこにこ顔をしたままうなずいた。

「ええ、そうね。せっかく貴女がマルゴと考えて作ってくれたおやつですものね」

その言葉を合図にしたかのように、すっと前へ出たナリッサが優雅な動作でフルーツサンドのお皿をテーブルに置いた。

「ほう」

「へえ」

公爵さまと近侍さんの目が見開く。

さすがに私もちょっと、どや顔しちゃったよ。

「なるほど、こうやって果実やクリームを使えば、具材をパンにはさんだおやつになるというわけか」

「見た目も華やかでとても美味しそうですね。それに、クッキーやパイのように焼く必要もないですから手軽に作れそうです」

公爵さまも近侍さんも、感心しきりだ。

うん、私もさらにどや顔になっちゃうよ。

だってね、マルゴってば本当に天才なの。この美しい切り口はどう？

私が並べた紫と黄緑の葡萄は、粒が大きくて各二個ずつ計四個しか切り口に並べられなかったけど、黄と紅の葡萄柚はていねいに交互に重ねられ、いずれもホイップクリームの白をはさんで本当に色鮮やかな切り口を見せてくれてる。

それに杏のジャムサンドも、ジャムだけでなくホイップクリームと角切りの杏を交ぜてはさみ、ボリュームも色合いもすばらしい出来になってるし。

そんでもって、ボリュームたっぷりでやわらかいこのフルーツサンドを、まったく崩さずスパッ

とまっすぐカットしてくれてるんだから、本当にマルゴはすごい。

ナリッサが優雅に茶器を用意し、近侍さんもすぐに給仕を始めた。

もちろん、イケメン近侍さんにも厨房で話していた通りお席を用意した。

私たちも席に着くと、ナリッサがお茶を淹れてくれる。

そして、お皿の上のフルーツサンドを手に取ろうとして、お母さまがちょっと困ったように片手を頬に当てた。

「これは手で持って食べるのは、ちょっと難しいかしら?」

そうなんだよね、フルーツサンドってボリュームがある分、食べづらいっていうのがネック。大口を開けてかぶりつくのが一番なんだけど、それでもクリームが垂れちゃったりフルーツがはみ出しちゃったり、結構な惨事になりやすいんだよね。

ここはやっぱりアレだよね。

私はシエラに声をかけた。

「シエラ、厨房へ行ってさっきの蜜蝋布を持ってきてくれる?」

シエラが答えるより早く、ナリッサが答えた。

「こちらにお持ちしております、ゲルトルードお嬢さま」

さすが超有能侍女ナリッサである。いや、話題に出てたことだし持ってきてくれてるだろうとは思ったけどね。

「ありがとう、ナリッサ」

蜜蝋布を受け取った私は、もう一度シエラに声をかける。

「シエラ、鋏《はさみ》を持ってきてほしいのだけど」

「あの、小さいものでよろしければ、こちらに」

シエラがエプロンのポケットから糸切り用の小さな鋏を取り出した。

うむ、さすが元お針子、シエラも有能侍女だわ。

「十分よ。ちょっと貸してもらえるかしら？」

受け取った私は、大きな四角い蜜蝋布にその鋏を入れた。

蜜蝋布を切り始めた私のようすに、お母さまが驚いている。

「切ってしまって大丈夫なの、ルーディ？」

「はい。蜜蝋をしみ込ませているので、切っても端はほとんどほつれません」

鋏が小さいから切り口がガタガタになっちゃったけど、私は大きな蜜蝋布をだいたい四等分に切り分けた。そしてその一枚を折りたたんで袋状にし、そこにトングでそっとつかんだフルーツサンドを差し入れる。

「お母さま、こうしておけば手に持って食べても大丈夫です」

蜜蝋布で包んだフルーツサンドを差し出すと、お母さまの顔がパッと輝く。

「これなら、せっかくの『さんどいっち』をつぶしてしまわずに食べられるわね」

「はい、ここを持って、この端を折りながら……少しお行儀は悪いですけれど、このまま上から食べていただければ。クリームや果汁をこぼしてしまっても手を汚さずに済みますし、蜜蝋布は汚しても水洗いできますから」

あ、グレープフルーツの果汁はちょっと酸味が強くて危険かな？　うーん、まあ、べったり果汁を滴らせるくらいでなければ大丈夫なはず。

私はすぐにほかの蜜蝋布も折って、公爵さまと近侍さんの分も用意する。

そして、お母さまの最初の一口を待った。

「美味しいわ！」

お母さま、素で喜び過ぎです。でもめっちゃかわいいからＯＫです。

私は笑顔で公爵さまと近侍さんにも蜜蝋布で包んだフルーツサンドを差し出した。

「どうぞお召し上がりくださいませ」

フルーツサンドを受け取った公爵主従が食べ始める。

「うむ、美味いな」

「ええ本当に。クリームの甘みと果実の酸味が絶妙ですね」

「それに、こうして包んであると実に食べやすい」

公爵さまの眉間のシワも心なしか開いてる気がする。

私も自分の分を手に取って食べ始めた。

いや、マジで美味しい。ホンットにマルゴ天才。クリームのホイップ具合も甘さも絶妙で、べたつかず果物の酸味でさっぱりといくらでも食べられちゃいそうだわ。

お母さまもにこにこ顔で食べてる。よかった、本当に気に入ってくれたみたい。今度は木苺のフルーツサンドも作ってあげよう。

「お母さま、そのうちこのサンドイッチを持って、家族でピクニックに行きましょう。かごいっぱいにおいしいサンドイッチをぎっしり詰めて持っていって、晴れた空の下で食べたらきっともっと美味しいですよ」

「なんてすてきな計画なの、ルーディ！」

私の言葉にお母さまが本当に本当に嬉しそうに笑った。「リーナも一緒に三人で森へ行って、水辺で遊んだり木の実を採ったり、考えただけで幸せな気持ちになれるわ」

ええ、お母さま、私もです。

そう思いながらお母さまと目を見かわし、私たちはうふふふと笑いあった。

と、幸せな気持ちでお母さまと笑いあっていたら、テーブルの向こうから視線を感じた。

私は即座に『失敗した』と思った。ここでこの話をしちゃいけなかった。

だってね、目の前に座ってるおっさんたち、げふんげふん、公爵さまと近侍さんの目つきがね、もうめっちゃ雄弁に語ってくれちゃってたのよ。『オレたちも参加させろ！』って。

いや、公爵さまのほうはそれでも控えめな感じなんだけど、近侍さんがねー……もうソレ隠す気もないでしょってくらいあからさまなんだもんね。

「いいですね、このパン……『さんどいっち』というのですか？　これをたくさんかごに詰めてピクニックに行こうだなんて、すばらしい考えです。このさいですから近日中にいかがでしょう、秋の森もなかなか趣《おもむき》がありますよ。ねえ、閣下？」

にこやか〜に近侍さんが公爵さまに話を振ると、公爵さまは一瞬視線を泳がせてから、控えめにうなずいてくれちゃった。

「そうだな。紅葉に染まる森も、なかなかいいのではないだろうか」

私はお母さまと、ちらっと視線を交わしちゃう。

いや、そこは遠慮してよ、母娘三人水入らずだから楽しいピクニックなんだってば。そんなに、そんなに、サンドイッチ食べたいの？

そう思ってたら、近侍さんが奥の手を出してきた。

「そうそう、王宮の西の森はご存じですか？　あそこは王家の直轄地なのですが、栗林があるのですよ。エクシュタイン公爵家は直轄地にも入れますので、よろしければご一緒に栗拾いはいかがでしょう？　秋のピクニックには最適ですよ」

栗拾い！

栗！　モンブランだよ！　渋皮煮だよ！　栗ご飯……は無理でも、マルゴなら絶対美味しいごはんやおやつを作ってくれるはず！

横を見ると、お母さまの目もカッと開いてる。

ええ、栗ですものね、栗！

サッと目を見かわすお母さまと私。

ここはお誘いを受けるべき？　だって栗よ、栗！　しかも王家の直轄地なら、出入りできる人も限られているはず。ほぼ採り放題でＯＫじゃない？

コンマ二秒でお互いの意思を確認しあった私たち母娘が、お誘いを承諾しようとしたそのとき、公爵さまが口を開いた。

「アーティバルト、先走りすぎだ」

ため息をこぼした公爵さまはその口をナプキンで拭い、ゆったりと優雅なしぐさで脚を組み替えた。

「申し訳ございません、閣下」

サッと、近侍さんが頭を下げて身を引く。

うん、拭う前の公爵さまのお口の周りに、ホイップクリームがついちゃってたのは見なかったことにしましょう。

「まずは、目の前の問題を片づける必要がある」

公爵さまはそう言って私たちに向き合った。「もちろん、楽しいことに心奪われるのは決して悪いことではない。だからこそ、面倒なことは先に済ませてしまうほうがよいだろう」

はい、おっしゃる通りでございます。

私とお母さまは、そろってしょぼんと頭を下げてしまった。

それから私たちは我が家の蒐集品目録を広げ、どの品をハウゼン商会に渡すかの相談をした。

っていうか、ぶっちゃけ公爵さまによさげな品を数点選んでもらい、それに対して私たちは承諾するだけだったんだけど。

「この品であれば、ハウゼン商会も納得するだろう」

公爵さまは、その場でお母さまが書いた委任状を確認し、近侍さんに渡した。その委任状を持ってケールニヒ銀行へ行き、該当する品を持ち出してもらうことになる。

「公爵さま」

お母さまが姿勢を正して声をあげた。「このたびは『クルゼライヒの真珠』を買い戻すそのお代金も、公爵さまがお支払いしてくださると娘から聞きました」

わずかに眉を上げてうなずく公爵さまに、お母さまはさらに言った。

「わたくしたち母娘は貴族の常識に疎いのかもしれません。それでも、これまでほとんどお付き合いもなかったかたに、これほどの援助をしていただくことを、わたくしたちは心苦しく感じてしまうのです。わたくしたちは、どのようにこのご恩をお返しすればよいのでしょうか?」

まっすぐに見つめ問いかけたお母さまから、公爵さまは一瞬だけ視線を落とした。でもすぐにお母さまを見据え、また少しばかり眉間のシワを深くして公爵さまは言った。

「恩を返したいと思ってもらえるのならば、私をゲルトルード嬢の正式な後見人にしていただきたい」

私は思わず目を見張り、お母さまと顔を見合わせてしまった。お母さまも驚いたように目が丸くなっている。

「それでは公爵さまにご負担いただくばかりで、わたくしたちがご恩を返すことにはならないと思うのですが」

いや、おかしいよね?

なんでそんなにこの人、私の後見人になりたいの?

やっぱり思わず問いかけてしまった私に、公爵さまはちょっと渋い顔をした。そしてわずかにためらった後、口を開いてくれた。

「貴女がたには率直に話したほうがよさそうなので、言わせてもらうが……ゲルトルード嬢、きみはかなり危うい」

「は、い？」

これまた思わず間抜けな声をもらしてしまった私に、公爵さまはひとつ息をこぼして続けてくれた。

「ゲルトルード嬢、きみも、きみの母君も、残念ながら貴族社会でのふるまい方が身についているとは言い難い状況のようだ」

ええ、まあ、たぶん、残念ながら、間違いなくそうだと思います。

うなずいちゃった私に、公爵さまはまた眉を寄せる。

「だがこれからは、きみ自身の意思とは関係なく、貴族社会の深みに引き入れられることになるだろう。爵位持ち娘である以上、昨日のような輩《やから》がまた湧いてくることは避けられまい」

あー……まあ、そうですよねえ。

確かに、昨夜のお話でも、そういう輩への対策にもなるって言われてたよね、後見人って。

ちょっと遠い目になっちゃった私の視界の端を、またなんかめちゃくちゃ怖い笑顔を浮かべたナリッサがかすめていった。

公爵さまは、あごに手をやりその顔をしかめている。

「それだけでもかなり危ういと思っていたのだが……ゲルトルード嬢、きみはさらに危うい。この『さんどいっち』にせよ、蜜蝋布にせよ、その発想力には感嘆するばかりだ。しかも、すでに意匠登録の買取の申し出まで受けているなどと……」

また息をひとつこぼして公爵さまは言った。「きみは、ほかの者たちが、きみにどれほどの価値を見出すのか、まるでわかっておらぬだろう？」

いや、私の価値なんて……公爵さまに倣《なら》うわけじゃないけど、私も思わず眉を寄せちゃったよ。

なのに、やっぱり私の視界の端で、ナリッサがうんうんとめっちゃうなずいてる。

それどころか、私のとなりに座ってるお母さまも、めっちゃ真剣な顔で身を乗り出してるんですけど？

「公爵さまには、ゲルトルードの価値がおわかりでございますのね？」

お母さま何を口走って……って、私が思わず止めようとするよりも早く、公爵さまは答えてくれちゃった。

「いや、私にもまだ測り切れておらぬというのが、率直な感想だ。その意匠登録買取の申し出を受けているというものについても、ぜひ詳しく伺いたいと思っている。場合によっては、新たな産業を興すことにもなりかねないのだから」

新たな産業って……いやいや、話が大きすぎません？

そりゃあ、貴族って存在自体が産業なんだって、私もつい最近自覚したけど。

でもね、サンドイッチとか蜜蝋布とかコード刺繍とか、どれもまったくチートじゃないよ？　それどころか魔法すら使ってないし、よっぽど不器用な人でない限り、誰でもそれなりにできちゃうようなモノばっかなんですけど？

なんかこう、ぶっちゃけショボ過ぎない？

って、私が内心焦ってるのに、公爵さまとお母さまはさっさと話を進めちゃうんだ。

「ゲルトルード嬢が作り出したモノから生まれる利権に飛びつき貪《むさぼ》ろうとする者も、今後多く湧いて出るだろう。そのような者たちによって、ゲルトルード嬢のすばらしい才能がつぶされてはならぬと私は考えている」

「公爵さまはそのために、ゲルトルードを庇護してくださるおつもりなのですね？」

「その通りだ。国の経済にかかわる問題になるかもしれぬ状況なのだから、ゲルトルード嬢を庇護するのは上位貴族である私の責任だ」

いや待って、マジでそういう話なの？

私の扱いって、そんな御大層なことになっちゃってるの？

なんかもう私自身はびっくりしちゃってうろたえちゃってるのに、お母さまも公爵さまも大マジな話らしい。

お母さまは公爵さまの返答を受け、さらに背筋を伸ばして言った。

「では、わたくしがお願いすることはひとつだけございます。エクシュタイン公爵さま、どうか娘の、ゲルトルードの意に沿わぬ結婚だけは、お求めにならないでくださいませ」

ハッと、私はお母さまを見た。

お母さまはまっすぐに公爵さまを見据え、さらに言った。

「もし、そのために、わたくしたちが爵位を失うことになろうとも構いません。次女のアデルリーナも納得してくれるでしょう」

「お母さま……！」

思わず声をあげてしまった私に、お母さまはにっこりとほほ笑みかけてくれる。

「ルーディ、わたくしは、貴女が自ら望む通りに生きてくれることだけを願います。地位などなくても、わたくしは貴女が貴女らしくいてくれるだけで幸せよ」

泣く。

泣いちゃうよ、お母さま……！

私は、何か言わなくちゃと思うのに言葉が出なくて、ただただ唇が震えた。

「約束しよう」

公爵さまの声が聞こえる。

「私はゲルトルード嬢が望まぬ結婚は求めぬ。その上で生涯、ゲルトルード嬢を援助しよう」

「ありがとうございます、エクシュタイン公爵さま」

お母さまが立ち上がって最上級の礼をした。

って、待って、この状態で、私、断れる？

お母さまの気持ちは本当に本当に嬉しい。私のために爵位すら失って構わないって……ご自分がつらい思いをされたからっていうのももちろんあるだろうけど、私の意思を尊重するって、なかなか言えないことだと思うのよ。

でも、こうなっちゃうともう、公爵さまに後見人になってもらう以外、私には選択肢なんてない

よね？

いや、別にいいとは思うのよ、この公爵さま悪い人じゃなさそうだし、それなりにちゃんと考えてくれてるみたいだし？　後見人になってもらうっていうか、エクシュタイン派閥に入っちゃっても、それはそれで助かることが多そうだし。

でもなんていうか、すっかり流れが出来上がっちゃって、気がついたらそこにきっちり乗せられちゃってるっていうこの展開が、どうなのよっていう。

ホントにきっちり流れができちゃってて、みんな完全に『待ち』の態勢なんだもん。

公爵さまはドンとこいとばかりに悠然と胸を張って私を見てるし、お母さまも温かな笑みを浮かべて私を見守ってる。シエラまでなんかもううるうるしちゃってるし、ナリッサの笑顔もまったく怖くない。イケメンなだけじゃない近侍さんの笑顔は相変わらずうさんくさいけど。

わかった、わかりましたよ、わかりましたってば。

いくらなんでも、ここでこの流れをぶった切れるほどの図太さは私にはない。若干、嵌《は》められちゃった気がしないでもないけど、ねえ？

私は立ち上がり、お母さまに倣って最上級の礼をする以外、できることはなかった。

「よろしくお願い申し上げます、エクシュタイン公爵さま」

そこからはもう、サクサクと話が進んだ。

お母さまは完全に公爵さまを信用しちゃったらしい。公爵さまが進めていく話にほぼ無条件でうなずいちゃってる。

おかげでサクサク進み過ぎだ。私は慌てて待ったをかけてしまった。

「公爵さま、せめて数日、日を置いていただけませんか？」

「なぜだ？」

眉間にシワを寄せて問い返す公爵さまに私は、あーやっぱ生まれたときからずっと人に命令する立場にしか、居たことがないヤツってこんなもんよね、と思っちゃう。

自分が命じれば、誰でも命じた通りにものごとを進めるのが当然だとしか思ってないんだよね。命じられたほうにどれほどの負担が生じるのかなんて、考えたこともないんだわ。

だから私は、にっこりと笑みを浮かべて言った。

「公爵さまがわたくしたちのために、迅速に問題を解決しようとご尽力くださっていることには、心から感謝しております」

そこで私はいったん言葉を切り、さらに続けた。

「ただ、正直に申し上げまして、昨日からあまりにも状況の変化が速すぎて、わたくしは少々困惑しているのです。今後の身の振り方についても、自分でもう少し考えたいこともございますし、家族と相談したいこともございます。そのためのお時間を、少しばかりいただけると本当に助かるのですが、いかがでしょうか？」

「ふむ」

公爵さまはわずかに眉を上げて私を見てる。

私はもう一押しすることにした。

「それに、実はほかにも新しいおやつを考えておりまして。我が家の料理人と相談して試作する時間が欲しいのです。そうすればまた、新しいおやつを公爵さまにも召し上がっていただけると存じます」

「なるほど。相分かった」

公爵さまが大きくうなずいた。「では二日後でどうだろうか。明後日、弁護士や商業ギルド職員と、このタウンハウスで面会させてもらおう」

早ぇぇよ！

私は顔がひきつりそうになるのを、必死に堪えた。

明後日でも早すぎるけど、そんでもついさっき『いますぐ弁護士を呼べ』って言ってたのに比べりゃ、少しは時間が稼げたよね。ゲンダッツさんやクラウスと事前に相談することも、なんとかできそうだわ。おやつも、プリンを作っちゃえば大丈夫よね？

私は笑顔を浮かべてうなずいた。

「ご配慮いただいてありがとうございます、公爵さま。では明後日に」

ああもう、今日は笑顔を頑張りすぎて顔が痛いわ。

そんでもいいこともあったのよ。

このタウンハウスにあるものは何でも、好きに持ち出していいって公爵さまが言ってくれたの。

なんかもうむしろ、なんでそんなことを訊いてくるんだって感じだったけど。

でもおかげで、魔石もリネン類も持ち出し放題だわ、ひゃっほう！

ついでにカーテンやじゅうたんも、予備にできそうなのは持ち出しちゃうぜー。銀食器や厨房の備品もいくつか持ち出しちゃおう。

ただし、引越し先のタウンハウスについては、後日公爵さまが直接確認したいと、また面倒なことを言ってきたんだけどね。

まあ、後見人なんだからしょうがないか。

これについても、いろいろがんばって『後日』にしたんだけどさ……でもこれで、これから当分の間、公爵さまと顔を突き合わせる日々が続くの、確定よね……。

いや、この公爵さまは悪い人ではないと思うのよ、悪い人では。ただちょっと面倒くさいというか残念というか……あー、うん、本音が漏れないよう気を付けよう。

対策会議のその前に

私は玄関にお母さまと並んで、公爵さまを見送った。

公爵さまはこれからケールニヒ銀行へ行って、必要な我が家の蒐集品を受け取り、公爵邸にイケオジ商人ハウゼンさんを呼びつけるんだそうな。

ホント、いきなりいますぐ弁護士を呼べとか言ってないで、先にそっちを片づけといてくれればそれでいいのにとか思ったんだけど、イケオジ商人との駆け引きもあるんで、あんまりこっちが急いでるふうにはしたくないんだとか。

まあ、その件は公爵さまに丸投げしちゃったんで、よろしくお願いしますって感じだわ。

と、いうことで私はお母さまに向き直る。

「ではお母さま、これから対策会議を行いましょう」

「対策会議？」

きょとんと首をかしげてるお母さま。うーん、やっぱり貴族のお嬢さまで働いた経験もないと、こんなもんか。

いや、私も貴族のお嬢さまで働いた経験はないんだけど、今世では。

と、いうのは置いといて。

「はい。ゲンダッツさんにしてもクラウスにしても、昨日一通り事情を説明した手紙は送りましたが、また状況が変わりました。ゲンダッツさんには公爵さまがわたくしの後見人になってくださるその手続きをお願いしなければなりませんし、クラウスには意匠登録について問い合わせる必要があります」

「ええ、そうね」

うなずくお母さまに、私は続ける。

「けれど、ゲンダッツさんはこれまでに後見人手続きをされたことがあるのでしょうか。もし初めてなのであれば、弁護士といえども準備が必要でしょう。しかも、お相手は公爵さまです。決して不備があってはなりません。事前に相談をしておくべきです」

ここでようやくお母さまの目が見開いた。

うん、ちょっと考えてもらえばわかることなんだけどね。

「それに、商業ギルドにはおそらく意匠登録の専門部署があると思います。クラウスには、意匠登録の専門職員を紹介してもらう必要があります。その上で、どのような手続きが必要なのか、これまたゲンダッツさんに相談しなければなりません。そしてやはり、ゲンダッツさんに意匠登録の経験がおありなのか、それも確認が必要です」

お母さまは半ば口を開き、それから大きく息を吐きだした。

「貴女の言う通りだわ、ルーディ。貴女はそのために、日にちを置いてほしいと公爵さまにお願いしたのね」

「そうです、お母さま」

私も思わず息を吐いちゃった。

ええ、世の中には『根回し』というものが存在するのです。その『根回し』をしておくか、しておかないかで、結果に大きく差が出ることが多々あるのです。

「本当は少なくとも三日くらいは欲しかったのですけれど……それでも、たった一日でも、準備期間がないよりはましだと思います」

うなずいてくれるお母さまに、私はさらに言う。

「それに、意匠登録についても話し合うのであれば、もう少し蜜蝋布を作っておく必要がありますし、さらに言えば布製品ですから、できれば事前にツェルニック商会と相談できないだろうかと。そもそも、コード刺繍についてもツェルニック商会との事前相談は必要ですし。その上、新しいおやつの約束もしてしまいましたから、マルゴと実際におやつの試作もしなければなりません。今日これからと明日一日で、しなければならないことが山のようにあります」

私の言葉に、お母さまは額に片手を当てて天を仰いでしまった。

私たちはまず、カールをお使いに出した。

ゲンダッツさんとクラウスに、明日の面会の約束をしたけれど、状況が変わったので、もし可能ならいますぐ我が家に来てほしいと伝えてもらうために。

そしてクラウスには、意匠登録について詳しい人をできるだけ早く紹介してほしいと伝えてもらうことにし、さらにはツェルニック商会へも回って、コード刺繍の試作品を、実際に手に取って見ることができるものを、一点でもいいから大至急用意してほしいと伝えてもらうことにした。

それから、シエラもお使いに出した。

シエラに訊いたところ、平民が自分の服をお直ししたり小物を作ったりするための端切れ屋さんが街にあるんだそうな。そこで、蜜蝋布に使えそうな端切れを見繕って買ってきてほしいと頼んだのよね。元お針子シエラ、さすがに嬉しそうに出かけて行った。

そして、お母さまとの意思確認。

とにかく引越しはできるだけ早めに済ませてしまうこと。

もうひとつ、いくら公爵さまが援助してくださることになったとはいえ、できる限り自分たちで自分たちの生活を支えていこうということ。

その二点について、私たちは確認しあった。

次は厨房だ。

新しいおやつ、プリンの試作についてマルゴと相談しておかなきゃならない。あと、サンドイッチ用にマヨネーズも作りたいんだよね。とりあえず卵が大量に必要だわ。

などと考えながら、お母さまと一緒に厨房へ向かう。

その厨房の扉の前に、ワゴンに手を置いたナリッサと、アデルリーナが立っていた。

ナリッサはわかる。客間で使用した茶器やお皿を厨房へ持ってきてくれたんだから。でも、そのナリッサに、アデルリーナが困ったような顔で話しかけているっていうのは？

「どうしたの、リーナ？」

「ルーディお姉さま、お母さまも！」

私が声をかけたとたん、アデルリーナはホッとしたようにこちらへ駆けてきた。

「あの、マルゴにお客さまが来ているのです」

「マルゴに？」

えっと、マルゴにお客さんって、なんだろ、業者さんからの売り込み？

厨房というか、お勝手には結構商人が出入りする。だいたいは、買った食材や備品の配達なんだけど、それらを新たに売り込みに来る業者もやってきたりする。彼らは、料理人に自分の商品を売り込み、料理人が気に入れば邸の主に話をもってくる。

厨房へ入り、お勝手口のほうへ向かうと、マルゴの声が聞こえてきた。

「まったく、何を考えてるんだい！　断りもなくいきなり押しかけてきちまうだなんて！」

「いや、そこはほら、やっぱ気になるからさあ」

マルゴの声のほかに、男性の声。

てか、これ業者じゃないよね、なんかマルゴがよく知ってる相手っぽい。

「マルゴ、お客さまかしら？」

私が声をかけると、マルゴの大きな体が跳ね上がるかのように反応した。

「あっ、えっ、ゲルトルードお嬢さま！」

こちらに振り向いたマルゴの大きな体の向こうに、さらに大きな体の青年が立っていた。

あー……一目でわかっちゃった。

この人、マルゴの息子だ。

その通り、マルゴはその大きな体を縮めるように恐縮して言ってきた。

「申し訳ございません、これはあたしの下の息子で、フリッツと申しますです。なんのお約束もございませんのに、自分が焼いたパンがどのように使われたのか知りたいと、いきなり押しかけてまいりまして」

そう言って私に頭を下げるマルゴの向こうで、ぽかんとしていたその息子フリッツが、いきなりパーッと笑顔になった。

「ゲルトルードお嬢さまですか？　母がいつもお世話になっております！　フリッツと申します！」

二十歳くらいだろうか、大柄でがっちりした体格の青年なんだけど、妙に人懐こさがあるせいか このフリッツくんには威圧感がない。

でも押しは強いようで、フリッツくんてばお母さんのマルゴを押しのけるようにして、私のほうへ足を踏み出した。

「いやあ、ゲルトルードお嬢さまのことは母からよく聞いてるんですよ、母は仕事の話はほとんどしないんですけど、こちらにお世話になってからは、家でもよく話してくれます。特にゲルトルードお嬢さまのことはベタ褒めで、こちらにお世話になることができて本当によかったと」

べしっと、マルゴがフリッツの頭をはたいた。

「余計なこと言ってんじゃないよ！」

マルゴは再び身を縮めるように頭を下げる。

「本当に礼儀を知らぬ子で申し訳ございませんです、いきなりお嬢さまに話しかけるなどと。いますぐ叩き出しますので」

私は思わず笑っちゃった。

「大丈夫よマルゴ、構わないから入ってもらって」

「えっ、いいですか？」

マルゴが答える前にまたパーッと顔をほころばせて身を乗り出したフリッツの頭を、やっぱりマルゴがはたく。

「いいからお前はちっと黙ってな！」

私はまた笑ってしまった。だって、まるっきり親子漫才なんだもん。

「本当に構わないわよ、マルゴ。自分が焼いたパンですものね、どうやって食べられているのか、知りたくなるのは当然よ」

笑いながら手招きする私に、マルゴは恐縮しまくりだ。一方で、息子のフリッツはもうにっこにこ。大喜びで厨房に入ってきた。

「すげえなあ、これがお貴族さまの厨房かあ」

なんとも嬉しそうに、また物珍しげに、きょろきょろとせわしなく首を動かすフリッツの、その襟首をマルゴがむんずとつかんで前を向かせる。なんかホントに親子漫才だわ。

「あ、でも、今日作った分は、もうみんな食べてしまったのではないかしら？」

私の問いかけに、マルゴが答える。

「はい、あの、カールたちがもっと食べたそうだったもんで、残りも作っておきましたです。余れば明日の朝食にでも、またカールたちが食べるだろうと思いまして」

マルゴが示す先には、リールの皮を巻いたホットドッグが山盛りのったお皿と、それに固く絞った布巾に包まれたフルーツサンドらしきモノがあった。

フリッツがぽかーんとしてる。

いや、ホットドッグとフルーツサンドに対して、じゃなく、そのすぐそばに並んで座って木苺をつまみ食いしているお母さまとアデルリーナに、だ。

いやもう、していることがつまみ食い、げふんげふん、お味見だろうがなんだろうが、お母さまの美しさとアデルリーナのかわいさを初めて目にした人は、まあそうなっちゃうよね。

うん、フリッツくん、それは正しい反応だよ。

でもあんまりにもぽかーんとしすぎちゃって、またマルゴに頭をはたかれた。

「フリッツ、ご当家の奥さまと、下のお嬢さまのアデルリーナさまだよ。ご挨拶しな！」

「へっ？　は、え？　あっ、あの、フリッツです！」

ぴしっと姿勢を正して言ったフリッツの頭を、マルゴがむんずとつかんで押さえつける。

「奥さま、アデルリーナお嬢さま、申し訳ございません、コレはあたしの下の息子でございますです」

マルゴはフリッツの頭を押さえつけたままねじり、私のほうへ向けさせた。

「ほれ、厨房に入れてくだすったゲルトルードお嬢さまにお礼も言ってないだろうが！　ったく、あたしに恥かかせてんじゃないよ」

「ありがとうございます、ゲルトルードお嬢さま！」

いやもう、私は笑いをこらえきれなかったんだけど、お母さまも朗らかに笑った。

「あら、マルゴの息子なのね？　じゃあ『さんどいっち』のパンを焼いてくれた人ね？」

「は、はいっ！　パンを焼かせていただきました！」

すっかり舞い上がっちゃってるフリッツに、お母さまはにこやかに笑いかけちゃう。

「とっても美味しかったわ。マルゴの息子はとっても上手にパンを焼くのね」

「ありがとうございます！」

うん、お母さま、一応彼らはプロの職人さんだからね、パンを上手に焼けるのは当然なのではと思います。

でもまあ、職人だといっても、誰でもこれだけちゃんとサンドイッチにあうパンや、ホットドッグにあうパンを焼いてくれるとは思えないから、本当に腕はいいんだろう。マルゴがしっかりとどういうパンがいいのかを伝えたんだろうけど、その注文通りに焼けるかどうかはやっぱり腕の問題だもんね。

私は笑いながら、ホットドッグを一本手に取った。そして、リールの皮をずらしながらフリッツに見せてあげた。

「フリッツ、貴方が今日焼いてくれたパンは、こうやって食べたの」

とたんにフリッツの目が丸くなった。

「えっ、ソーセージが丸ごと一本？」

みるみるうちに、フリッツの顔つきが変わる。なんていうか、愛嬌のある青年の顔から、職人さんか料理人さんの顔になった。

「これ、真ん中に切込み入れて……味付けは粒辛子とトマトソース？　ソーセージはふつうに蒸し焼きにして……？」

大きな体をかがめて顔を動かして、フリッツは私の手にあるホットドッグをいろんな角度から真剣に見つめている。

「とっても美味しかったのよ。手軽に食べられるし」

お母さまがまた朗らかに笑う。「ね、リーナ、美味しかったわよね」

「はい、とっても美味しかったです！　公爵さまも近侍さんも、美味しい美味しいっておっしゃってました！」

「あっ、ありがとうございます！　って、あの、えっ、公爵さま……？」

ほとんど反射的に礼を言ったフリッツが、一拍おいて固まった。

固まってるフリッツに、マルゴがため息をこぼしながら言ってくれた。

「そうだよ。たまたまおいでになった公爵さまも、この『さんどいっち』をお召し上がりくだすったんだよ」

フリッツの顔がひきつってる。

なんかもう、ホントにわかりやすくてかわいい性格してるわ、このフリッツくん。

私はやっぱり笑いながら言ってしまう。

「先ほどまでエクシュタイン公爵さまがお見えになっていたの。それでこの細長いサンドイッチを召し上がってくださって、とても気に入ってくださったのよ。それはもう、軍の携行食料に採用したいとおっしゃってくださるほどに」

「ぐ、軍の、携行食料、っすか？」

ひきつったままの顔を私に向けたフリッツの頭を、またマルゴがはたいた。

「なんだい、その言葉遣いは！」

「いや、でも、母さん、公爵さまとか、軍の携行食料とか……」

「いいかい、よくお聞き」

うろたえちゃってるフリッツの胸元をつかんで、マルゴは自分のほうへ向かせた。

「公爵さまも召し上がってくださって、しかも軍の携行食料に採用したいとまでおっしゃってくださったこの『さんどいっち』を、お前たちの店で売ってもいいと、ゲルトルードお嬢さまがご許可くださったんだよ」

マルゴの言葉を聞いたフリッツは、まずぽかんと口を開け、それから完全に固まった。

固まっちゃってる息子に、マルゴが繰り返し言い聞かせる。

「だからこの『さんどいっち』を、お前たちの店で売っていいんだ。しかも、レシピのお代金すらご不要だとまでおっしゃってくださってるんだ。いいかい、これから一生、ゲルトルードお嬢さまに感謝し続けるんだよ！」

「えっ、えっ、あの、えっ？」

わたわたと両手を動かして、フリッツはますますうろたえてる。

「フリッツ、まずゲルトルードお嬢さまにお礼を言いな！」

「あっ、ありがとうございます！　ゲルトルードお嬢さま！　ありがとうございます？」

なんだか、わかったんだかわかってないんだか、頭の上にまだクエスチョンマークを飛ばしてるようなフリッツに、私は笑いながら説明を加えることにした。

「最初に焼いてもらった、薄く切って使うパンはこうやって食べたのよ」

包んである布巾を外すと、中からフルーツサンドが出てきた。

すぐにマルゴが包丁を取り出し、ひとつ切ってその切り口をフリッツに見せてくれる。

「これはおやつにするためにクリームや果物をはさんだの。ハムやチーズや野菜などをはさめば、手軽に食べられる食事にもなるわよ」

丸くなったフリッツの目が、また一気に真剣になった。こういうところはホント、さすが職人というか、料理人って感じなのよね。

「詳しい作り方は、マルゴに訊けばいいと思うわ。いろんな具材をはさんで、いろんな味を楽しめるのよ。ただ、作るのにちょっと手間がかかるのと、崩れやすいので気軽に持ち帰りをするのは難しいかなということで、こちらの細長いパンにソーセージっていうほうも試してみたの」

私が手に取ったホットドッグを、フリッツが本当に真剣な目で見ている。

「これなら、ソーセージを丸ごと一本はさむだけだし、こうやってリールの皮を巻いておけば、かごにもどんどん放り込めるでしょう。食べるときも、リールの皮を少しずらすだけで食べられるから、とっても手軽だと思うのよ」

フリッツが、真剣な顔のままうなずく。

そのフリッツの頭を、またマルゴがはたいた。

「わかったかい。こんなに手軽でしかも美味しいお料理を、ゲルトルードお嬢さまは、お前たちが売ってもいいとおっしゃってくださってるんだ」

「母さん」

本当に真剣な顔でフリッツが言った。

「これ、めちゃくちゃ売れると思う」

「あたしもそう思うよ。だから、ゲルトルードお嬢さまに一生感謝しろって言ってるんだ」

ガバッと、フリッツが勢いよく腰を折った。

「ありがとうございます、ゲルトルードお嬢さま！　本当にありがとうございます！」

そしてまた勢いよく顔を上げたフリッツが、せわしなく言う。

「母さん、この細長いパン、ちょっと余分に焼いといたんだ、店に残ってるから、すぐ帰って兄さんと作ってみる。味付けに使ったの、母さんのトマトソースだよね？　ソーセージはいつもの蒸し焼きでいいかな？」

「ああ、その通りだよ、帰ってヘルマンと一緒に作ってみるといいよ」

マルゴの返答に、私はすぐ待ったをかけた。

「あ、でも、実際に売り出すのは、少し待ってほしいの」

パッと、フリッツとマルゴが私に顔を向ける。

私は二人を落ち着かせるように言った。

「さっき言ったように、公爵さまもこのお料理にご興味をお持ちなの。もしかしたら何か、さらに言ってこられるかもしれないわ。軍の携行食料にするという話についても、もう少し詳しくお伺いしておいたほうがいいと思うし……明後日、また公爵さまがいらっしゃるから、そのとき詳しくお話をしておきます。公爵さまの確認が取れるまでは、売り出しは待ってちょうだい」

「かしこまりました」

すぐにマルゴが答えた。「正式にご許可をいただくまで、売り出しは控えますです」

マルゴはフリッツの肩をたたく。

「いいね？　ゲルトルードお嬢さまから正式にお話があるまでは、売っちゃあダメだ」

「うん、わかった」

素直にフリッツがうなずく。けれど、その顔をまた私に向けた。

「でも、あの、ゲルトルードお嬢さま、オレたちが試しに作ってみるのは……」

「それは構わないわ」

私はにっこり笑ってうなずいた。「ソーセージ以外の具材を挟んでみたり、味付けやソーセージの種類を替えてみたり、いろいろ試してもらって結構よ」

「ありがとうございます！」

そしてフリッツは帰っていった。

嵐のようにやってきて嵐のように去っていった息子に、マルゴはすっかり身を縮めてる。

「まったくもって申し訳ございませんでした。本当に礼儀知らずで落ち着きのない子で……兄のヘルマンのほうは、もう少し落ち着きがあるんでございますが」

「あら、いい息子じゃない、明るいし愛想もいいし」

私はくすくす笑いながら言ってしまった。「ああいう人柄なら客商売に向いているでしょうね。フリッツが元気よく売ってくれたら、このパンもよく売れると思うわ」

「はあ、ありがとうございます、ゲルトルードお嬢さま」

礼を言いながらもげんなりしちゃってるマルゴに、私はさらに言ってあげた。

「あら、私は本気で言っているのよ。だって、公爵さまが軍の携行食料にしたいっておっしゃったほどなのだから、このソーセージのパンは特に若い男性に好まれると思うの。フリッツみたいに明るい人が元気に売っていたら、きっと町の男の人たちも買いやすいと思うわ」

「さ、さようでございますか？」

マルゴが目をぱちくりさせてるので、私はまた笑ってしまった。

「ええ、そう思うわ。そうね、ただ店頭に並べて売るだけじゃなく、何か売り方も考えたほうがいいかもしれないわね」

「売り方、で、ございますか？」

やっぱりマルゴは目をぱちくりさせてる。

「そうよ。フリッツたちのお店では、その場で客が食べられるだけの広さがないということだったけれど……そうだわ、『新年のお祭り』のときに、広場に屋台を出すっていうのはどう？」

『新年のお祭り』というのは、日本でいうところの大みそかの夜から元日の朝まで、夜通し開催される年越しイベントだ。この日だけは子どもも夜更かしが許されて、王都の大通りには一晩中明かりが灯り、文字通りのお祭り騒ぎになる。

「広場にはおやつや飲み物の屋台だけじゃなく、串焼きなどの屋台も出るのでしょう？　このソーセージのパンを屋台で売り出せば、すごく売れるんじゃないかしら？」

ハッとばかりにマルゴの目が見開いた。

「ゲルトルードお嬢さま、それは確かに……」

「ね？　屋台だとさすがに焼き立てのパンは無理でも、ソーセージはその場で蒸し焼きにしてアツアツの状態で売り出せば、絶対売れると思うわ」

「ええ、アツアツでも、リールの皮で巻いて売れば片手でも食べられますし」

「そうそう。手も汚さずに済むし、子どもでも食べやすいわ。それに、お祭りで話題になれば、その後フリッツたちのお店で売ってもすぐ人が集まると思うの」

「すばらしいです、ゲルトルードお嬢さま！」

両手を胸の前で組み合わせたマルゴは、もう踊り出しそうな雰囲気だ。

「でもマルゴ、これについても、事前に公爵さまに相談が必要だと思うのよ」

私がまた落ち着かせるように言うと、マルゴはまたハッとしたように私を見る。

「あ、ああ、ええ、さようにございますね……」

「実はね、公爵さまがわたくしの後見人になってくださることになったの。それで今後、公爵さまがいろいろと援助してくださることになったのだけれど」

私はちょっと苦笑してしまう。「その分、公爵さまに事前に相談しなければならないことが増えていくと思うわ」

「そうでございましたか……」

私の説明になんだか複雑そうな表情を浮かべたマルゴに、私はいたずらっぽく言ってみた。

「だからねマルゴ、公爵さまを懐柔《かいじゅう》しようと思ってるのよ」

「懐柔……で、ございますか？」

「ええ。だって公爵さま、いまのところマルゴが作ってくれたお料理は、ごはんもおやつもすべてお気に召したようなんだもの。これからさらに美味しいものを召し上がっていただいて、それでこう、ね？」

「おや、それは」

マルゴの口元が緩む。「なかなか、よい考えでございますね」

私たちは目を見かわして、ふふふっと笑った。

「それでね、また美味しいおやつを召し上がっていただけるよう、マルゴに作ってもらいたいお料理があるの」

「はい、それはもう喜んでお手伝いいたしますです」

にんまりと笑うマルゴに、私はまたちょっと苦笑した。

「ただね、明後日また公爵さまがいらっしゃるまで、わたくしはしなければならないことがすごく多くて……レシピを書いて渡すので、それを見て試作してほしいのよ」

「かしこまりました。ではそのレシピを」

「ええ、待ってね、いま書くわ」

私は厨房に備え付けてある石盤に、プリンのレシピをガリガリと書いていった。ついでにマヨネーズのレシピも書いておく。

「こちらが『甘い蒸し卵』よ。卵を混ぜるときは泡立てないように、そして目の細かいざるで濾《こ》すとなめらかになるの」

マルゴが食い入るように見つめているレシピに、私はちょっとしたコツも書き加えていく。

「それからこちらは、お食事のサンドイッチに使うと美味しい野菜用のソースよ。卵黄を加えることで、お酢と油をなめらかに混ぜ合わせることができるの。あと、残った卵白の使い道もちょっと書いておくわね」

そうやってマルゴにレシピの説明をしたところで、ハンスが勝手口から声をかけてきた。

「弁護士さんがお見えになりました！　いま門を開けましたので、玄関を開けてください！」

思い違いから始まる対策会議

ハンスの呼びかけに、まずナリッサが玄関へと超高速で向かった。

私とお母さまも急いで客間へと向かう。

客間で腰を下ろすと、ナリッサがゲンダッツさんズを案内してきた。

そう、ゲンダッツさんズだったの。若いほうのゲンダッツさんだけじゃなく、おじいちゃんのほうのゲンダッツさんも一緒にやって来てくれたんだ。

「まあ、小父《おじ》さまもいらしてくださったのね」

お母さまの声に、おじいちゃんのゲンダッツさんが答える。

「はい、コーデリアさま。久々の王都だということで、少々のんびり観光などしておりまして。まだこちらに残っておりました」

「それはよかったですわ」

お母さまは笑顔でゲンダッツさんズに席をすすめる。「ご相談しなければならないことがいろいろありますの。お知恵を貸してもらえると助かります」

席に着いたところで、ゲンダッツさんズはさっそく切り出してきた。もう少し詳しく状況を説明していただけないでしょうか、って。まあ、昨日送ったお手紙で一通りの説明はしたけれど、それだけじゃ理解が追い付かないのは当然だよね。

だから私とお母さまは、交互に話しながら説明していった。

まず、公爵さまは私たちをこのタウンハウスから追い出す気はまったくなかったということ。私たちの今後について、最初から相談に乗って力になってくれる気であったこと。公爵さまのその意図が、なぜ私たちに伝わっていなかったのか、その理由。

さすがにゲンダッツさんズも、『期日は設けない』という貴族の慣例的な言い回しについては、すっかり眉を寄せちゃってる。

さらに、『クルゼライヒの真珠』の顛末《てんまつ》について。

まさか貴族家が個人的に所有している宝飾品を、特定の品に限るとはいえ勝手に売買してはいけないことになっていたなんて、それについてもゲンダッツさんズはやっぱり眉を寄せた。

「『クルゼライヒの真珠』に関しては、公爵さまがすべて引き受けてくださいました。すでに相手の商会とも話がついていて、買い戻すことができるようですわ」

お母さまの説明に、私が付け加える。

「相手の商会は、買い戻しの代金のほかに、我が家の蒐集品をいくつか希望してきましたが、それについても公爵さまにご相談させていただき、お任せしました」

そして私はお母さまと顔を見合わせる。

やっぱ、支払いについても言っておかないとダメだよね？

「実は、買い戻すための代金についても、公爵さまが全額お支払いするとおっしゃってくださいました。それでわたくしたちは、今回は公爵さまのご厚意に甘えさせていただくことにしたのです」

私の説明に、ゲンダッツさんズはそろって眉をわずかに上げ、それからその眉を寄せた。

若いほうのゲンダッツさんは養子だから、おじいちゃんのほうのゲンダッツさんとは顔立ちや体型なんか全然似てないんだけど、どこか雰囲気が似てるのはさすが義理親子ってことかしらね。

などと思いつつ、私はそこから公爵さまが私の後見人に、って話につなげようとしたんだけど、いきなりゲンダッツさんズが立ち上がった。

「まことに申し訳ございませんでした」

そろって深々と頭を下げるゲンダッツさんズに、私もお母さまもぽかんとしちゃう。

なのに、若いほうのゲンダッツさんは本当に沈痛な顔つきで言うんだ。

「このたびの私どもの失態は、顧問契約を解除されても致し方ないことだと存じております。クルゼライヒ伯爵家ご夫人とご令嬢におかれましては、どのようにでもご処断くださいませ」

は、い？

一拍おいて、私もお母さまもすっかり慌てちゃった。

「え、あの、失態って……」

なんかもう私は素で言ってしまう。「あの、ゲンダッツさんと契約させていただいたのは、ついこの間ですよね？　証文のことも『クルゼライヒの真珠』のことも、あの、ゲンダッツさんにはご相談もしてなかったですよね？　だからゲンダッツさんが知らなかったのは当然のことで、それで失態とか、あの、契約を解除とか」

だけどおじいちゃんのほうのゲンダッツさんも、沈痛な面持ちで言ってくれちゃうんだ。

「貴族家の顧問を務めさせていただくとご契約いただいた時点で、私ども弁護士はご当家のすべてを把握しておく責務がございます。その上でわずかでも懸念事項がございますれば、それを的確にお伝えしなければなりません。私どもの力不足によって、ご当家には多大なご迷惑をおかけしてしまいました。まったくもってお詫びのしようもございません」

私はお母さまと顔を見合わせちゃう。

お母さまも困惑したようすで言った。

「ゲンダッツさん、わたくしたちは迷惑などとはまったく考えてもおりませんわ」

「そうです、そもそも公爵さまの意図を理解できなかったのも、『クルゼライヒの真珠』を売却してしまったのも、わたくしたち自身の責任なのですし」

私たちには、ゲンダッツさんズを責める気持ちなんてこれっぽっちもない。

それを伝えようとしたのだけれど、若いほうのゲンダッツさんはますます沈痛な顔つきになり、おじいちゃんのほうのゲンダッツさんは困ったような表情を浮かべ、さらにその顔に苦い笑みを浮かべた。

「コーデリアさま、それにゲルトルードお嬢さま」

おじいちゃんゲンダッツさんは静かに、ゆっくりと口を開いた。

「貴女さまがたが、どれほどお優しく情け深いご性情でいらっしゃるのか、私どもはよく存じております。けれど、これはまったく別の問題なのです」

そしておじいちゃんゲンダッツさんは、きっぱりと言った。

「これは、私どもの、弁護士としての矜持《きんじ》なのでございます」

その言葉に私は、ぎゅっと、心臓をつかまれたような気がした。

そうだ、この人たちはプロの弁護士なんだ。

そのプロに向かって私たちはいま、責任は問わないと言った。それは、あなたたちには期待していません、仕事をしてくれなくても別に構いません、と言ったも同然じゃないの？

おじいちゃんゲンダッツさんが顧問をしていたのは地方男爵家なので、我が家のような中央の上位貴族家とはいろいろ勝手が違うのだと思う。それに、若いほうのゲンダッツさんは、貴族家相手の仕事をしたことがあっても、顧問になるのは初めてだと言ってた。

だけど、プロの弁護士である以上、彼らはそれを言い訳にはできないんだ。

言い訳にしないことが、彼らのプロとしての矜持なんだ。

伯爵家の顧問弁護士になった以上、上位貴族家の所有する宝飾品についての事情を把握しておく必要があった。貴族同士で賭け事の証文を作った場合、そこにどのようなルールが存在するのか調べておく必要があった。

それを、知らなかったのだからしょうがない、などと弁護士自身が言ってはいけないし、また雇い主である私たちも、言ってはいけない。

それを口にするということは、弁護士自身が自分を貶めてしまうことになり、そして私たちは彼らを侮辱することになってしまうから。

そこで私は思い至った。

おじいちゃんゲンダッツさん、観光のために王都に残ってたって言ってたけど、本当はそういう事柄を若いゲンダッツさんと一緒に、大急ぎで調べてたからまだ王都に居たんじゃ……。

いや、そうだわ。

だって話の途中でゲンダッツさんズが何度も眉を寄せて顔をしかめてたのも、話の内容に驚いたんじゃなくて、自分たちの懸念が当たってしまった、っていう状態だったんだと思うわ。

うわー！

私は自分のやらかしたことに、文字通り穴があったら入りたいって気持ちになっちゃった。

もう正直に、ごめんなさいごめんなさいゲンダッツさんごめんなさい、って気持ちだったけど、それでもなんとか踏みとどまった。

だって、ここで私が謝罪を口にしちゃったら、ますます傷口を広げちゃうだけだもん。せっかくおじいちゃんゲンダッツさんが、わざわざ私たちに他意がないことまで指摘してくれたのに。

となりを見ると、お母さまも顔色を失ってる。

お母さまと視線を交わし、私たちはうなずきあった。

そして私は、背筋を伸ばして言ったんだ。

「わかりました、ゲンダッツさん。わたくしたちは、貴方がたの謝罪を受け入れます。その上で、改めて本日より顧問契約を結んでもらえますか？」

そろって目を見開いたゲンダッツさんズに、お母さまも言った。

「わたくしたちは、いますぐに弁護士に相談しなければならないことがあります。貴方がたがこれまでのことを失態と考えているのなら、ぜひそれを挽回《ばんかい》してもらいたいですわ」

私もお母さまの言葉にうなずいて続ける。

「そしてその結果で、さらに顧問を続けていただくかどうか判断させてもらいます。それでどうでしょうか？」

ゲンダッツさんズはそろって深々と頭を下げた。

「ご配慮、心より感謝申し上げます。ぜひ、改めてクルゼライヒ伯爵家の顧問弁護士として務めさせてくださいませ」

「わたくしたちがまずご相談したいのは、後見人手続きについてです」

切り出した私の言葉に、ゲンダッツさんズはまたそろって目を見開いた。

「後見人、でございますか」

「はい。わたくしの後見人に、エクシュタイン公爵さまがなってくださることになりました」

「エクシュタイン公爵さまが」

ゲンダッツさんズの目がさらに見開いた。

「ええ、エクシュタイン公爵家現当主、ヴォルフガング・フォン・デ・クランヴァルドさまです」

うん、噛まずに言えたわ。

「それは……まことにおめでとうございます」

ゲンダッツさんズがまたそろって頭を下げた。

やっぱ、公爵さまが後見人になるって、おめでたいことなのね。

と、私は今更ながらに思っちゃったんだけど、お母さまはにこやかに返事をしてる。

「ありがとうございます。公爵さまには、生涯ゲルトルードの援助をするとおっしゃっていただきましたの」

「それはまた、なんとも喜ばしいことでございますな」

おじいちゃんゲンダッツさんも、本気で嬉しそうに言ってくれちゃったわ。

うん、まあ、おめでたくて喜ばしいことなんだろう。

「その件について、明後日のお昼に公爵さまが我が家を訪れてくださることになっています。それまでに、必要な書類を用意してもらいたいのです」

私が背筋を伸ばして言うと、ゲンダッツさんズにピリッと緊張感が走った。

そして二人でさっと視線を交わし、深々と頭を下げた。

「謹んでお受けいたします」

そう答えたのは、若いゲンダッツさんだった。

そして若いゲンダッツさんは、私たちに問いかけた。

「後見人手続きを進めさせていただくにあたり、何か特記すべき内容などはございますか？」

「わたくしからひとつだけ、公爵さまにお願いしたことがあります」

お母さまがまっすぐにゲンダッツさんズを見つめて言った。

「ゲルトルードが望まぬ結婚は求めない。それだけをお願いし、公爵さまはご了承くださいました」

おじいちゃんゲンダッツさんがすっと目を細め、そして静かに頭を下げた。

「かしこまりました。それについては間違いなく特記致します」

そこで一拍おいて、ようやく場の空気がちょっと緩んだ。

おじいちゃんゲンダッツさんは本当に嬉しそうに、まるで娘と孫を見るかのようにお母さまと私に優しい視線を向けてくれた。

「本当にようございました。エクシュタイン公爵家の現当主さまは、領民からも慕われておられるよいご領主さまだと聞き及んでおります。そのようなおかたが、ゲルトルードお嬢さまの後見人になってくださるとは。なんとも心強いことでございますな」

お母さまも嬉しそうだ。

「ええ、公爵さまはゲルトルードのすばらしさをよくわかってくださっていますの。誰よりも優しくて聡明なゲルトルードが持っている才能や地位を、誰かに利用されてしまわないよう、庇護が必要だとおっしゃってくださって」

「お、お母さま、それは……」

めちゃくちゃ『お母さまフィルター』がかかりまくったご感想です、というのをどう伝えればいいのか。私があわあわしてるのに、お母さまは止まらない。

「本当にゲルトルードはわたくしの娘にはもったいないくらい、すばらしい娘ですのよ。聡明さも飛びぬけていて、誰も思いつかないようなすばらしいことを形にしてしまいますの。実はゲルトルードが発案したものをいくつか、意匠登録したいと思っているのですけれど」

「意匠登録でございますか」

ゲンダッツさんズの目がまたもや見開いちゃった。

でもまあ、話は戻ったというか、その話をしなきゃいけないんだから、結果オーライよね。って、思ってたのに、お母さまってばますますノリノリなんですけど。

「ええ、公爵さまも大変ご興味をお持ちで、意匠登録に関してもご同席を希望されておりますの。新しい産業になる可能性もあるとまでおっしゃってくださって」

「新しい産業、でございますか！」

いやもう、ゲンダッツさんズもびっくりだよね？　話、盛りすぎだよね？

私は思わず咳ばらいなんかしちゃった。

「いえ、まさかそこまではないと思いますわ。公爵さまが過大に評価してくださっているようで、申し訳ない限りです」

　私がにっこり、いやちょっと顔は引きつってたと思うけど、笑顔でなんとかいなしたのに、お母さまは引いてくれない。

「あらルーディ、実際に貴女が考えたあのパンは、国軍の携行食料に採用したいと公爵さまはおっしゃっていたじゃないの」

「国軍の携行食料でございますか！」

　ゲンダッツさんズ、再びびっくり。

　いや、確かにそれはそうなんですけど！

　私がどう説明しようかと、またもやあわあわしちゃってると、客間の扉がノックされた。お母さまが応じると、聞きなれたいつもの声が聞こえた。

「失礼いたします。ツェルニック商会頭取さまご一同と、商業ギルドの方がたがお見えになりました」

　音もなく開いた扉から顔を出したのは、ヨーゼフだった。

　私はぎょっとばかりに腰を浮かしかけて、かろうじて踏みとどまった。

　だってヨーゼフ、まだ寝てないとダメじゃないの！　なんで仕事しちゃってるの！

　となりでは、お母さまも浮かしかけた腰をなんとかとどめてる。お客さまの前でヨーゼフに注意するわけにはいかない。

　それがわかってるものだから、ヨーゼフときたらいつも通りきっちりと執事の衣装をまとい、口元に柔らかな笑みを浮かべて言ってくれちゃうんだ。

「お通ししてもよろしゅうございますか？」

あとでお説教しますからね！

という意味を込めて、一瞬だけヨーゼフをにらむと、私はにっこりと答えてみせた。

「ええ、お通ししてちょうだい」

意匠登録とマーケティングのお話

客間に入ってきたツェルニック商会のロベルト兄とリヒャルト弟はいつものごとく片膝を突き、恭《うやうや》しく私たちに礼をした。

「クルゼライヒ伯爵家未亡人コーデリアさま、ならびにご令嬢ゲルトルードさまにはお急ぎのご用件と伺い、我らツェルニック商会、はせ参じましてございます」

うん、キャラ濃い兄弟、通常運転だね。

ツェルニック商会にはもう一人、年配の女性が同行していたんだけど、クラウスに先を譲った。

そこでクラウスが、自分と同行してきた男性を紹介する。

「私ども王都商業ギルドで、意匠登録を専門に担当している者です」

紹介された男性は、折り目正しくきっちりと礼をした。

「クルゼライヒ伯爵家ご令嬢ゲルトルードさま、ならびに未亡人コーデリアさまには初めてお目にかかります。王都リンツデール商業ギルド意匠登録部門にて部門長を務めさせていただいております、エグムンド・ベゼルバッハと申します」

やせぎすで眼鏡をかけていて、きれいな銀髪をぴっちりとなでつけているという、なんかこう、見るからに仕事のできそうな感じの人だ。年齢は四十代前半くらいだろうか。

しかしクラウス、いきなり部門長を連れてきてくれるなんて、さすがと言うしかないかも。

商業ギルドの意匠登録部門の部門長が来てくれていると知って、ツェルニック兄弟の顔つきが変わってる。そして、彼らは同行していた年配の女性を紹介してくれた。

「本日は我が商会の服飾部門で製作を担当しております者を紹介させていただきたく、同道させましてございます」

半白の髪をきゅっとひっつめにし、すっと背筋が伸びたその年配のご婦人は、見るからに職業婦人というきびきびとした動作で私たちの前に出た。

「ツェルニック商会で服飾の製作を担当しております、ベルタ・ツェルニックと申します。ここにおります愚息たちの母にございます」

ありゃま、ツェルニック兄弟のお母さんですか。

ベルタさんは私とお母さまに対し、丁寧な礼をした。

「このたび、ご当家ゲルトルードお嬢さまより大変すばらしい意匠を授けていただき、ぜひ一言なりともお礼申し上げたく、失礼を承知で本日お伺いさせていただきました」

ベルタお母さんの、意匠を授けていただき、という言葉で、今度はギルドのエグムンドさんが眼鏡の奥の目をすっと細めた。

うん、役者はそろいましたって感じね。

おっと、ゲンダッツさんズを紹介しなきゃ。

ということで、私は彼らにゲンダッツさんズを紹介する。

ゲンダッツさんズが弁護士だと知って、ツェルニック商会一行もギルドのエグムンド意匠登録部門部門長も、なんかさらに顔が引き締まった。

その引き締まった顔で、リヒャルト弟は自分の荷物から小さな包みを取り出す。

「では早速でございますが、こちらをどうぞお納めくださいませ。今回試作いたしましたものの中でも特に出来がよかったものを、取り急ぎレティキュールに仕上げさせていただきました」

リヒャルト弟が取り出したレティキュールを、ヨーゼフが私たちのところへ持ってきてくれる。

「まあ！」

お母さまが思わず声を上げ、私も目を見張って息を呑んじゃった。

だって、いや、ちょっと待って、私のあの適当な落書きからどうやって、こんなすごいデザインができちゃったのー？

レティキュールというのは、ポケットのないドレスを身にまとっている女性が、ハンカチや口紅などちょっとしたものを入れて持ち歩くための、小さな手提げ袋だ。貴族女性はたいていお茶会や夜会に持っていく。

そしてもちろん、その小さな手提げ袋にもさまざまな意匠を凝らし、ドレスと同じようにデザイ

ンや質を競い合っちゃったりする。

リヒャルト弟が出してくれたレティキュールも、私の掌よりちょっと大きいくらいのほんの小さな巾着袋なんだけど、よくぞここまでおしゃれに仕上げてくれたと思わずにいられない。

生地は光沢のあるブロンズ色。そこに、淡い金色の細いコードがあしらわれている。四角い巾着の裾角の部分に花のような凝った模様が、コードを使って対になって描かれており、真珠色の小さなビーズがさりげなく散らしてある。そしてその花の模様をつなぐように、蔓草《つるくさ》のような繊細な模様が生地全体に広がっている。それも、裏も表も絞り口を除いてびっしりだ。

なんかもう、すごい。ホント、すごいとしか言葉が出てこない。

だって、もとをただせば私のあの落書きよ？　それに、そもそも昨日の話だったんですけど？それをたった一日で試作して、しかもその試作の中で出来がよかったものとか……おまけにちゃんとレティキュールに仕上げて持ってきてくれちゃうなんて、もうどんだけがんばってくれちゃったんですか、ベルタお母さんは。

そのベルタお母さんに顔を向けると、張り詰めた表情ながらしっかりと私を見返してくれる。その目元にはうっすらとくまができているのが見て取れた。

「すばらしいです」

私が一言告げると、ベルタさんの全身がわずかに緩んだ。

「ありがとうございます」

礼をするベルタさんに、私はさらに声をかけた。

「わたくしのあの簡単な絵から、これほどすばらしい意匠に仕上げてもらえるとは、思いもよりませんでした。この模様も色合いも、それにビーズをあしらってさりげなく華やかさを加えてあるところも、本当に申し分ない出来です」

「過分なお言葉、まことにありがとうございます」

ベルタさんの表情が、ようやくホッとばかりに緩んだ。

私は手に取っていたレティキュールを、お母さまに渡した。

お母さまも感心したように、そして本当に嬉しそうに、しげしげとレティキュールを見つめ、触って確かめている。

「本当にすてきだわ。ルーディの説明を聞いていても、わたくしはどのような刺繍なのかよくわからなかったのだけれど……こんなふうになるのね。模様が浮き上がって見えるし、ふつうの刺繍とは違って手触りも不思議な感じで楽しいわ」

「わたくしも、ここまですばらしい意匠にしてもらえるとは思っておりませんでした」

私がそう言うと、お母さまはうふふふっと笑う。

「さすが、本職のかたよね。こちらは、ベルタさんがご自分でお縫いになったのかしら?」

お母さまの問いかけに、ベルタさんはちょっと驚いたような表情を浮かべたけれど、すぐに返事をしてくれた。

「はい、奥さま。昨日愚息たちが帰宅してすぐ、詳しく説明をしてくれましたので、とにかく縫ってみようと、我が家のお針子たちと一緒に試作してみたのでございます」

「たった一日でここまで仕上げてくれるなんて、本当にすごいです」

私も素直に感心を伝えると、ベルタさんはさらに表情を緩めてくれた。

「ありがとうございます。幸いにも我が家に、モールにする前の細いコードが何本かございましたのです。それを使って試作してみたところ、本当に楽しくて止まらなくなってしまいまして。すぐに愚息を問屋に走らせ、細いコードを何種類も取り寄せました」

「あら、では無理をさせてしまったのではなくて、楽しんで縫ってもらえたのね？」

お母さまの問いかけにベルタさんは力強くうなずいた。

「もちろんでございます、奥さま。無理などとんでもございません。とにかく、これも試してみようあれも試してみようと、お針子たちと夢中になって縫わせていただきましてございます。本当にこの意匠を授けてくださったゲルトルードお嬢さまには感謝に堪えません」

なんか、うん、よかったです。そんなに喜んでもらえたのなら。

ベルタお母さん、マジで目がキラキラしちゃってます。服飾関係の人たちって、本当にみなさんこういうノリなのね？

だって、ベルタお母さん、止まらなくなってきちゃったよ？

「試作してわかったことなのですが、こちらのコードを使った刺繍の場合、薄い色のコードのほうが、陰影がはっきりと出るようでして、より立体的に感じられます。色数も抑えたほうが上品な印象になりまして、さらにこうしてビーズを散らすことでより――」

「母さん、説明はそのくらいで」

語り始めちゃったベルタお母さんを、ロベルト兄が笑顔でぶった切った。

そしてロベルト兄はその笑顔をくるりと私たちに向ける。

「それでは、本日私どもにお声がけいただきましたのは、意匠登録の件に関して、でよろしゅうございますか?」

うん、相変わらずいい仕事してくれるね、ロベルト兄。


「これを、意匠登録ですか……」

若いほうのゲンダッツさんが、コード刺繍のレティキュールを手に、ひそみを深くしている。

小さなレティキュールをひっくり返したり中をのぞき込んだりする彼の手元を、左右からおじいちゃんのゲンダッツさんとエグムンドさん、それにクラウスが覗き込んでいる。

やがて、若いゲンダッツさんは眉間にシワを寄せたまま、顔を上げて問いかけた。

「その、これは、従来の刺繍と、どこがどう違うのですか?」

「おおう!」

リヒャルト弟が片手で顔を覆って天を仰いだ。

いや、ロベルト兄も同じ格好をしてるし、なんならベルタお母さんも同じ格好をしたいところをなんとか踏みとどまった、って感じのポーズになっちゃってる。

そろって『なんで違いがわからへんのや、このボケ!』くらいの気持ちなんだろうな。

リヒャルト弟は、広げた両手を震わせながら若いゲンダッツさんに詰め寄った。

「よろしいですか？　このコードを使った刺繍は画期的なのです！　従来の刺繍のように一針一針縫っていくのではなく、こういった細いコードやリボンなどを生地に縫い付けるという手法で、立体的で華やかでかつ上品な彩《いろどり》を、お衣裳やこのような小物に添えることができるのです！　従来の刺繍よりはるかに手軽に装飾できるだけでなく、図案によってはすばらしく凝った装飾に仕上げることもでき、とにかく立体的であることが何より画期的で、これまで何重にも糸を縫い重ね合わせることでしかできなかった表現が……」

今回はロベルト兄もぶった切る気がないらしく、リヒャルト弟のとなりでうんうんとうなずいている。

どうしようかな、と思っていると、エグムンドさんがすっと手を挙げてくれた。

「つまり、図案ではなく、その手法を、意匠登録されたいということですね？」

「その通りです！」

ふんす！　と鼻息も荒くリヒャルト弟が首を縦に振る。

そして、息継ぎをしてさらにコード刺繍について言い立てようとするリヒャルト弟が口を開くより先に、エグムンドさんが淡々と言った。

「手法の意匠登録は大変難しいです」

「……は？」

見事に固まっちゃったのは、リヒャルト弟だけじゃない。ロベルト兄もベルタお母さんも固まっている。

けれどエグムンドさんはかけている眼鏡を指でくいっと押し上げ、さらに淡々と言った。

「手法の場合、少し手順や素材をかえただけで、別のものであるとして流通させやすいからです。これまで我が商業ギルドで意匠登録された手法は、非常に優れた技術を持った職人の、その本人でしか再現できない細工方法という一件のみです。ですから、今回のこの新しい刺繍についても、意匠登録は難しいと思われます」

あ、そういうものなんだ？　と、エグムンドさんの説明に納得した私の傍らでがっくりと、絵に描いたようにがっくりと崩れ落ちるツェルニック兄弟。

でも、さすがと言うべきか、ベルタお母さんは踏みとどまっている。やっぱりショックなのか顔色は白くなってるけど、それでもベルタお母さんは気丈に問いかけた。

「その……登録の可能性は、まったくないのでございましょうか？」

「細かく厳密に素材や手順を規定すれば、できないこともありません」

エグムンドさんの言葉に、ツェルニック商会一行がさっと色めき立つ。

けれどエグムンドさんは淡々と言葉を続けた。

「しかし、私の個人的な意見として、この手法はむしろ意匠登録しないことをおすすめします」

エグムンドさんのなんだか意外な言葉に、またもやわかりやすく目を見張ってくれちゃうツェルニック商会一行。

その中からリヒャルト弟が身を乗り出して問いかけた。

「なぜですか？　なぜ、意匠登録しないほうがいいと……」

「この新しい刺繍を、流行させるためです」

その手に小さなレティキュールをささげ、エグムンドさんはきっぱりと言い切った。

またもや目を見開いているツェルニック商会一行に、エグムンドさんはさらに言う。

「この新しい刺繍はその権利を独占するよりも、開放することで流行させたほうが、貴方がたの商会により多くの利益をもたらす可能性が高いです」

「より多くの利益というのは……」

ひとつ喉を鳴らしたロベルト兄が身を乗り出した。

はっきりうなずいたエグムンドさんが続ける。

「流行というものは、それに付随する商品によって多大な利益を生み出します。ただ、流行には大まかにいって二つの傾向があり、ひとつは特定の人々の間で希少な商品が盛んに取引される場合、そしてもうひとつは、より多くの人々が手にすることで膨大な量の商品が流通する場合です」

エグムンドさんはかけている眼鏡をまた指で押し上げた。

「この新しい刺繍は、間違いなく後者です」

手にしていたレティキュールをテーブルに置き、エグムンドさんはさらに説明を続ける。

「細いコードを布に縫い付けることで、立体的な模様を描き出すというこの新しい刺繍は、ある程度刺繍の心得のある者であれば誰でも問題なく製作できるでしょう。しかも、材料となるコードや細いリボンなどは、平民でも簡単に手に入れることができます。工夫次第でさまざまな装飾が可能ですから、ひとたび世に出れば、多くの人々がこぞって真似をするはずです。それによって、大きな流行の発生が見込めます」

「……もしそのとき、コードを縫い付けるという手法そのものに意匠登録がされてしまっていた場合、製作するたびに登録使用料が発生する……そうなれば、真似をしたくても気軽に真似することができないという状況になってしまう。そういうことですね？」

思わず口をはさんでしまった私に、エグムンドさんは軽く眉を上げた。

けれど、すぐに彼はうなずいてくれた。

「おっしゃる通りです、ゲルトルードお嬢さま。この新しい刺繍は、制限を設けることなく大量に流通させることで、より多くの利益を生み出すべきだと、私は考えています」

すごい。

これって、完全にマーケティングの話だよね？

「エグムンドさんのお話は、非常にわかりやすいです。わたくしも、より多くの人たちにこの新しい刺繍を使ってほしいと思います」

そう言って私は、ツェルニック商会に顔を向けた。

彼らはなんだか茫然《ぼうぜん》としちゃってる。たぶんまだ理解が追い付いてないんだろう。だから私は、ひとつ後押しをしておくことにした。

「では、ツェルニック商会はこの新しい刺繍を使った図案を、例えばこのレティキュールに使われている模様でもいいですけれど、それを通常の形で意匠登録しておくのはどうかしら？　まったく同じ図案でなければ登録使用料は発生しないけれど、最初に登録しておくことで、この新しい刺繍を最初に始めた商会として名前は残るでしょう?」

私の言葉に、ツェルニック商会一行がその表情をハッとさせた。

そして彼らが口を開くより早く、エグムンドさんがダメ押ししてくれた。

「すばらしいお考えです、ゲルトルードお嬢さま。それによって、この新しい刺繍を注文するのであればまずツェルニック商会へ、という流れができると思います」

おう、専門家のお墨付き出たよ!

と、私は思わずどや顔をツェルニック商会一行に向けちゃった。

崩れ落ちていたツェルニック商会三名は、そのまま床に手をついてふるふると肩を震わせてる。

あ、あれ? なんか私、間違った?

そう思った次の瞬間、三人が同時に顔を上げて叫んだ。

「ありがとうございます、ゲルトルードお嬢さま!」

いきなり叫んだかと思うと、ツェルニック商会一行はさらに口々に言い募った。

「未来永劫、感謝させていただきます、ゲルトルードお嬢さま!」

「まさか我ら商会のことをそこまで考えてくださるとは、まさに精霊のごときゲルトルードお嬢さまのご加護をいただいたと言っても過言ではございません!」

「我らツェルニック商会、全員の生涯をゲルトルードお嬢さまに捧げます!」

いや、過言だから! 過言が過ぎるから!

私の前に跪《ひざまず》き、なんかもうむせび泣きながらすさまじく重いことを口走りまくってるツェルニッ

ク兄弟とベルタお母さんに、私は思わず引いちゃったわよ。

「え、ええ、でも、これは実際にやってみないと、どの程度の利益になるかなんてまったくわからなくてよ?」

いやもう、ちょっとそこまで重いのは勘弁してほしいと思いつつ、なだめるように私は言ったんだけど、別方向から突っ込みがきちゃった。

「いいえ、まず間違いなくこの新しい刺繍は、新しい流行を生み出すと思います」

ちょ、エグムンドさん、そこんとこは専門家がそんな簡単にお墨付き出さないで!

私は焦っちゃってんのに、エグムンドさんってばなんか変なスイッチ入っちゃったらしい。また滔滔《とうとう》とマーケティングなお話を始めちゃった。

「流行には上から下へと広がる場合と、下から上へと昇っていく場合があります。この新しい刺繍に関しては、上から下へ広げるべきでしょう。なにしろ、貴族令嬢が考案されたものだという点が大きい。貴族のご令嬢やご夫人がたのお衣裳や小物などを彩ることで、すぐに平民にも広がっていくはずです。まずはゲルトルードお嬢さまやコーデリア奥さまにこの新しい刺繍を使用したお衣裳をお召しいただき……」

どうしよう、いつもいい仕事してくれるロベルト兄もぶった切る気なんてこれっぽっちもない顔で、エグムンドさんの演説に聞き入っちゃってる。

ここはやっぱり私が切るしかなさそうだわ。

「そうですね、でも、まず公爵さまとご相談をしないことには」

にこやか〜に私が口をはさむと、エグムンドさんがハッとばかりに顔を向けた。

「公爵さま、で、ございますか？」

「ええ。このたび、エクシュタイン公爵さまが、わたくしの後見人になってくださることが決まりましたの」

私はさらににっこりと言う。「公爵さまは意匠登録の件にも大変ご興味をお持ちなのです。それに、さまざまな援助もお約束くださっているので、公爵さまのご意向もうかがってみないことには最終的な判断はできないですね」

「すばらしいです」

私の言葉にすぐさま応じたエグムンドさんの顔に、なんだか悪い笑みが浮かんでる気が……気、気のせいよね？

「まさか公爵家の後見をお持ちだとは。しかも現王家と直接のつながりがお有りになるエクシュタイン公爵家、さすがゲルトルードお嬢さまです。公爵家の影響力をもってすれば、もはや流行の発生は約束されたも同然です。いや実にすばらしい」

な、なんですか、その眼鏡キラーンは？　エグムンドさんって実はギルドの黒幕？

それに、さすがゲルトルードお嬢さまって……私、もしかしてロックオンされてる？

そんなちょっと冷汗が伝っちゃいそうな状況だってのに、今度はお母さまがエグムンドさんの話に乗ってきちゃった。

「ええ、エクシュタイン公爵さまはゲルトルードのことをとても高く評価してくださっていますから、どのような援助でもしていただけるに違いありませんわ」

お母さま、だからどうしてそんなに嬉しそうに語ってくれちゃうんですか！

私が止める間もなく、お母さまはさらに言ってくれてしまう。

「ほかにも『さんどいっち』を軍の携行食料に採用してくださるというお話もありますし、意匠登録についても、この刺繍以外にも公爵さまは検討してくださっているようですのよ。もちろん、すべてゲルトルードが考案したものばかりですの」

「この刺繍以外にも意匠登録の検討を？　それに軍の携行食料でございますか？　そちらについても、詳しくお伺いすることはできますでしょうか？」

うわーエグムンドさんがさらに眼鏡キラーンしちゃってるー。

身を乗り出して問いかけてきたエグムンドさんに、お母さまは小首をかしげた。

「そうね、あの布のことも、いまお話ししておいたほうがいいかしら？　ツェルニック商会さんもいらしていることだし。どうしましょうか、ルーディ？」

お母さまに問いかけられた私が答える前に、ツェルニック兄弟が食いついた。

「布？　何か布に関わるものでございますか？」

なんかもう、エグムンドさんは眼鏡キラーンだしツェルニック商会一行はギラギラしちゃってるし、まあいいんだけど、蜜蝋布についても相談しておく必要はあるわけだから。

「そうですね、ではあの布をここに持ってきてもらいましょうか」

私がうなずくと、部屋の隅に控えていたヨーゼフがすっと頭を下げた。

「それではせっかくでございますから、皆さまにはお茶を召し上がっていただきましょう。ただいまご用意しますので、少々お待ちくださいませ」

にこやかにそう言って客間から下がっていくヨーゼフを、私はなんだかあっけにとられたまま見送った。

って、えっと、もしかして、お茶だけでなく、おやつにホットドッグかフルーツサンドも持ってくるつもり？　この部屋、いま何人いる？　確かにマルゴは追加で作ってくれてたけど、それでも足りる？　そりゃ、蜜蝋布でフルーツサンドを包んで出すことができれば、プレゼンとしては一番いいんだけど……。

などと私が考えている間に、ヨーゼフはワゴンを押して戻ってきた。シエラも一緒だ。

そしてそのワゴンに積まれていたのは……あーもう、我が家の使用人が優秀過ぎる！

ホンットにいつの間に作ってくれちゃったのか、ホットドッグもフルーツサンドもどっさりワゴンに積み込まれてた。マルゴがさらに追加してくれたんだわ。

しかもフルーツサンドはどれも食べやすいように蜜蝋布で包んである。その蜜蝋布も、私が作ったあの間に合わせのヤツではなく、かわいいギンガムチェックやストライプ柄の布をピンキング鋏でカットして作ったものだ。

いつの間に！

ホンットにいつの間に、蜜蝋布まで作っちゃったの！

一台のワゴンでは積みきれず、二台目のワゴンを押してきたシエラは笑顔を隠しきれてない。お使いで布を買ってきて、すぐに蜜蝋布にしてくれたんだわ。

一回だけ、私が目の前で作ってみせたのをちゃんと覚えていたのね。しかも、私がちょこっと、ピンキング鋏を使ってギザギザに切っておけばほつれ防止になるし、見た目もかわいいのよねーって、言った通りにしてくれてるし。ピンキング鋏をすぐに用意できるところがまた、さすが元お針子!

ヨーゼフがお茶の準備をし、ナリッサとシエラはそれぞれが座るソファーの前に低いテーブルを用意している。

これもねえ……貴族は、平民と同じテーブルでお茶をすることはないの。

だから、ソファーに並んで腰を下ろしている私とお母さまとは別に、ゲンダッツさんズに商業ギルドチームの二人、そしてツェルニック商会の三人のそれぞれに小さなテーブルが用意され、そこにお茶とおやつが配られることになる。

今日のおやつとなるフルーツサンドとホットドッグは、テーブル用のこぶりな浅いかごに盛られている。各テーブルにそのかごがひとつずつ配られ、それぞれかごから取り出して食べてもらう形だ。

おやつの入ったかごと、お茶が全員に配られたところで、私は口を開いた。

「本日のおやつは、わたくしが考案したサンドイッチというお料理です。こちらの細長いパンのほうを、公爵さまは軍の携行食料に採用したいとおっしゃってくださっています」

言いながら私は、リールの皮が巻かれたホットドッグをひとつ取り出す。

そしてお母さまに視線を送ると、お母さまは心得た顔でフルーツサンドをひとつ、かごから取り出してくれた。私はその蜜蝋布で包まれたフルーツサンドを示しながら、説明を加える。

「こちらの、薄く切ったパンを使ったサンドイッチを包んでいる布は、少し加工がしてあります。手で温めると自由に形を整えることができ、汚れても水洗いができるので繰り返し使えます。そしてこの布でパンを包んでおくとパンが乾きにくくなるため、保存にも最適です」

私たちは手にしていたパンをいったんかごに戻し、ティーカップに手を伸ばした。紅茶を一口飲み、またパンに手を伸ばす。

私がホットドッグを、お母さまがフルーツサンドを一口食べたところで、私はにっこりと笑って言った。

「では、みなさんもどうぞ召し上がれ」

試食会とレシピ

「とっても美味しいわ。木苺と藍苺の酸味とクリームの甘みが本当によく合っていて」

お母さまはにっこにこでフルーツサンドをほおばっている。マルゴが追加で作ってくれた分の中に、木苺と藍苺を使ったサンドがあったんだ。

私もさっきちょこっと食べてはいたんだけど、やっぱりこのホットドッグ、ソーセージがぷりっぷりで本当に美味しい。マルゴの作ってくれたトマトソースと粒辛子の味加減も絶妙だ。

なのに、私とお母さま以外は、誰もまだ食べてない。

どうぞ召し上がれって言ったのに、なんかみんなすっごい目がマジのまんまフルーツサンドとそれを包む蜜蝋布、それにホットドッグを見つめてる。

ええと、公爵さまだって平気でむしゃむしゃ食べてくれちゃったんだから、薄く切ったパンがダメとか、そんなことないよね？

最初に手を伸ばしたのは、意外にも若いゲンダッツさんだった。

「これを軍の携行食料に、ですか……」

若いゲンダッツさんはかごからホットドッグをひとつ取り出し、いま食べている最中の私に遠慮がちに視線を送ってきた。

私はその視線に応えるように、にっこりと笑う。

「ちょっとお行儀が悪いのですけれど、こうやってリールの皮をずらしながら食べていくと、手を汚さずに片手で食べられます。その点が特に携行食料に向いていると、公爵さまはお考えのようでした」

「なるほど」

うなずいた若いゲンダッツさんが、私の真似をしてリールの皮を少しずらし、ホットドッグにぱくりとかぶりついた。

そのとたん、ゲンダッツさんの目がちょっと見開き、そのままもぐもぐと咀嚼する。

「これは、なんとも美味いですね」

若いゲンダッツさんのようすを見ていたクラウスも、ホットドッグを手に取って同じようにかぶりつく。

「本当だ、すごく美味しい」

クラウスの緑の目も丸くなった。「それに、パンにソーセージがまるごと一本というのは食べ応えがあっていいですね。兵士も喜びそうだ」

そう言うクラウスの横では、いつの間に手に取ったのかエグムンドさんもホットドッグを食べている。それも、なんだか真剣な顔で、噛みしめるようにして。

「それでは私は、こちらをいただいてみましょうかな」

おじいちゃんゲンダッツさんは、フルーツサンドに手を伸ばした。黄と紅の葡萄柚をサンドしたヤツだ。白地にミントグリーンのストライプ柄の蜜蝋布に包まれていて、おじいちゃんゲンダッツさんは興味深そうに、まずその布の様子を確認している。

そんなおじいちゃんゲンダッツさんに、お母さまが声をかけた。

「小父さま、この布は手で温めながら形を整えると、好きな形のまま固めることができますのよ。こうやって包んでおけば、クリームがあふれても手を汚さずに食べられます」

「手で温めながら……おお、本当ですな、これはおもしろい」

おじいちゃんゲンダッツさんはストライプ柄の蜜蝋布の端を折りたたみ、中のフルーツサンドの角が見えるように出してきた。そしておもむろに、その角にかぶりつく。

「これは……ふむ、果実とクリームの味わいがなんとも……」

もぐもぐと咀嚼して呑みこみ、おじいちゃんゲンダッツさんは笑顔で二口目にかぶりついた。

そして、フルーツサンドというか、それを包む蜜蝋布を凝視していたツェルニック商会一行も、ついに手を伸ばした。

三人そろってフルーツサンドを包んでいる蜜蝋布を丁寧に撫でまわして感触を確認し、ロベルト兄なんぞはサンドじゃなくて布の匂いをしきりに嗅いでいる。

蜜蝋布って言っちゃうと、何を使って加工しているのかが丸わかりなので、とりあえず蜜蝋布とは呼ばないようにって公爵さまからは注意されてたから、私もお母さまも口にしなかったんだけどね。たぶん匂いでわかっちゃうだろうな。シエラが作ってくれたばかりの蜜蝋布だから、蜜蝋の甘い匂いも強く残ってるし。

蜜蝋で加工したことに気がついたのかどうなのか、じっくり布の確認をしていたツェルニック商会一行が、ようやくフルーツサンドを口にした。

とたんに、三人とも目を丸くしてる。

「これは……なんとも美味な」

「クリームの甘さが果実でさっぱりと味わえて、いくらでも食べられそうです」

「見た目がこれだけ華やかで、しかもこんなに美味しいとは」

そこからは、きっちり試食会になった。

みんなそれぞれ、ホットドッグとフルーツサンドを手にこれが美味しい、いやこっちもいける、なんて口々に言ってる。

うん、やっぱりみんな、パンを薄く切って使っていることに抵抗感はないみたい。

全員が一通り食べたところで、私はまた口を開いた。

「このパンを薄く切ったサンドイッチは、具材にベーコンや卵、野菜などを使うと手軽な食事にもなるのですよ。我が家では朝食として食べています」

それからヨーゼフに顔を向けると、すっと新しい蜜蝋布と空のカップを私の前に置いてくれる。

やっぱ我が家の使用人ってホントに優秀。

「こちらの布は、このようにして」

私は説明しながら蜜蝋布をカップに被せた。「手で温めながら押さえて形を作っていくと、ぴったりとくっついてふたになります」

ピンキング鋏でギザギザにカットされた丸い蜜蝋布を、きゅっきゅっとカップの縁に沿って押さえ、私はぴったりとふたをしたカップを持ち上げて逆さまにしてみせる。とたんに、どよめきが起きた。

「大きめに用意したこの布で野菜や果物を包んでおくと乾燥しにくくなるため、保存にも向いています。パンもパサパサしにくくなりますし、ジャムを入れた瓶のふたなどにも使えます。また手で温めれば簡単に開けられますし、汚れても水洗いできるので、繰り返し使えますよ」

やっぱりテレビショッピングだなーと思いながら、私はにこやかに説明した。

そこで、エグムンドさんが軽く手を挙げ問いかけてきた。

「こちらの布の意匠登録を、ご希望でございますか？」

「公爵さまはそのようにお考えのようなのですが」

私はちょっと首をかしげてみせる。「先ほどのエグムンドさんのお話を聞いて、この布も登録せずに広く使ってもらうほうがいいのでは、と私は思いました」

「なるほど」

エグムンドさんてば、また眼鏡キラーンになってる。

私は苦笑気味に言ってしまう。

「それに、この布は本当に簡単に作れるのです。材料もすぐ手に入りますし、平民の家庭でもいくらでも作れると思いますよ」

「ふむ……」

なんだか考えこんじゃったエグムンドさんに、私はさらに言った。

「お料理に関しても、私はお料理が意匠登録できるのかどうかわからないのですが、とりあえずこのサンドイッチに関しては、登録はできないと思っています。だって、一目見れば誰でも作り方がわかりますものね」

「おっしゃる通りです」

エグムンドさんがすぐにうなずいた。「そもそも料理に関しては、よほど特殊なものでない限り意匠登録はほぼできないものとお考えください」

やっぱりそうなんだなーと私が納得していると、エグムンドさんが問いかけてきた。

「ゲルトルードお嬢さまは、これらのお料理のレシピ販売については、どのようにお考えでございますか？」

「レシピ販売というのは、本にして販売するということですか？」

お料理本とか売ってんのかしら、と私は当たり前に問い返したんだけど、エグムンドさんの眉が上がった。

「本にして？　紙に記載したレシピを販売されるのですか？　それに、ゲルトルードお嬢さまは、本にできるほど多くのレシピをお持ちなのでしょうか？」

今度は私の眉が上がっちゃう。

「紙に記載というか……レシピを本で販売するのは珍しいことなのですか？　どの程度のレシピ数があれば本にできるのか、わたくしはよくわからないのですけれど……」

「レシピの場合、通常の販売方法は、代金を支払った相手に口頭で伝えるというものです」

エグムンドさんの言葉に、私はさらに目を見開いちゃった。そんな、なんて言うか、あいまいな形で販売できちゃうんだ？

驚いちゃってる私に、エグムンドさんが説明してくれた。

「多くの貴族家が、目新しいお料理を常に欲しがっておられます。目新しいお料理がどこかの夜会やお茶会で披露されると、こぞってそのレシピを買い求められるものです。我々商業ギルドを通じて契約書を作成され、その上でレシピの販売をされる場合もありますが、貴族家同士で個人的にレシピの売買を行われることがほとんどです」

「えっと、それはつまり、購入を希望される貴族家の料理人に、販売される貴族家の料理人が口頭でレシピを伝える、ということですか？」

「はい、おっしゃる通りです」

なんかもう、ホントにびっくりだ。

料理のレシピってそうやって売買しちゃうんだ。

そうか、つまりそうやって貴族家同士でやり取りして、貴族社会の間で新しいレシピが広まり、それから一般的になるっていうか、平民へも広がっていくのか……。

私はエグムンドさんに、さらに訊いてみた。

「でも、このサンドイッチのように、一目見て作り方がわかってしまうようなお料理ですと、特にレシピの購入は必要ないのではありませんか？」

「それでも、です」

エグムンドさんがきっぱりと言う。「貴族家の場合、一目で作り方がわかるようなお料理であっても、それが新しく考案されたものである限り、レシピを購入せずに勝手に作ることは恥ずべきことだとお考えになるからでしょう。この『さんどいっち』というお料理も、披露されればおそらく多くの貴族家がレシピ購入のお申し込みをご当家にされると思います」

うーん、本当にレシピの購入申込がくるんだろうか？

私は念のためにもうひとつ、エグムンドさんに訊いてみた。

「こちらのサンドイッチはパンを薄く切って使っていますが、大きなパンが裕福さの象徴だと考えておられる貴族の方がたには、そのことが受け入れられるものなのでしょうか？」

「まず問題ないと思います」

エグムンドさんは大きくうなずいた。「それは確かに、中にはパンを薄く切って使うことへの忌避感があるかたも、多少はおられるかもしれません。それでも、この『さんどいっち』というお料理は非常に見栄えがいたします。作り方も一目でわかりますので、多くの料理人がすぐ調理できるようになるでしょう。その上、本当に美味しいですから、むしろ非常に画期的なお料理だとお考えになられるかたが大勢おられるはずです」

本当に、貴族の間でも喜ばれそうなお料理なんだ、サンドイッチって。実際、公爵さまも近侍さんも、まったく気にしたようすもなく、むしゃむしゃ食べてくれちゃったもんね。

そこで私は、やっと理解できた。

マルゴがあんなにも感激してたのは、そうやって本来なら有料で貴族家へ販売されるレシピを、私が無料でいいよって言ったからだ。

さらに、これまた本来なら、貴族社会から徐々に平民社会へと広がっていくはずの新しいお料理のレシピを、いきなり平民の自分に買わせてほしいと言ってきたのだから、マルゴは一大決心をして私に伝えたに違いない。それなのに私ってば、タダで使っていいよっていうだけじゃなく、もっと手軽なホットドッグまで作ってみせて、おまけにお祭りの屋台で売ってみようとかそういうアイディアまで出してあげてるんだもん、そりゃあマルゴはもう感謝感激だよね。

すっかりあっけにとられちゃってる私に、エグムンドさんが問いかけてきた。

「こちらの細長いパンの『さんどいっち』は、軍の携行食料に採用したいと公爵さまがおっしゃられたそうですが、その際にレシピの販売についてのお話はなかったのですか？」

言われて、私はまたもややっと理解した。

「公爵さまは、まず軍の上層部に話をもっていき、詳細は後日伝えるとおっしゃいました」

つまり、上層部と相談して正式採用になったらそれに見合ったレシピ代を払うよ、って……『詳細』っていうのはそういうことだったのね？　そのために、あの場ですぐ近侍さんが作り方を訊いてきた、そういうことよね？

私の理解は合っていたようで、エグムンドさんもうなずいてくれた。

「さようでございますか。では後日、正式なお話がおありなのでしょう」

そう言ってからエグムンドさんは抜かりなく付け加える。「できますれば、そのさいに我々商業ギルドを通していただけると、非常にありがたいのですが」

そうだよね、もうはっきり伝えておこう。

「明後日、公爵さまが我が家をご訪問される予定になっています。意匠登録のお話も詳しく聞きたいとおっしゃっておられましたので、エグムンドさんにも同席してもらえればと思っています」

「ご配慮、心より感謝申し上げます」

深々と頭を下げたエグムンドさん、本日もう何度目の眼鏡キラーンだか。

うーん、やっぱこの人って実はギルドの黒幕なのかも。

「申し訳ございませんが、その、意匠登録について確認をさせていただいてよろしいでしょうか」

手を挙げて発言したのは若いほうのゲンダッツさんだ。

「ええ、どうぞ」

私がうなずくと、彼は私とエグムンドさん、それにツェルニック商会一同を順に見てから口を開いた。

「では、今回の意匠登録に関してはまず、新しい刺繍の『手法』についての登録はしない。代わりに、ツェルニック商会さんから新しい刺繍の『図案』についての登録がある。それでよろしいでしょうか？」

ゲンダッツさんズ、それにエグムンドさんとツェルニック商会一行の目が私に集まった。

私はしっかりとうなずいてみせた。

「はい。それでいいと思います」

けれど若いほうのゲンダッツさん、いや名前も知ってるんだから、ちゃんと名前で呼ぼう。ドルフ弁護士さんは、ちょっと眉を寄せてさらに問いかけてきた。

「公爵さまが異を唱えられるという可能性はございませんか？」

うーん、どうだろう？

そういうことに関して、無理を強いてくるような感じはしない人なんだけど……私がちょこっと思案している間に、お母さまが答えてくれちゃった。

「公爵さまは、ゲルトルードの意思を尊重してくださると思いますわ」

にこやかにお母さまは言う。「公爵さまが今回、後見人を申し出てくださったのも、利権に群がる人たちからゲルトルードを守るためだとまでおっしゃってくださって。ゲルトルードを本当に高く評価してくださっているからこそのお言葉だと思いますの」

　お、お母さま、だからそれはあくまで『お母さまフィルター』がかかった話で……と、私が焦って止めようとするより早く、エグムンドさんが声をあげた。

「すばらしい。実にすばらしいです。エクシュタイン公爵さまは、ゲルトルードお嬢さまを正しくご評価されていらっしゃるのですね」

「ええ、とても立派なかたですわ。そんなかたですから、わたくしも喜んで大切な娘の後見をお願いすることができましたのよ」

　だからエグムンドさんもお母さまもー！

　いや、公爵さまが私のナニをどう評価してくれちゃってるのかなんて、よくわかんないし！　利権に群がるとか言われても、そんな御大層な利益が出るかどうかもまだ全然わかんないし！

　でもドルフ弁護士さんもすっかり納得の顔をしちゃってる。

「それでは、私はツェルニック商会さんの、図案の意匠登録準備を進めさせていただきます」

「よろしくお願いいたします！」

　ツェルニック商会一行もとってもいいお返事だ。

　そんでもって、エグムンドさんはさくさくと話を進めていっちゃう。

「では私ども商業ギルドは、公爵さまにご利用いただけるかどうかはまだわかりませんが、こちらの細長いパンのレシピ売買契約書の準備をさせていただきます」

　エグムンドさんはさらっとドルフ弁護士さんにも確認してる。

「ゲンダッツ弁護士事務所さんに売買契約の立ち会いをお願いしても？」

「もちろんです。よろしくお願いします」

なんかすっかり、私を置いてっちゃう流れが定番化してきちゃってるような……。

って、ダメぢゃん、今回は！

だってマルゴとの約束があるんだから！

ということで、私は気を取り直して声をあげた。

「あの、お伝えしておきたいことがあるのですけれど」

お披露目しなきゃダメらしい

エグムンドさん以下、全員がうなずいてくれたので、私は言葉を続けた。

「この細長いパンのレシピなのですが、実はすでに提供を決めている相手がいます」

「公爵さまによる軍への提供以外に、ですか？」

眉を上げて問いかけてきたエグムンドさんに、私はうなずいた。

「はい。我が家の料理人に、レシピの使用を許可しました。料理人の家族が、街にある自分たちの店での販売を予定しています。これについては、公爵さまもご存じです」

そうだよね、だってあのとき公爵さまは、ホットドッグを街で売るつもりなのかって、まず問いかけてきたもの。私とマルゴのやり取りをちゃんと聞いてたってことだよね。

「とりあえず、公爵さまに確認をするまでは販売はしないようにと告げてありますが、販売自体は間違いなくさせるつもりです」

マルゴと約束したし、フリッツだってあんなに熱心に取り組もうとしてくれてたしね。

私の説明に、エグムンドさんは思案顔になった。

「レシピの販売自体は、それを考案されたかたが自由になされるものですが……街で販売されるということは、このパンをまず平民が口にすることになるということでしょうか？」

って、問題はそこなの？

だってホットドッグだよ、リールの皮で巻いてドカドカかごに放り込んで買ってってもらうような庶民的な食べ物だよ？　行軍中の兵士が片手で食べるのはわかるけど、むしろ貴族がお茶の席なんかでむしゃむしゃかぶりつくなんて想像しにくくない？

いや、確かにいま私がソレをやったけど！　公爵さまもウチの厨房でがっつり召し上がってくれちゃってたけど！

「街での発売の時期については、公爵さまとご相談させていただくつもりです」

そう答えてたら私は、つい言っちゃった。「わたくしとしては、『新年のお祭り』の際に、街の広場にこの細長いパンの屋台を出したいと考えていたのですけれど」

「ほう、それはまた」

おおう、エグムンドさんの眼鏡がまたもやキラーンしちゃったよ。

ぐっと身を乗り出してエグムンドさんは問いかけてきた。

「どの程度の規模での販売をお考えなのでしょうか？　屋台はいくつほどご予定で？」

「いえ、まだとてもそのような具体的なところまでは考えておりません」

その食いつきのよさに私はちょっと腰が引けちゃう。

でもま、このさいだから、いま考えてる計画についてちょっと話しておこう。問題があるようなら、たぶんエグムンドさんは指摘してくれるだろうし。

「販売を許可した相手は最近商売を始めたばかりというパン屋ですし、私としてはお試し程度に販売できればと考えていました。あとは、そうですね、温かいスープを売る屋台も一緒に出せればいいかもしれませんね。『新年のお祭り』は冬の夜ですから」

真冬に夜通し続くお祭りなんだもの、温かくて美味しいホットドッグとスープがあれば、あったまるし腹持ちもいいし、みんな喜んで食べてくれるはず。

「なるほど。その辺りのことは、公爵さまには？」

「いえ、まだ何も。本当に思い付きでしかありませんし、明後日公爵さまがご訪問くださったときにでもお話できればと考えております」

「ふむ、『新年のお祭り』ですか……」

エグムンドさんがまた思案顔になった。

そして彼はその顔を、私とお母さまに向ける。

「失礼ながら、ゲルトルードお嬢さまは『新年の夜会』に、ご参加のご予定はございませんでしょうか？」

私はお母さまと顔を見合わせちゃった。

そしたら、私が口を開く前に、お母さまがぱーっと顔をほころばせた。

「そうね、そうだわ！　公爵さまがルーディの後見人になってくださるのだから、ルーディも『新年の夜会』に参加できるわね！」

は、い？

私は思いっきり首をかしげて……お母さまに問いかけた。

「あの、お母さま、後見人というのは親族と同じ扱いなのですか？」

「そうなのよ。だから公爵さまにエスコートしていただけば、貴女は『新年の夜会』に参加できるわ」

お母さまは弾んだ声でそう答えてくれた。

『新年の夜会』というのは、王宮の一角にある離宮で新年を迎える日に開催される、いわば年越しパーティーだ。『新年のお祭り』が平民向け年越しイベントで、『新年の夜会』が貴族向け年越しイベントといっていいかもしれない。

それも若い貴族向け、私のような中央学院に通っている学生向けのイベントだ。

貴族社会においては通常、招待状が必要な正式な夜会には、成人していなければ参加できない。この世界というかレクスガルゼ王国での成人は十八歳で、貴族社会では王都中央学院の卒業をもって成人とみなされている。

つまり、本来なら学院に在籍している学生は夜会には参加できないんだけど、『新年の夜会』だ

け は例外なんだ。

年越しイベントである『新年の夜会』だけは、中央学院に在籍している学生でも参加できる。ただし学生の場合は、エスコートする相手、エスコートされる相手は、親族に限られる。

ある意味『新年の夜会』は、社交界へ正式にデビューする前に親きょうだいとともに参加する、前段階の練習会みたいなものらしい。

だから、軽い食事は提供されるけどお酒は出されないし、通常の夜会ならまず用意されているというカードテーブルもない。カードテーブルって、要するに賭け事をするための部屋ね。あのゲス野郎はそこで身ぐるみ剥がれたんだけどね。いまじゃもう正直に、公爵さまあのゲス野郎の身ぐるみ剥いでくださってありがとう、って気持ちだけど。

って、思考が飛んじゃったわ。

えーと、『新年の夜会』っていわば『未成年向け夜会』といった感じなので、主催者である王家の方がたは本当に顔を出される程度だと聞いているし、学生の子女がいない高位貴族家もほとんど参加されない、王宮で開催されるわりにはかなりカジュアルな感じの夜会、らしい。

私は行ったことないから、実際のとこはわかんないけど。

だって、いままでの私なら、エスコートしてくれる男性の親族って言ったら……あのゲス野郎しかいなかったからね。もう死んでも願い下げだったわよ。ああ、また思考が悪いほうへ飛ぶ。

それでも、公爵さまがエスコートしてくださるのなら……うーん、そもそも私はそういう華やかな催しにはほとんど興味がないからねえ。だいたい、貴族令嬢同士のお茶会だって、私はまともに会話についていけないのに、夜会なんてハードルが高すぎる。

それに……私、踊れないのよ。

一応、学院でダンスの授業は受けてるけどね、小さい頃から練習をしているほかのご令嬢がたと比べると、もう惨憺《さんたん》たるレベルなの。及第点とれるかどうかも危うい状態だという。

エスコートしてくれる殿方と一緒に参加する夜会で、踊らないってあり得ないよね？

だけどお母さまは、すっかりその気になっちゃったらしい。

「公爵さまにお願いすれば、ルーディをエスコートしてくださるに違いないわ。そうそう、あの紺青色のお衣裳なら夜会にも着られるわよね？　あの色は本当にルーディの美しさを引き立ててくれるのですもの。それに金色のストールを合わせることで、とても華やかな雰囲気になっていたし」

お母さまの言葉に、当然のことながらツェルニック商会一行がぐわっとばかりに食いついた。

「あの紺青色のお衣裳であれば、『新年の夜会』にお召しになるのは最適でございます！」

「実はあのお衣裳には、新しい刺繍を施させていただこうと考えておりました！　襟元を中心に考えておりますので、ストールをおまといになられるよりいっそう華やかに仕上げさせていただきます！」

「ぜひ当日お着けになられる宝飾品を拝見させていただけないでしょうか！　ご当家であればまず真珠だと思われますが、宝飾品との兼ね合いも意匠に関わりますので！」

な、なんかもう、言うことがめちゃくちゃ具体的だ。

そんでもってこれはもう、あの流れだ。私を置いてっちゃったまま決定事項になっちゃって、私には拒否権がないっていう……。

案の定、ツェルニック商会一行以上に、エグムンドさんがとんでもなくイイ笑顔でうなずいてくれちゃってる。

「すばらしいです。すでにお衣裳のご準備もすすめておいでなのですね。『新年の夜会』においてゲルトルードお嬢さまがそのお衣裳をお召しになることがすなわち、新しい刺繍のお披露目になると存じます」

その辺りのことも、明後日公爵さまとご面会させていただくさいに詳しくご相談させていただくことになりますが、必ずやお披露目を成功させましょうと、エグムンドさんは最高の笑顔で言い切ってくれた。


はーーーー疲れた……。

もーホンットに、昨日今日の、この濃さはどうなのよ？

なんかもう、ありとあらゆるモノがみっちりと詰まりまくった二日間だったわ。

いやもうあのゲス野郎が死んでくれたおかげで、ずっといろいろ大変ではあったんだけど……なんかもう、すべて吹っ飛んじゃった感じすらしちゃうレベル。

あのエグムンドさんのイイ笑顔から、さらにいろいろと打ち合わせをした。

全員が辞してくれたときにはもう、すっかり日も落ちちゃってたっていうね。

ホントにいろいろで……明後日、また公爵さまの来訪でいろいろいろいろ話をしなきゃいけないことになっちゃって……私はすでに気が遠くなりかけてるんですけど。

なのに、お母さまはすっごくご機嫌で、元気いっぱいスキップでもしちゃいそうな勢いなのはナゼ？

厨房に戻ったとたん駆け寄ってきたアデルリーナを抱きとめ、お母さまはうきうきとはずんだ声で言っちゃうの。

「リーナ、とってもすてきなお知らせよ。ルーディが『新年の夜会』に参加できるの！　あの紺青色のお衣裳で、公爵さまにエスコートしていただいて」

「本当ですか！」

パッと見開いた目をきらきらさせて、アデルリーナはお母さまと私の顔を見比べちゃう。

「まだわからないのよ、公爵さまにはまだお話ししていないから」

「あら、大丈夫よ、公爵さまは必ず貴女をエスコートしてくださるわ」

私が確定じゃないってことを言っても、すぐさまお母さまは『もう決まったこと』として嬉しそうに続けてる。

「ルーディが考案した新しい刺繍も、そのときお披露目するのよ。それに、『新年のお祭り』には『さんどいっち』の屋台を、街の広場に出しましょうっていうお話もあるの。本当にこんなに新年が待ち遠しくなるなんて、もうどうしましょう」

いや、どうしましょうもナニも、まだ確定じゃないんですってば。いまからたんまり盛り上がっておいて、挙句に公爵さまからダメが出ちゃったらどうするの？

なのになのに、客間を片づけワゴンを押して戻ってきたナリッサもうんうんとうなずいてるし、シエラもにこにこ顔が隠しきれてない。

ちなみに、ヨーゼフは後片付けをナリッサとシエラに任せて、さーっと自室に下がっていってしまった。いや、そうするよう言うつもりだったけどね、さらっとお小言ナシにさせられてしまったわ。くっ、これもさすがヨーゼフと言うべきか。

そんでもって今日もやっぱり厨房にはマルゴが残ってくれていて、満面の笑みで言い出してくれちゃうんだ。

「それはようございました。本当に新年が楽しみでございますねえ」

私はちょっと慌てて口をはさんでしまう。

「あ、でもマルゴ、お祭りの屋台のことは、まだ公爵さまには話していないから……」

「はいはい、もちろんわかっておりますです。それを別にしても、ゲルトルードお嬢さまが公爵さまとご一緒に『新年の夜会』にご参加されるというのは、とてもよいお話ではございませんか」

「そうなの。本当によかったわ。公爵さまにエスコートしていただくことで、ルーディの後見人になってくださることのお披露目にもなると思うし」

お母さまがやっぱりはずんだ声で言って、私はようやく、ああそういう意味合いもあるのかと理解し、納得しちゃった。

なるほど、だからお母さまはずっと、公爵さまは私のエスコートを断らないって言ってるわけなのね。

あれだけ、自分を私の後見人にしろって言ってきてたくらいだもん。親族でなければ学生の私をエスコートできないんだから、そういう意味で親族と同等の立場である後見人になったことをアピールするには、最もわかりやすい場だもんね。

じゃあ、まあ、公爵さまエスコートによる『新年の夜会』に参加っていうのはもう確定事項として……やっぱ踊るのか。あの公爵さまと。

なんかもう、それだけで私は頭を抱えたくなっちゃうんだけど。

私のダンスが壊滅的な上に、めちゃくちゃ身長差あるんだよね。あの人、絶対百八十センチ超えてると思う。三十センチくらい身長差があって、それでちゃんと恰好がつくように踊れって、どんだけハードル高いんだか。

それなのに、お披露目だなんていうんだからヘタなことはできないし……それでなくても、王妃さまの実弟だなんていう公爵さまとのダンスなんて、注目されまくりよね？　うう、完全に拷問状態だわ。泣きそう。

などと、私がどんよりしちゃってる間にも、お母さまとアデルリーナはすっかりキャッキャウフフになっちゃってる。

ドレスとレティキュールは決まったけどアクセサリーはどうしましょう、それにすてきな髪形も考えなきゃ、ダンス用に靴も新調しましょうねとか、もうめちゃくちゃ楽しそう。

お母さまもアデルリーナも目をキラキラさせちゃってて、うん、まあ、二人が楽しくて嬉しいなら私もよかったと思えるです……。たとえそれが、私の尊い犠牲の上に成り立つのであっても……

うぇーん、まぢ泣きそう。

それでも、いまからあれこれ思い悩んでいてもしかたないと、私は自分に言い聞かせて、お母さまとアデルリーナに笑顔を向けた。そしてできるだけ明るい声で言った。

「お母さま、リーナ、そろそろお夕食をいただきませんか？」

私の笑顔は、決して、マルゴがテーブルに並べてくれた美味しそうなハムサンドに釣られたからではない。ええ、決して。

だけどお母さまは、私が声をかけたことですっかり、テーブルの上のハムサンドに釣られちゃったらしい。ハムサンドを見たとたん、期待を込めた声で言ってくれちゃうんだ。

「あら、もしかしてこの『さんどいっち』は新作かしら？」

「さようでございます、奥さま。ゲルトルードお嬢さまより教えていただきました、新しいソースを早速使ってございます」

マルゴもにっこにこで答えてる。「ゲルトルードお嬢さまがおっしゃっておられた通り、本当にお野菜によくあうソースでございます。口当たりもなめらかで、びっくりするくらい美味しゅうございますですよ」

「まあ、それはなんとも楽しみね」

嬉しそうに言って、お母さまはそれからちょっと困ったようすで自分のお腹を片手で押さえた。

「ああでも、さすがに今日はおやつを食べすぎちゃったわ」

ええ、そりゃあもう。フルーツサンドにホットドッグに、果物だって結構つまみ食い、げふんげふん、お味見されちゃいましたものね。

でもその辺りについても、さすがマルゴは織り込み済みだ。

「『さんどいっち』は何種類かご用意しております。お気に召されたものだけ召し上がっていただければと思いますです。残りは明日の朝召し上がっていただいても結構ですし」

マルゴは食べ飽きないようにサンドイッチを何種類も作り、それを小さなサイズに切り分けてくれていた。しかも、あとはスープとサラダという手軽なメニューになってる。

そんでもって、もちろんアレも作っていてくれていた。

「ゲルトルードお嬢さまから教えていただいた、甘い蒸し卵もご用意しておりますです。冷却箱で冷やしておりますので、今夜お召し上がりになられてもよろしゅうございますし、明日のおやつにしていただいてもよろしいかと思いますです」

お母さま、プリンがあると聞いてさらに目をきらきらさせないでくださいませ。さすがに食べ過ぎです。


「まあ、本当にびっくりするほど美味しいわ。さっぱりとした酸味があるのに、まろやかでコクがあって」

マヨネーズを使ったハムサンドをほおばって、お母さまは目を見開いちゃった。

同じくハムサンドに口をつけたアデルリーナも目を丸くしてうなずいてる。

「本当においしいです。ちょっとすっぱいのに、すごくおいしいです」

そうなのよね、子どもってどっちかっていうと酸味は苦手なのよね。でも、マヨネーズは子どもにも好まれる味なのよ。

アデルリーナはマヨネーズを使ったサンドイッチはもちろん、ポテトサラダもいたく気に入ったようすで、本当に嬉しそうに食べてる。その嬉しそうな顔がまた、とびっきりかわいくてかわいくてかわいすぎてかわいい（以下略）。

いやホント、マルゴがすごいのはこういうところだと、私はつくづく思っちゃう。

ただマヨネーズっていう調味料をひとつ教えただけなのに、その新しい調味料がどういう具材とよく合うのか、実に的確に見つけ出して美味しいお料理に仕上げてくれる。

野菜に合うソースだとは説明したけど、教えてもいないのにポテトサラダを作ってくれちゃうんだもんね。ふかしたじゃがいもをつぶしてマヨネーズと和えるとこんなに美味しいって、マルゴは料理人の勘でひらめいてくれたんだと思う。

おまけに、その勘でひらめいちゃった料理の完成度がすごい。

味はもちろん、見た目もすごくきれいで、食べる前からテンションが上がっちゃうような仕上がりにしてくれちゃうんだから。それも、教えられたその日に、手持ちの食材だけを使って、よ。

サンドイッチもポテトサラダも、シンプルな料理だからこそいろんなアレンジが可能で、それだけに料理人の腕が問われるよね。マルゴは本当に満点だ。

いやもう、ここはちょっと卑しい発想になっちゃうけど、このさいマルゴに売れる恩は徹底的に売っておきたい。

そのために、ホットドッグをフリッツたちのお店で売るということを絶対に実現させなければ。それでマルゴが私に恩を感じてくれれば、これからも毎日美味しいごはんを作ってくれて、また新しいレシピを作ることにもいっぱい協力してくれるだろうから。

そしてそのレシピを売れば、それが我が家の収入になる。

うん、生活費を稼ぐ方法がひとつ確保できたよ！

レシピの売買は、貴族家同士の個人的なものである場合がほとんどだということだけれど、どのレシピをいくらくらいで販売するのが適切なのか、その辺りはエグムンドさんに相談すればいいと思う。

それに……レシピ本を作って、希望者に売るっていうのもやっぱアリかと思うのよね。

この世界に写真っていう技術はないようだし、そもそも印刷や製本の技術もそれほど進んでいる感じはしない。ちゃんと紙があって、手で書き写すのではなく印刷できるっていうだけでも、すごいことなのかもしれないけど。

まあ、そういう製本レベルでイラスト入りのカラー印刷をするとなれば、ごく薄い本でも一冊の値段はかなり跳ね上がると思う。それでも、貴族家や豪商なら買ってくれるんじゃないかって思うのよ。どうやら『目新しいお料理』っていうのは、それくらいの価値があるみたいだし。

その辺も、エグムンドさんに相談すればいいかな。

いや、本を出版するなんてかなり大変だと思うけど、ホントにクラウスはいい人を紹介してくれたわ。マーケティングのお話だってすごくわかりやすかったし、本当に頼りになりそう。

そうね、まずは、美味しそうなお料理の絵を描いてくれるイラストレーターさんを探すところからになっちゃうだろうけど……。

「あらあら、ルーディ、手が止まっていますよ」

お母さまの声に、私はハッと顔を上げた。

すっかり考えこんじゃって、食事の手が止まってしまっていたらしい。

「せっかくのお食事なのだから、美味しくいただきましょう」

「はい。失礼しました、お母さま」

思わず頭を下げちゃった私に、お母さまはちょっと困ったような表情を浮かべる。

「考えなければならないことが多いのはわかっています。でも、決して無理をする必要はありませんよ、ルーディ。なんだか、貴女のように聡明過ぎるのも問題ね」

いや、聡明過ぎるとか。

ごめんなさい、お母さま。私は別に聡明なんかじゃないです、ただここことは違う世界の知識があって、中身がちょっとトシ食ってるってだけなんです。

などと正直に言えるはずもなく、私も微妙に困った表情を浮かべてしまった。

そんな私にお母さまは、優しく諭すように言ってくれる。

「貴女が一人で何もかも背負う必要はないのですよ。公爵さまがお力を貸してくださることになりましたし、ゲンダッツさんや商業ギルドの方がた、それにツェルニック商会の人たちもみんな、貴女の力になってくれるのですから」

「はい、その通りだと思います」

私も素直にうなずいた。

そして、お母さまに安心してもらえるよう、付け加えた。

「実はいまも、商業ギルドのエグムンドさんに相談することを考えていたのです」

お母さまもにっこりうなずいてくれる。

「そうね、あのエグムンドさんというかたは、とても頼りになりそうね。今日もわたくしたちの知らなかったことを、いろいろ教えてくれましたし」

「本当にそうですね。わたくし、レシピの販売についても初めて聞きました」

私の言葉に、お母さまはくすくすと笑った。

「わたくしも初めて知ったわ。レシピの販売について」

そしてお母さまは、手元のサンドイッチを見やる。

「でも間違いなく貴女の考えたこの『さんどいっち』も、それにこのとっても美味しいソースも、食べた人はみんなレシピを欲しがると思うわ」

うん、サンドイッチのレシピも売れそうだってエグムンドさんは言ってくれたし、マヨネーズもきっとみんな知りたがるよね？　マヨネーズは、見ただけじゃ作り方はわからないと思うから、特に。

だから私はお母さまに言ってみた。

「レシピの販売なのですけれど、わたくし、やはり本にできないかと思っているのです」

目を見開いたお母さまに、私はさらに言った。

「レシピを希望する貴族家の料理人に、マルゴがいちいち説明をするのは大変だと思うのです。もし本にしてあれば、それを購入していただければ済むではありませんか。サンドイッチだけでなく何種類かのレシピを掲載しておけば、それも一冊の購入で済みますし」

だってマルゴが大忙しになっちゃったら、我が家のごはんに影響が出ちゃうじゃんね？

お母さまは、そのアメジスト色の目を瞬かせた。

「……本、そうね……本にするというのは……」

眉を寄せてお母さまは考え込んでる。

そしてお母さまは、私をまっすぐに見つめて言い出した。

「本にするのであれば、わたくしも力になれるかもしれないわ」

「えっ？」

なんかびっくりしちゃった私に、お母さまははっきりとうなずく。

「わたくしのお友だちに、とても絵の上手なかたがいるの。以前、小説の挿絵なども描かれていたほどの腕前なのよ」

「本当ですか！」

なんと、イラストレーターさんの当てがあるんですか、お母さま！

「レシピの本であれば、お料理の挿絵があったほうがいいわよね？　そのかたなら、お料理の絵も上手に描いてくれると思うわ。それに小説の挿絵を描かれていたくらいだから、本の出版についても知識がおありだと思うの」

お母さまはあごに手を当て、真剣に考えこんでいる。

「ただ、そのかたはもう長い間、ご領地の領主館《カントリーハウス》にいらっしゃるとかで……わたくしが突然連絡を差し上げてしまっていいのかどうか……でもレオ、レオポルディーネさまなら、きっと大丈夫だと思うわ」

レオポルディーネさまって、あのエクシュタイン公爵さまのお姉さまの？

私はさらに驚いて問いかけてしまう。

「お母さまのお友だちのレオポルディーネさまも、ご存じのかたなのですか？」

「ええ、学生時代、わたくしたち三人は本当に仲良くしていたのよ」

お母さまの顔がほころぶ。

いや、でも、それってつまり、そのイラストレーターさんも貴族家のご令嬢だってことよね？貴族家のご令嬢、たぶんいまはご夫人じゃないかと思うんだけど、それも領主館に居るってことは爵位持ち貴族？

そんなかたが小説の挿絵とか……マジ？

確かに水彩画は、刺繍や音楽と並んで貴族女性のたしなむべき趣味だとはされているけど……あくまで趣味の範囲の話であって、それを女性が職業にするって基本的にあり得ないのがこの世界、この国だよね？

そんな状況で、小説の挿絵を描かれていた貴族家のご令嬢って？

ますますびっくりしちゃう私に、お母さまはきっぱりとうなずいてくれちゃった。

「まずはレオポルディーネさまに連絡してみるわ。それで彼女に挿絵を描いてもらえるかどうか、当たってみましょう」

私は、金鉱脈を、掘り当てた！

今日は、昨日ほどはお寝坊しなかった。

いや、まあ、少々お寝坊だったんだけどね。でもしょうがないでしょ、もう連続でぐったりするほど濃すぎる日々なんだもん。

お母さまも、それにアデルリーナも、まだ眠そうだったけど一緒に起き出し、着替えて厨房へと下りた。

「おはようございます、奥さま、ゲルトルードお嬢さま、アデルリーナお嬢さま」

マルゴはすでに来ていて、厨房にはいい匂いが漂ってる。

そしてもう、なんだかなし崩し的に今日も厨房で朝ごはんだ。

「ゲルトルードお嬢さま、この黄色いソース、本当に使い勝手がようございますね。お野菜ならなんでも合いますですよ」

マルゴが新しいマヨネーズを作りながら、感心したようすで言ってくれる。

私たちはそのマヨネーズを使ったサンドイッチにぱくついていた。

「ええ、本当に美味しいわ。このソースなら生のお野菜でも、とっても美味しく食べられるもの」

お母さまは笑顔でそう言ってくれて、アデルリーナもにこにこ顔で言ってくれちゃう。

「はい、本当にお野菜がどれも美味しいです。この、おイモのサラダも本当に美味しいです」

アデルリーナは本当にポテトサラダが気に入ったようで、苦手なにんじんも小さく切って交ぜてあるのにまったく気にしたようすもなく美味しそうに食べてる。

ああもう、どちらかというと食の細かったアデルリーナが、あんなに嬉しそうに美味しそうに、いっぱいごはんを食べてくれるなんて。マルゴ天才。そんでもってアデルリーナは本当になんでこんなにかわいくてかわいくてかわいい（以下略）。

朝からたっぷり妹にデレちゃった私は、とりあえず切り替えてマルゴに言った。

「ええ、このソースはマヨネーズっていうのよ」

「『まよねーず』で、ございますか」

マルゴはちょっと首をかしげながらうなずいた。

まあ、確かにちょっと不思議な音の響きでしょうね、この国の言葉からすれば。サンドイッチもちょっとなじみがない響きなので、みんな最初は戸惑ってたし。

でもま、そういうのは気にしない。私が自分で言いやすいように、慣れた名前で呼びたいだけだから。

「このマヨネーズ、トマトソースを混ぜたり、刻んだ玉ねぎと刻んだゆで卵を交ぜたり、少し手を加えて味を変えても美味しいわよ」

「へえ！　それはなんとも、おもしろそうでございますね」

マルゴは目を見開き、興味津々という顔つきで身を乗り出してきた。

「マヨネーズって、お酢もたくさん使うからさっぱりしてるでしょ？　だから、油を使ったお料理にも合わせやすいのよね。玉ねぎとゆで卵を刻んで交ぜたものを……」

フライにかけて食べると、とっても美味しい……そう言おうとして、私はハッとした。

あれ？　フライ……っていうか、揚げ物、揚げるって、なんていうんだっけ？

その瞬間、私の脳内言語が切り替わったんだけど、日本語の『揚げる』に該当する、この国の言葉がわからない。

あれ？　私が知らないだけ？

でも、揚げ物料理って、この世界ではいままで食べたことない……よ、ね？　あれ？　あれれ？

目の前でマルゴが、興味津々な顔つきで私の言葉を待ってるんだけど、私はいま自分が発見してしまった事実に、めちゃくちゃ衝撃を受けていた。

も、もしかして、この世界って……『揚げ物』が、ない？

いや、待って、揚げ物、油で揚げる料理って、前世の世界でも歴史は古かったけど、ものすごく普及したのって近世になってから、とかだったような気が……日常的に揚げ物に使えるほど大量の食用油の供給体制が、長らく整わなかったからとかなんとか……。

それだったら、いまこの世界、この国だって、もし揚げる料理があったとしても、ほとんど普及していないって考えていいんじゃ……。

私はゴクリと、本当にゴクリと喉を鳴らしちゃった。

そして、我が家の厨房の棚に目を遣る。そこには、油の入った大きな壺が何種類も並んでいる。

貴族家とはいえ、はっきりいってドケチな我が家の厨房でもコレよ？

そう、この世界での食用油の供給は、たぶんすでに十分な状況になってると考えて間違いない。

でも『揚げ物』は、まだ普及してない……？

私は目の前のマルゴの顔を見、いったん視線を落とし、思わず呼吸を整えちゃった。

「ねえ、マルゴ？」

「なんでございましょう？」

「ええと、平民でも貴族でもいいんだけど……その、大量の油を熱して、そこに食材を投入して調理する、そんなお料理って何か知ってる？」

「大量の油、で、ございますか？」

マルゴの眉間にシワが寄った。

「そうよ、浅い鉄鍋に油を引いて炒めるのではなく、深いお鍋にいっぱい油を入れてぽこぽこ泡が出てくるくらい熱くするの。そこに、お肉やお野菜やお魚を入れて調理するの」

眉を寄せ、首をかしげてマルゴが考え込んでる。

そして、なんだか困ったようにマルゴは言ってくれた。

「申し訳ございません、ゲルトルードお嬢さま。あたしは、そういうお料理は見たことも聞いたこともございませんです」

うおぉぉぉーーーー！

揚げ物、揚げ物がない！

フライドポテトも唐揚げも天ぷらもトンカツもフライもコロッケも揚げパンもドーナツもポテトチップスもない！

ナニソレ、レシピ作り放題じゃない！

私は興奮のあまり、跳び上がりそうになっちゃった。

だってレシピ、めっちゃ売れる。

いやもう、確実に売れる。

私、レシピの金鉱脈を掘り当てちゃったよ！

揚げ物のレシピなんて、ちょっと考えただけでもずらずら出てくるもん。基本的なお料理はもちろん、アレンジだって簡単にできちゃうし。

しかもそれ全部が、この世界、この国では『目新しいお料理』になるんだよ！　しかもしかも、唐揚げとかコロッケとか、もう苦手だっていう人のほうが珍しいような大人気のお料理じゃない？

これはもう絶対、レシピ本を作らなきゃ！

ええもう、貴族の晩餐に唐揚げや天ぷらをどっさり並べて差し上げるわよ！　ええ、ええ、このさいカロリーは気にしない！

「どうかなさいましたか、ゲルトルードお嬢さま？」

マルゴが不思議そうに問いかけてくる。

「その、鍋いっぱいの油を使って調理するお料理というのは……」

私はなんとか興奮を抑え込んで言った。

「とってもいいお料理を思いついたのよ。絶対美味しいわ。ぜひ試してみたいの」

「それはもう、いくらでもお手伝いいたしますです」

マルゴの口元がほころぶ。さすが天才料理人マルゴ、新しいお料理に意欲的よね。

ああでも、今日も明日も予定テンコ盛りで、揚げ物を試作している時間がなーい！

どうしよう、めちゃくちゃ唐揚げ食べたくなってるんですけど！

あっ、でもお醤油がないから唐揚げは無理？　じゃあ、ザクザク衣をつけてスパイシーなフライドチキンにすれば……あああああ、どっちでもいいから食べたい！

私はもう断腸の思いで言った。

「でもマルゴ、わたくしはしばらく忙しくて……マルゴと一緒にお料理の試作をする時間が取れそうにないのよ」

「レシピを教えていただければ、あたしが試作しておきますですよ」

「ええ、そうしてもらいたいのはやまやまなのだけれど、わたくしも本当にいま思いついたばかりなので実際に調理してみないとわからないの。まだレシピが書ける状態ではないのよ」

「さようでございますか……」

マルゴの顔にも残念さがにじんでいる。

うう、フライドチキンもポテチも、当面はおあずけだわ。

油で揚げる料理の経験がないマルゴに、レシピだけを渡してもさすがに難しいと思う。揚げ物って油の温度管理が重要だし、大量の油を熱して使うんだから、いくらマルゴが天才料理人でもやっぱり最初は危険だと思うのよ。

「少しでも時間をつくって厨房へ来るようにするわ。絶対、美味しいと思うの」

「それはもう、ゲルトルードお嬢さまがおっしゃるなら間違いないことでございますよ。あたしも本当に楽しみでございます」

笑顔でマルゴは答えてくれた。

「ルーディ、また何か、美味しいお料理を思いついたの？　今度はお食事かしら？　それともおやつ？」

私たちの会話を聞いていたお母さまも、興味津々という顔つきで問いかけてくれちゃう。

「両方です、お母さま。お料理というか調理方法を思いつきましたので。お食事もおやつも、どちらにも使えそうです」

「どちらも？　すごいわ、いったいどんなお料理なのかしら？　とっても楽しみだわ」

ね、そうでしょう？　と、お母さまから顔を向けられたアデルリーナも、満面の笑顔で答えてくれた。

「はい、とっても楽しみです！」

ああもう、お母さまもアデルリーナもめちゃくちゃかわいくてかわいくてかわいすぎる！

ホントに二人ともにこにこ顔で毎日美味しいごはんやおやつを食べてくれて。ホントに、ホンットに二人が毎日笑顔でいてくれるなら、私はいっくらでもがんばれちゃうわよ！

などと私が思っていたら、マルゴが思い出したように言い出してくれた。

「そう言えば、新作のおやつはもう召し上がっていただきましたでしょうか？」

「あら、甘い蒸し卵かしら？」

お母さまが首をかしげる。「昨夜はさすがに食べすぎになってしまうから、食べずに休んだのだけれど」

「はい、甘い蒸し卵もですが、もうひとつゲルトルードお嬢さまに教えていただいたおやつがございまして」

あ、忘れてた！

そうよ、もうひとつ、マルゴには伝えてあったんだっけ！

マルゴは戸棚からボンボニエールのような、ふたのついたかわいらしい容器を取り出してきた。

「申し訳ございません、昨夜お伝えするのを忘れてしまっていたようでございます」

頭を下げながらマルゴが差し出してくれた容器には、小さなメレンゲクッキーがぎっしりと詰まっていた。

「本当に見たことがないおやつだわ」

お母さまが嬉しそうに容器を覗き込んでいる。

「お味見してもいいかしら？」

「もちろんです、お母さま」

私が笑顔で答えると、お母さまはつまみ出したメレンゲクッキーを、アデルリーナにも渡してあげてる。

そして、そのメレンゲクッキーをそろって口に入れたとたん、驚きの声をあげてくれちゃった。

「えっ、お口の中で溶けてしまったわ！」

お母さまもアデルリーナも、目が真ん丸になっちゃってる。ああもう、ホンットに二人ともなんでこんなにかわいくてかわいくてかわい（以下略）。

私もひとつ、メレンゲクッキーを手に取って口に入れた。

サクッと噛んだとたん、しゅわっと溶けるように口の中で消えていく。

さすがマルゴとしか言いようがないわ、この絶妙な焼き加減。味付けも、はちみつと檸檬《レモン》の果汁のバランスが絶妙で、ほんのり甘酸っぱくて本当に美味しい。

私は、マヨネーズは卵黄だけを使う派なので、残った卵白の使い道としてメレンゲクッキーのレシピもマルゴに伝えておいたんだよね。

「どうしましょう、美味しすぎて、お味見の手が止まらないわ」

なんて言いながら、お母さまはまたメレンゲクッキーをお口に入れちゃってる。当然、アデルリーナもだ。ホント、このサクッとシュワーはクセになるよね。

「奥さま、アデルリーナお嬢さまも、それほどお気に召していただけたのでしたら、追加を作っておきますですよ」

マルゴが笑って言ってくれた。

お母さまはなんかもう、真剣な顔でお願いしちゃってる。

「ええ、ぜひお願いよ、マルゴ。これは本当に美味しいわ。今日のおやつに甘い蒸し卵を食べることをとっても楽しみにしていたけれど、ほかにもこんなに美味しいおやつが食べられるなんて」

うん、マルゴ、よろしくお願いします。

メレンゲクッキーって作り方自体はそんなに難しくないんだけど、泡立てに腕力が必要なのと、低温でじんわり焼かなきゃいけないのでめっちゃ時間がかかるのがネックなのよね。うっかり目を離してると焦げちゃったりするし。

マルゴのことだから、時間をやりくりしてちゃんと作ってくれるはず……ごめんマルゴ、丸投げしちゃって。

実際、私たちはおやつの前にしなきゃいけないことが、テンコ盛りなんだもの。

とりあえず、私たちは厨房を後にして、居間へと移った。

そんでもって、お母さまと本日の予定を確認した。

今日はこれから、またツェルニック商会が来てくれる。頼んであるお直しドレスの二着目が届く予定だ。夜会用の紺青色のドレスとは違う、ふだん着られるデイドレスね。

先日届けてもらった若草色のドレスは私もすごく気に入ったし、公爵さまも褒めてくれたけど、やっぱこれからしょっちゅう公爵さまと面会しなきゃいけなくなったっていうのがねえ。毎回同じドレスを着てるわけにもいかないのよ。だから、ドレスのお直しもさらに何着か、ツェルニック商会にお願いすることになったのよね。

はあー……今日は、いや、今日も？　またツェルニック・デイになりそうです……。

ドレスとおやつは重要だ

「クルゼライヒ伯爵家ご令嬢ゲルトルードさま、未亡人コーデリアさま、アデルリーナお嬢さまにおかれましては本日もご機嫌麗しく、またお目にかかれましたこと恐悦至極にございます」

うん、今日も通常運転だね、ツェルニック商会は。

昨日に続きロベルト兄とリヒャルト弟、そんでもってベルタお母さんも勢ぞろいだ。

てか、ベルタお母さんの目の下のくまが、昨日より確実に濃くなってます。

ベルタお母さん、無理してませんか？　と思ったんだけど、その目がキラキラ、いやもうギラギラしてて、なんかすっごいやる気がみなぎってる……ように見えるので、黙っておくことにした。

「今日もよろしくお願いしますね」

お母さまと私が挨拶すると、ありがたいことに今日はすぐに用件へと進んでくれた。

「それではまず、本日お届けに上がりましたゲルトルードお嬢さまのお衣裳の、確認をさせていただきたく存じます」

と、いうことで私は衝立の向こうに移動して、届いたドレスに着替えさせてもらう。

本日届いたのは、私の目と同じ赤琥珀《レッドアンバー》色のデイドレスだ。うん、赤琥珀色っていうか、私はちょっと薄めに淹れたほうじ茶みたいな色だなーと思ったり。

パッと見、地味な色合いなんだけど、襟や袖口、スカートの裾にもアイボリーのレースが添えられていて、さらに胸元には深紅の幅広リボンも添えられている。

そのリボンも、ふんわりした感じのものではなくハリのあるサテン地で、光の加減でストライプの模様が浮かぶというちょっと凝ったものだ。

それに、深紅の幅広リボンは腰の上でも大きく蝶結びされているんだけど、そのちょっと子どもっぽいかなっていうデザインのおかげで地味になり過ぎず、若い令嬢らしいかわいらしさのあるドレスに仕上がっている。背中にずらっと並んだ小さなくるみボタンもいいアクセントだ。

うん、服全体の生地もしっかりハリがあって、スカートもふわふわした感じじゃないし、すっきり着こなせそうだわ。

「まあ、ルーディ、このお衣裳もとっても似合っているわ」

「すてきです、ルーディお姉さま！」

着替えて衝立から出ると、お母さまとアデルリーナが大喜びしてくれた。

リヒャルト弟がどや顔で説明してくれる。

「こちらのお衣裳は、ご令嬢さま同士のお茶会などの場でお召しになるのに最適でございます。特にこれからの季節でございますと、編み上げのブーツと合わせていただくと上品さの中にも活動的な雰囲気が感じられるようになりますし、後日お届けします栗色の外套とも合わせていただきやすい色形になっておりますので」

うんうん、ツェルニック商会は本当にいい仕事してくれるわ。家族そろってキャラは濃いけど。

そしてその場で、ベルタお母さんと商会のお針子さんが微調整をしてくれ、このドレスもそのまま受け取ることになった。

その後は、本日のもうひとつのお題に突入である。

なんかもう兄弟もお母さんも、さらにイキイキとした表情である。

「それでは恐れ入りますが、お衣裳部屋にご案内いただけますでしょうか？」

そう、新たなお直し案件へGO！　なのよね。

ホンット、自宅と学院の往復だけなら、制服があればあとはなんとでもって感じでいけるんだけど、これだけお家にお客さまを迎えることが多くなるとねえ……しかもそのメインのお客さまが、公爵さまだときたもんだ。

そうするとやっぱ、それなりの恰好をしてないといろいろマズイわけよ。

まあ、幸いなことに、お母さまのドレスをお直ししてもらうのであれば日数もそれほどかからず届けてもらえるようなので、なんとか着回しできるようになる……はず。

で、案の定、衣裳部屋に入ったとたん、ツェルニック・ファミリーの独壇場《どくだんじょう》だ。

引越しのために、お母さまの衣装はすでに半分くらい運び出しちゃってたんだけど、そのことを悔しがりながらもリヒャルト弟は、例のプロの技を存分に発揮しまくってくれちゃう。

いやもうホント、なんでこんなにあっさりと、私に似合うドレスを見つけ出してくれちゃうんだろうね？

お母さまとアデルリーナが並んで腰を下ろしているその前に、リヒャルト弟はしゅたたたーっとばかりにドレスを並べる。そんでもって、姿見の前に立っている私に、その一着一着を当ててくれるんだ。

「あら、そのお色もすてきね」

嬉しそうなお母さまの声に、リヒャルト弟が恭しく答えちゃう。

「はい、こちらのお色でしたら、ゲルトルードお嬢さまのお顔がいっそう明るく引き立ちます。ただ、この襟元のフリルがやや過分に感じられますので、代わりにコード刺繍を施させていただければと」

「そうね、そのお見立てでお願いするわ」

「では、こちらは年末にお届けするほうに回させていただきます。先ほど当てていただきました三着は、仕上がり次第お届けするということで」

なんかね、急いでお直しして届けてもらえるぶんと、『新年の夜会』でコード刺繍をお披露目してから着用するぶん、合わせて結構な数のお直しをしてもらうことになっちゃったのよね。

リヒャルト弟が選んでくれたドレスに、ロベルト兄が靴だのショールだのアクセサリーだの小物を合わせたコーディネートをして、そのコーディネートの詳細をシエラとナリッサに伝えている。

いや、元お針子シエラが熱心なのはなんとなくわかるんだけど、ナリッサまでめちゃくちゃ真剣な顔でメモを取ってるんだよね。このドレスにはこの靴を合わせて髪飾りはこれ、令嬢同士の集まりでも上位貴族ばかりの席ではこのブローチを足して、なんてレクチャーの内容を。

そんでもってその横では、ベルタ母が具体的にどこをどうお直しするのかをチェックし、その内容を書いたメモをそれぞれのドレスに待ち針でとめ付けてる。

メモが付けられたドレスは、お針子さんたちがしゅたたたーっとたたんでトランクのような衣装ケースに一着ずつ詰め込み、次々と運び出していく。

その手際のよさといったら。

いやもうこういうところを見せてもらっちゃうと、ツェルニック商会すげえ、本物のプロだわ、と思わずにいられない。そろってキャラは濃いけど。

「それでは本日は、十五着のお預かりということで」

ロベルト兄とリヒャルト弟が、嬉々としたようすで確認してくれる。

うーん、私は姿見の前に立ってただけで結構疲れたんだけど、なんでこの人たちこんなに元気なんだろう？

「そのうち八着は仕上がり次第お届けに参ります。あとの七着は『新年の夜会』以降のご着用ということでよろしいでしょうか？」

「ええ、それでよろしくお願いしますね。届けてもらうのが本当に楽しみだわ」

なんか、お母さまもすっかりうきうきした感じで答えちゃってますけど。

そしてさらに、ロベルト兄が笑顔で言ってくれちゃう。

「こちらのお衣裳のお直しは、昨日お約束させていただきました通り、お支払いは結構でございます」

そうなのよ、ツェルニック商会ってば、全部タダでお直しさせてほしいなんて言ってくれちゃって。私はうなずきながらも、やっぱりなんか落ち着かないよねえ。

「ええ、とても助かりますけれど、本当にいいのかしら？」

「もちろんでございます。私どもといたしましては、この程度のことでゲルトルードお嬢さまからいただきましたご恩をお返しできるなどと、到底思ってはおりません」

真顔でそう答えてくれるロベルト兄の横で、リヒャルト弟もベルタ母も、うんうんとうなずいている。

「今後、また改めまして、ご恩をお返しできる機会を設けさせていただければと存じております。そのさいは、どうぞよろしくお願い申し上げます」

いやもう、昨日のあの重すぎるノリで、今後我が家の子々孫々に至るまでクルゼライヒ伯爵家からのご注文はすべてご奉仕させていただきます、なんて言いだされたときは本当に引いちゃったんだけど。

そこはエグムンドさんが取りなしてくれて、とりあえず急ぎのぶんだけ無料ってことにしておいて、また改めて条件を確認し正式に契約書を交わしたほうがいい、ってことになったのよ。

はー、タダにしてもらえるのは正直ありがたいけど、それはそれでやっぱり申し訳なさすぎるでしょ。私としては、本当にいい仕事をしてくれているんだから、その仕事に対する報酬はきちんと支払いたいっていう気持ちがあるのよね。

それに……どう考えても重すぎるぞ、ツェルニック商会。

もちろん、仕事に関してはすごく信頼してるのよ？　だからホント、割とあっさり引き下がってくれて、ホッとしたわ。

ただやっぱり、その『後日』っていうのが、ちょっと気にならないでもないんだけど……エグムンドさーん、ちゃんとまっとうな契約書になるよう、よろしくお願いしまーす。

ツェルニック商会が帰ったあと、私たちは大急ぎで厨房へ移動した。

さあ、プリンだプリンだ、ひゃっほぅー！

明日のための試食を兼ねているので、マルゴの意見も聞くために厨房でのおやつタイムである。決して、居間を用意するのが面倒だからのなし崩しではない。ええ、決して。

もちろんマルゴも準備万端で、厨房のテーブルの上にはすでにクロスがかけられ、私たちの席が用意してあった。うん、作業用の丸椅子だけどね、なんかもうすっかり慣れちゃったよ。

早速ナリッサがお茶を淹れてくれ、プリンの食べ比べ開始だ。

「あら、これは以前ルーディが作ってくれたものより、ずっとなめらかでやわらかいわ。それに、この茶色いソースもとっても香ばしくて美味しくて」

「本当にとろとろで、噛まなくてもいいくらいです」

そうなの、以前私が作った固めプリンは、全卵をそのまんま使った固めプリン。それとは別に、マルゴには卵黄だけ使ってさらに生クリームも加えたなめらかプリンも作ってもらったのよね。

加えて、この世界ではまだ貴重品の部類に入るお砂糖を使って、カラメルソースも作ってもらったの。

「ああ、でも、こちらの少し歯ごたえがあるほうも美味しいわ。卵の味がしっかりしていて、食べ応えがある感じよね。こちらも、この茶色いソースがよく合うわ」

「どちらも美味しいです」

お母さまもアデルリーナも、二種類のプリンを交互に食べて口当たりや味わいを確かめてる。

それにしても、マルゴは相変わらずすごい。どっちのプリンもほとんど『す』が入ってないし、なめらかプリンの口当たりは最高で、固めプリンのしっかり卵風味も抜群に美味しい。

「あたしも、両方お味見させていただいたんですが」

そのマルゴが言う。「こっちのなめらかなほうが、驚きは大きかったです。卵を蒸して、こんなになめらかに固めることができるんでございますねえ。ただ、本当にやわらかいので、扱いには細心の注意が必要でございました」

うーん、悩みどころだわね。

やっぱここは、黄金比率でいくべきか。

「ではマルゴ、こうしましょう。明日、公爵さまにお出しするぶんは、全卵一個に卵黄を四個の割合で。それに生クリームも加えましょう」

やっぱりこのなめらかな口当たりって、初めて食べる人には結構インパクトあるよね。なめらかかつ、扱いやすさも考えると、この比率がたぶんベスト。それに、余った卵白でメレンゲクッキーも作ってもらえるし。

もちろん、公爵さまにはカラメルソースもつけて、盛り付けについても私はマルゴに指示を出した。

「さすがゲルトルードお嬢さまでございますね。それでしたら、見た目も華やかで申し分ないと思いますです」

マルゴも、うんうんとうなずいてくれる。

私はさらにもうひとつ、マルゴにお願いすることにした。

「あのねマルゴ、実はさっき、思いついたおやつがあるの」

「おや、今度はどのようなおやつでございますか？」

「レシピも必要ないようなものよ。マルゴがいつも作っているものを、組み合わせてくれるだけでできると思うわ」

私がさっき『思いついたおやつ』を説明すると、マルゴは目を見開き、そしてにんまりと笑ってくれた。

「ゲルトルードお嬢さま、それはもう間違いなく美味しい組み合わせでございますよ」

「うふふ、やっぱりそう思うわよね？」

私もにんまり笑っちゃったけど、すぐ横で聞いていたお母さまも、なんだかめちゃくちゃ嬉しそうだ。

「ええ、間違いなく美味しいわ。本当に、ルーディがどうしてそんなすてきなことを思いつけるのか、いつも不思議でしょうがないわ」

いや、ごめんなさい、お母さま。私の場合は、前世の知識があるだけです。

だってコレ、前世じゃ結構メジャーなお菓子だもんね。もう代名詞みたいなメーカーさんもあったし。アレとアレとアレを組み合わせるだけなんだけどすっごく美味しくて、前世でもなんかときどき無性に食べたくなってたりしたもの。

まあ、大好きなお母さまとアデルリーナが喜んでくれるなら、今世でも作れるおやつはどんどん作っていく所存です、はい。

「マルゴ、明日は公爵さまをはじめ、大勢のお客さまがお見えになります。おやつ作りも本当に大変だと思うけれど、よろしくお願いしますね」

「はい、お任せくださいませ」

マルゴは頼もしく、自分の胸をぽんとたたいてみせてくれた。

ホンット、公爵さまに機嫌よくいていただくために、マルゴの作るおやつはとってもとっても重要だからね！

後見人と領地の相続

そんでもって、おやつの後はまた来客だ。

お母さまと私が客間に戻ったところで、ヨーゼフがいつも通り告げてきた。

「ゲンダッツ弁護士さまがお見えでございます。お通ししてよろしいでしょうか」

ああもう、ヨーゼフ！

ホンットにこういうときだけ、しれっと仕事してくれちゃうんだから！

「ヨーゼフ、起きて大丈夫なの？」

「そうです、まだ休んでいなければいけないでしょう？」

私もお母さまも思わずお小言を口にしようとしたんだけど、ヨーゼフはにっこりと笑う。

「ゲンダッツさまをお通ししてよろしいでしょうか？」

わかったわよ、ゲンダッツさんを待たせちゃダメだってことでしょ！

「ええ、お通ししてちょうだい」

私の笑顔がちょっと引きつっているのはヨーゼフのせいだからねっ。

お母さまと二人で表情を整えたところに、ヨーゼフがゲンダッツさんを案内してきた。

客間に入ってきたおじいちゃんゲンダッツさんは、挨拶してすぐ自分一人だけの訪問であることを詫びてきた。

「申し訳ございません。倅《せがれ》は本日、商業ギルドへ回っております。ツェルニック商会さんの意匠登録の件や、軍の携行食料などの件で、ベゼルバッハ意匠登録部門長と打ち合わせをさせていただいておりまして。本日のお話は私が担当させていただきます」

ええ、それはもう、昨日そういう段取りで進めましたし、若いほうのドルフさんも大忙しでしょうから。

私がうなずいている横で、お母さまが少し心配そうに問いかけた。

「でも小父さまは、弁護士のお仕事をすでに引退されたと聞いていましたのに……もちろん、わたくしたちはとても助かりますけれど、いいのでしょうか？」

おじいちゃんゲンダッツさんは、やさしい顔で答えてくれた。

「先代マールロウ男爵さまは、ずっとコーデリアさまのことを心配しておられました。もちろん、お孫さまのゲルトルードお嬢さまや、アデルリーナお嬢さまのこともです。いまこうして皆さまが新しい生活を始められたことを、先代男爵さまの墓前にご報告できると思いますと、私ものんびり引退などしていられぬ気持ちになりまして」

その言葉に、お母さまは片手を口元に当てて視線を落としてしまった。

ええ、そういう話は間違いなく涙腺を刺激してくれちゃいます。私もちょっとうるっとしてるくらいだから、お母さまにしてみればもう、本当に胸がいっぱいって感じでしょう。

それでもお母さまはすぐに顔を上げ、笑顔で言った。

「ありがとうございます、小父さま」

「これからは、きっとよいことばかりが続きますよ」

おじいちゃんゲンダッツさんは、やっぱりやさしい顔で言ってくれちゃう。

「本当に、エクシュタイン公爵さまがゲルトルードお嬢さまの後見人になってくださることになって、本当にようございました。これ以上に心強いお味方はおられますまい。もちろん、私どもも精いっぱいお力添えできればと思っておりますので」

「ええ、本当に」

お母さまの顔に笑みが広がる。「ゲルトルードのことを思い、力を貸してくださる方がたに恵まれて、わたくしたちは本当に幸せですわ」

おじいちゃんゲンダッツさんも、にっこりとうなずいてくれた。

「それでは、公爵さまから後見人としてどのようなご援助がいただけると考えてよいのか、そもそも後見人というのはどのようなお立場のかたなのか、公爵さまご自身のお考えをうかがう前に、ゲルトルードお嬢さまがご承知になっておかれたほうがよいことなどを、これからご説明させていただきます」

そうです、これからこの国の『後見人』というものについて、ゲンダッツさんからレクチャーしてもらうことになっているのでした。

やっぱりね、何が何だかさっぱりわからないまま、言われるままに、はいそうですかって受け入れちゃダメだと思うのよ。

こっちで主張すべきところは主張していく。そうでなければ結局また、私たちは私たちが望む暮らしができなくなっちゃう可能性がある。公爵さまが本当に善意から私たちを援助してくださるのだとしても、ね。

だって、相手が良かれと思ってしてくれたことであっても、こちらの意見も何も聞かずに一方的にされてしまうと、迷惑にしかならないことなんてよくあるでしょ。

あの公爵さま、確かに悪い人じゃなさそうだけど、そういうとこ、やっぱちょっと信用できないのよね。こないだだって、私たちのことを心配してくれたのはいいとしても、だからっていきなり厨房に乗り込んでこないでほしい、って心底思ったもん。

そういう意味じゃ、公爵さまは前科持ちだからね。

だからまあ、その公爵さまに対して、私たちはどこで、何において、主張できるのかっていうことを、知っておかなきゃいけないって思ったの。

ただ、やっぱり法律に関わることだし、たぶん最初から全部の理解はできないと思う。

でもこっちがちゃんと勉強してるんだっていう姿勢を見せて、なおかつ必要に応じて話し合いをしてもらいたいんだっていうことを、最初に伝えておくっていうのは、すごく大事なことだと思うから。

「それではまず、どのようなかたが後見人となられるのかについて、ご説明いたします」

おじいちゃんゲンダッツさんの説明が始まった。

「後見人とは、社会的、経済的基盤が不安定な状態にある、おもに未成年を保護し監督する立場にある人の名称です。そのため、確立された社会的地位を持ち、経済的にも一定以上の余裕があることが、後見人になるための第一の条件です。もちろん、エクシュタイン公爵さまはその条件を十分に満たしておられます」

そりゃあまあ、そうでしょう。

私は、ふんふんとうなずく。

「後見人は被後見人、つまり後見されている人ですが、その被後見人の親とほぼ等しい権限を持つことになります。ただし、被後見人が所有している財産を、後見人が所有することはできません」

「えっ、それは娘……被後見人が女性であっても、ですか？」

私はちょっと驚いて、思わずゲンダッツさんに問いかけちゃった。だって、この国の法律では、子どもが女子の場合、その財産はすべて親、それも男親の所有になるはずだから。

例えば、父親が亡くなって娘がその財産を相続した場合、母親である未亡人が再婚すれば、娘が相続した財産は母親の配偶者である義理の父親に所有権が移っちゃうんだよね。それも、娘が成年であるか未成年であるかも関係なく。

相続したのが息子の場合は、そんなことにはならなくて、相続した財産は本人が放棄しない限りずっとその息子が所有するんだけど。

学院図書館でいろいろ調べてそのことを知ったとき、私は、どんだけこの国の女性は馬鹿にされてんのかって、本気で腹立ったもん。

ゲンダッツさんは、はっきりとうなずいてくれた。

「はい。被後見人の性別は問いません」

そしてゲンダッツさんは、少し困ったような表情を浮かべる。

「これはやはり、貴族家のご令嬢が莫大な財産を相続された場合、後見人となってその財産を奪おうとする不埒《ふらち》な輩を排除するために必要なことなのです」

あー……やっぱりそういう連中が湧いてでるんだ?

でも、それを阻止するために後見人は被後見人の財産を所有できないって、ちゃんと考えてくれてる法律っぽい。

どうやら本当にそうらしくて、ゲンダッツさんはさらに教えてくれた。

「そして、被後見人が十二歳以上であれば、被後見人が後見人を指名することによって、後見人契約が結ばれます」

「えっ、じゃあ、わたくしが指名しないと公爵さまは……」

「さようにございます」

だからか。

私はすごく納得した。だから公爵さまは、自分を私の後見人にしてくれ、っていう言い方をしてたんだ。自分のほうから勝手に後見人になることはできないから。

またちょっと驚いちゃった私に、ゲンダッツさんは説明を続けてくれる。

「被後見人が後見人を指名し、指名された後見人が後見人としてふさわしい人物であるかどうかの審査が国の機関で行われ、その審査結果をもって後見人契約は結ばれます」

そう言って、ゲンダッツさんはほほ笑んだ。

「もちろんエクシュタイン公爵さまの場合、なんの問題もなく審査を合格なさいますでしょう」

私は心底、こうやって事前に話を聞いておいてよかったと思った。

だって、ゲンダッツさんの説明からすると、被後見人って結構ちゃんと法律で守られてるよね？後見人に一方的に財産を取り上げられることもないし、一定年齢以上なら自分で後見人を選んで指名できるんだから。しかも、国の審査を通らないとダメって。

保護してもらってるのであっても、言いなりになる必要はないってことじゃない？

あ、でもその点については、ちゃんと確認しておかなきゃ。

「では、その後見人契約を結んだ後に、被後見人がその契約を破棄することは可能でしょうか?」

「可能です」

私の問いかけに、ゲンダッツさんはきっぱりとうなずいてくれた。

「もちろん、後見人不適格となる具体的な理由が必要となりますが、被後見人のほうから後見人契約の破棄を国に求めることができます」

そしてゲンダッツさんは苦笑する。「実際に、被後見人の所有財産に対し管理監督する権限しかない後見人が勝手に使い込み、その結果被後見人の財産を著しく損なったという理由で後見人契約の破棄を申し立てられることは、それほど珍しくはございませんで」

えーホントに結構、立場強いじゃん、被後見人って。

どうしてもダメだったら、私のほうから後見人を辞めてくれって言えるんだ。もちろんその場合は、あの地位も財産もありまくりの公爵さまが不適格だって、国が納得してくれるだけの理由を、しっかり挙げられなければ契約破棄はできないだろうけど。

いや、でも、本当に、こうやって事前に話を聞いておいてよかったわ。

なんか、だいぶ気持ちが楽になった。

正直に言って、後見人が親族同等だって聞いたときは、あのゲス野郎のことが頭をよぎっちゃったからね。親族権限で、またいいように虐げられてしまうようなことはないんだろうか、って。

公爵さまはもう悪い人じゃない認定でいいとは思ってるけど、やっぱり長年、てかもう今世に生まれてからこのかたずっと、男親から虐待しか受けてなかった身としては、その辺はどうしても不安になっちゃうのよ。

それに所有財産のことも、こうして事前に話を聞けて本当によかった。

だって、我が家の領地と家屋敷はもう公爵さまのものになってるから関係ないけど、今後私がレシピを売ったりして稼いだお金も、親族同等ということで公爵さまの所有になっちゃうんだとしたらどうすればいいだろうって、考えてたのよね。お母さまの収入であることにして、お母さま名義の口座に入れておけばいいのかな、とか。

実はそれが今日、ゲンダッツさんに私が相談したかったことのメインだったんだけど、この問題もしっかりクリアになった。

はー、やっぱり情報収集ってものすごく大事。

必要な情報を持ってるかどうか、それについての知識があるかどうかで、その場でできる対応も事前にできる根回しなんかも、全然違うものね。それによって、その後の自分の立場や状況なんかも全然違ってきちゃうだろうし。

うーん、まあ私の場合は、自分が何を知らないのかを知るところから、っていうレベルではあるんだけどね。

とりあえず今回、ゲンダッツさんにレクチャーを頼んだのは大正解だったわ。

ここまでのお話で納得顔の私に、ゲンダッツさんが問いかけてきた。

「それでは、ひとつご確認をお願いしたいのですが……ゲルトルードお嬢さまはご自分が相続される財産については、どのようにお考えなのでしょうか？」

へっ？

私は素で目をぱちくりさせちゃった。いや、変な声をもらさなかっただけでも、私偉い。

「え、あの、わたくしが相続する財産というのは……家屋敷も領地もすべて、先代当主がつくった借金の形《かた》として公爵さまにお渡しすることになっておりますが？」

「あら、でも、そうね」

私が言うのとほぼ同時に、お母さまが声をあげた。

「確かに、公爵さまはわたくしたちに、今後どうしたいのかをよく考えるように、とおっしゃったわ。このタウンハウスも、わたくしたちから取り上げるおつもりなど、最初からまったくなかったようですし」

「やはり、そうでございましたか」

お母さまの言葉にゲンダッツさんはうなずいた。

「先日も、公爵さまが『期日を設けない』とおっしゃったとうかがいましたし、おそらく公爵さまはご当家のご領地も財産も、いずれゲルトルードお嬢さまにお返しになるおつもりではないかと」

私は、ぽかんと口を開けそうになっちゃった。

え、いや、あの、このタウンハウスから出ていく必要なんかなかったとは確かに言われたけど、領地までいらないって……私に返すって、あの、えっと、それって我が家の領地を所有するほうが大変だからとか、そういうこと？

私が混乱しちゃってるのに、ゲンダッツさんとお母さまはふつうに会話を続けてる。

「そうだわ、確か公爵さまは、借金の証文がある以上、いったんは領地や財産を公爵さまに引き渡さなければゲルトルードが相続できないとおっしゃって」

「ああ、やはりそうでございますね。公爵さまは、ゲルトルードお嬢さまにご相続していただくようお考えだと思われます」

「では、そのこともあって、公爵さまはゲルトルードの後見人になるとおっしゃってくださったのかしら？」

「おそらくその通りだと思います。後見人であれば、被後見人であるゲルトルードお嬢さまの財産を管理するという名目で、公爵さまには正式にクルゼライヒ領を預かっていただけますから。少なくとも、ゲルトルードお嬢さまがご成人なされるまでは、そのおつもりではないでしょうか」

え、ちょ、ちょまっ、ちょっと待って！

私は慌てて声をあげた。

「あの、公爵さまが領地を、その、クルゼライヒ領をわたくしに返してくださるというのは、つまり、その、今後はわたくしが、クルゼライヒ領を経営していかなければならない、ということなのでしょうか？」

いや、領地を経営って……それって要するに、領地で暮らす領民全員を、私が養わなきゃいけないってことだよね？

私、いまだに行ったことすらないんだけど、クルゼライヒ領ってかなり大きいよね？　領民っていったいどれくらいいるの？　何百人……何千人とか……？

いや、いやいや、そんなの無理！　絶対無理！

私、領主教育なんてこれっぽっちも受けてないのよ？　それに前世だって会社勤めしかしたことなくて、領地どころかちっちゃな個人商店の経営だって当然経験ゼロ！

私が泡食っちゃってるのに、お母さまは目をぱちくりさせていて、ゲンダッツさんも両方の眉を上げて私を見てる。

そんでもって、ゲンダッツさんが、ふっと口元を緩めて言った。

「ゲルトルードお嬢さまは、ご自分がご結婚されて、ご夫君に経営をお任せするというお考えはお持ちではないのですね」

ひぇぇぇーーーー！

そうだ、そうだよ、ふつうはソレだよ！

私は脳内で絶叫しちゃった。

いや、だって、ふつうのご令嬢はそう考えるよね？　ちゃんとしたお婿さんをもらって、お婿さんに領地を経営してもらって、って。

私、そんなことまったく思いもしなかった……とにかく、自分がそれをするんだ、しなきゃいけないんだとしか思わなくて……。

あー……思い出したわ。私、前世でもとことん男運悪かったの、コレだよ。なんでもかんでも自分でやっちゃって、キミには僕なんか必要ないんだねって言われるか、気がついたら立派なヒモになってくれちゃってるか。そのどっちかだ……。

なんて言うか、とんでもない事実をあらぬ方向から突き付けられちゃった気が……ナニこの敗北感……。

なのに、なんだかゲンダッツさんは嬉しそうに言ってくれちゃうんですけど。

「いや、ゲルトルードお嬢さまがそのおつもりであれば、公爵さまはどのようなご援助でもしてくださるでしょう。ゲルトルードお嬢さまがご結婚されても、クルゼライヒ領の経営をご自分で続けていくという方法も、ないわけではございませんし」

「あら、そのようなことが可能ですの？」

問いかけたのはお母さまだった。「貴族女性は、結婚してしまえば自分の財産もすべて夫のものになるのだとばかり」

「はい、基本的にはそうです」

うなずいて、ゲンダッツさんは説明してくれた。

「ただし、抜け道のような方法もないことはございません。たとえば、クルゼライヒ領をずっと後見人である公爵さまに預けたままにしておかれれば、ゲルトルードお嬢さまの配偶者となられたかたであっても所有することはできませんから」

は？　えっと、あの、どういう意味ですか？

声に出しはしなかったけど、私のその疑問が顔に出ちゃってたんだろう、ゲンダッツさんは説明してくれた。

「後見人は、被後見人を保護監督する立場にあります。ですから、後見人が自分の被後見人に対しいまだ保護監督の必要があると判断する限り、後見人は被後見人の所有財産を管理することができるのです。つまり、ゲルトルードお嬢さまはクルゼライヒ領を正式に相続しその所有権をお持ちであるが、実際に所有することは『まだ』できていない、という状態にしておけるのです。妻が実際には所有していないと判断された財産を、夫も所有することはできません」

な、なんですか、その無理くりな屁理屈は？

私はあっけにとられちゃってるのに、お母さまはすぐに納得しちゃったらしい。

「あら、それでしたら間違いなく、公爵さまはゲルトルードに領地の経営をさせてくださいますわよね。先ほどのお話からすると、そもそも後見人である公爵さまは、クルゼライヒ領を管理することはできても、所有することはできないのですしね」

「はい、おっしゃる通りです」

ゲンダッツさんはにこやかにうなずく。

「ゲルトルードお嬢さまが望まれる限り、エクシュタイン公爵さまは、あくまでご自分の管理監督下でゲルトルードお嬢さまが領地経営の勉強を続けておられる、という形にしてくださるものと思われます」

「よかったわね、ルーディ」

お母さまは満面の笑顔を私に向けてくれた。「これなら、貴女が思うままに領地の経営を続けていけるわ。貴女なら間違いなく、領民に慕われるとてもよい領主になれますよ」

お、お母さま、そんな気軽によい領主とか言わないでください！

私は、いったいどれだけの領民を養っていけばいいと？　私は領主教育なんて、これっぽっちも受けてきてないんですよ！

なんだかもう、すっかり気が遠くなりかけた私の耳に、ゲンダッツさんの声が届く。

「クルゼライヒ領はもともと恵まれたご領地ですからな。土地も豊かで農産物の生産にも向いておりますし、何より西から王都へと向かうフェルン街道が領内を通っておりますから。領都であるクラウデールは流通の要として、国内有数の宿場町としてにぎわっていると聞いておりますし、ゲルトルードお嬢さまも腕の揮いがいがございましょう」

ええ、一応ですね、私も我が家の領地のことをなんにも知らないっていうのはあまりにマズイと思いまして、学院図書館で一通り調べてはいるのですよ。領主教育はおろか、家庭教師の一人すらつけてもらえなかった身ですしね。

でも、そういう恵まれた領地だからこそ、何かのはずみで傾けちゃったりなんか、できないですよね？　領民の暮らしを破綻させるようなことなんて、絶対にしちゃいけないですよね？

それを腕の揮いがいがあるとか……どうしよう、これってもう本気の話？

本当に、公爵さまは領地を私に返すつもりなの？

それを私が経営って……私に拒否権なんてものはないのーっ？

拒否権と退路

「エクシュタイン公爵さま、本日は当家にご訪問、まことにありがとうございます」

カーテシーで正式な礼をして公爵さまをお迎えしているお母さまに並び、私もカーテシーでお迎えした。

「うむ、本日の話し合いが両家にとってよき結びつきとなることを期待している」

公爵さまはいつも通り眉間にシワを寄せたままうなずいている。そんでもって、近侍さんもいつも通りうさんくささ満載の笑顔で礼をしてくれた。

お母さまはそれから、先に到着していたゲンダッツさんズを公爵さまに紹介した。もちろん今日はゲンダッツさんも二人で訪問。かしこまったようすで公爵さまにご挨拶してる。

これから客間に移動して、後見人契約の書類を確認し、その書類をゲンダッツさんが国に申請してくれて、公爵さまは正式に私の後見人になる、っていう流れなのよね……。

はー、それにしても本当なんだろうか。公爵さまが、私に領地を返してくれるなんて。

そりゃまあ、国内でも有数の豊かな領地であるエクシュタイン領をお持ちの公爵さまにしてみれば、クルゼライヒ領なんて別に欲しくもないし、なのかもしれないけど。

でもぶっちゃけ、返してもらっても困るのよー！

私としてはただもう、お母さまとアデルリーナと三人でつつましく穏やかに暮らしていければって、完全にその気、その態勢になってたのよね。幸いレシピが売れそうだし、そのレシピ本を作る見込みも立ちそうな状況だし。

それでいくらか収入を得て、むしろひっそりと暮らしていきたい。

だからそのためにどうすればいいのか、私は昨日ゲンダッツさんのお話を聞いてから考えたの。もう、めっちゃ必死に考えたの。

とにかくいちばんいいのは、証文通り公爵さまに、そのままクルゼライヒ領を引き取ってもらっちゃうこと。

公爵さまはいいご領主だと聞いてるってゲンダッツさんも言ってたし、公爵さまにぜんぶおまかせしてしまえば、クルゼライヒ領が立ち行かなくなることはないと思うのよね。そのぶん、公爵さまの負担は増えてしまうだろうけど……そこはもう、お願いします、ってことで。

そんでもって、もし公爵さまに引き取ってもらえないなら、私は最終手段に打って出るしかないかも、って思い始めてる。

つまり、すぐに爵位を返上し領地も国に返納しちゃおう、っていう、ね。

爵位を失うことについては、お母さまがそれでもいいって、私が結婚できなくてその結果爵位を失ってもかまわないって、言ってくれたからね。

だからもう、お母さまとアデルリーナには本当に申し訳ないけど、伯爵位も領地も国にお返ししようかと思うの。そうすれば、本当に私たち母娘三人はある意味とっても身軽になれる。貴族としての体裁を保てるだけの収入さえあればいい、って状態になれちゃうんだから。

だけど問題なのは、昨日ゲンダッツさんが言ってた、あくまで公爵さまが私に領地を相続させ、私に爵位と領地を維持させようとした場合よ。

この場合、いくら公爵さまが後見人として私を援助してくれるっていっても、爵位を維持できる条件が私の結婚だっていうのが、ね。

だって私に領地を返してもらったとしても、まず私が二十二歳までに結婚できなければ、私は爵位を失う。そんでもって、もしまかり間違って私が結婚しちゃったら、領地は私の配偶者が所有することになる。

ゲンダッツさんは、裏技を使えば私が結婚しても領地を配偶者の好きにはさせないこともできるって教えてくれたけど、たぶん公爵さまもその線を狙ってるんじゃないかとも教えてくれたけど、それってナニをどうやっても『私が結婚する』ってことが大前提なのよ。

確かに公爵さまは、私に結婚を無理強いしないって約束してくれた。だけど、果たしてどこまでそれを信用していいのか、やっぱり不安だし。

公爵さまがあくまで私に領地を返そうとするってことは、どう考えても私に対し領地を含めクルゼライヒ伯爵家を維持することを望んでるってことだからね。

それってつまり、私には、しっかり領地経営をしてくれる有能なお婿さんAをゲットするか、領地経営にはいっさい手を出さずお飾りの爵位で納得してくれるお婿さんBをゲットするか、の二択しかないってことでしょ？

もちろん、どちらの場合も、家族に暴力をふるったりギャンブルで領地や財産を全部スッちゃったりしないような人であることは、最低条件でね。

いやもう、悪いけど私にそんな有能で誠実な、できたお婿さんがきてくれるなんて、想像すらできないわ。

それにね、お婿さんBの場合も、それに昨日聞いた裏技を使う場合も、結局私が領地経営をしなきゃいけないってことでしょ？　そもそも私が自分で領地経営するなんてこと自体が、どう考えても無理ゲーなのよ。

私は領主教育なんてこれっぽっちも受けてないどころか、いままでクルゼライヒ領に足を踏み入れたことすらないのよ？

ただ図書館で調べた知識があるっていうだけで、そこでどんな人たちがどんなふうに暮らしてるのかもわからない。それなのにその人たち、たぶんもう何千人っていう規模だと思うけど、その何千人もの生活を、私が背負って養わなきゃならないなんて……。

やっぱり、どうしても公爵さまが私に領地を相続させようというつもりなら、いっそ最初から爵位の返上と領地の返納を申し出たほうがいいかもしれない。豊かな領地であるのならなおのこと、経営なんてまるでわからない素人のせいで、領民の暮らしが破綻するなんてことには、絶対にできない。

もし公爵さまがそれを承諾してくれないなら、後見人手続きも止めてもらいます、くらいのことを言わなきゃいけないかも……でも、まずは公爵さまの意向をちゃんと確認して……。

「ゲルトルード嬢？」

呼ばれてハッと顔を上げると、目の前に公爵さまの顔があった。

眉間にシワを寄せた公爵さまが、身をかがめて私の顔を覗き込んでいる。

「顔色がすぐれぬようだが、大丈夫だろうか？」

「えっ、あっ、あの、大丈夫です」

私は慌てて答えたけど、そりゃまあ、昨夜は考えすぎてすっかり寝不足になっちゃったからね、ちょっとその辺は顔に出ちゃってるかもしれない。

てか、近いよ公爵さま！　私ゃ思わずのけぞっちゃいそうになっちゃったよ！

「本当に大丈夫なのか？　もし不調なのであれば……」

「大丈夫でございます、公爵さま」

私はなんとか笑顔を貼り付けた。「本日はお越しいただき、まことにありがとうございます。ご案内いたしますので、どうぞ客間へ」

公爵さまはまだ不審そうな顔をしてるけど、寝不足だと申告してもしょうがないし、むしろさっさと用件を済ませて、ちゃんと確認させてもらいたい。本当に、公爵さまは私に領地を返してくれちゃうおつもりなんですか、って。

客間へと移動し、全員が着席したところで、本日最初の議題が始まった。

ゲンダッツさんズが用意してくれていた後見人契約の書類を、公爵さまと私たち母娘が確認していく。私たちはもう、昨日のうちに内容のチェックは済ませているので、特に問題なし。

公爵さまも書類を一読してすぐに言った。

「この内容で私は問題ない。ゲルトルード嬢、きみのほうは？」

「わたくしも、問題ございません」

私の返事に公爵さまはうなずいた。

「では、この内容で手続きを進めるように」

「かしこまりました」

ゲンダッツさんズが頭を下げて書類を受け取った。

私はそこで、公爵さまに問いかけるべく姿勢を正した。まずは公爵さまが本当に、私に領地を返すつもりであるのかどうかを確認しなきゃ。

だけど、私が問いかける前に、公爵さまはさらりと付け加えてくれちゃった。

「それから、私が正式にゲルトルード嬢の後見人となれば、すぐにゲルトルード嬢の相続の手続きを進めたいのだが」

口を開きかけたまま、思わず固まっちゃった私の目の前で、ゲンダッツさんズもさらりと答えてくれちゃうんだ。

「かしこまりました。ゲルトルードお嬢さまが相続されるのは、ご領地のみになりますでしょうか？　こちらのタウンハウスは手放すご予定だと、ゲルトルードお嬢さまからお伺いしておりますのですが」

「そうだな、まず領地の相続を進めてほしい。このタウンハウスも売却の手続きがすめば、売却代金はゲルトルード嬢の財産となるので、そちらは別途手続きを頼む」

「かしこまりました」

って！

なんで私が公爵さまに確認する前に、領地どころかタウンハウスの売却代金まで増えてんの？

なんでゲンダッツさんは当たり前の顔をして、公爵さまと話を進めてるの？

いや、確かに昨日、領地については話したけど、さらに上乗せがあるなんてことは、まったく話してないよね？　え、でも、なんか領地と財産の相続について、ってゲンダッツさん言ってた？

いや、でも、やっぱおかしいよ。もう本気でどうかしてるとしか思えない。このバカでかいタウンハウスを売り払った代金まで私にくれるって？　どう考えても、『クルゼライヒの真珠』どころの金額じゃないでしょ？　冗談抜きで『財産』な金額でしょ？

ああ、でも、本当にマジでこんなにバカでかいタウンハウスが、簡単に売れるわけがないよね？

こんな無駄にバカでかい邸宅なんて、むしろ『負動産』だよね？

とか私が思ってたら、またもや公爵さまはさらりと言ってくれちゃうんだ。

「このタウンハウスに関しては、今後国賓《こくひん》の随行者のための迎賓館として使いたいと、陛下がおっしゃってくださっている。ゲルトルード嬢たちの引越しが済めば、すぐにその手続きに入れると思う」

陛下って……まさかの国王陛下売約済み？　マジですぐに売れちゃうの？　さすが公爵さまは国王陛下の義弟でいらっしゃる……てか、いつの間にそんな話になってたんですか？

私、本当に、マジで、冗談抜きで、ソレもコレも初耳なんですけど！

あまりのことにちょっと意識が遠のきかけてる私の耳に、公爵さまの声がひびく。

「ああ、ゲルトルード嬢もコーデリアどのも、引越しを急がれる必要はない。迎賓館として使用するには改装が必要なのだし、どのみち次の社交シーズンには間に合わぬからな」

「お気遣いありがとうございます」

お母さま、なんでそんなにふつうにお礼が言えちゃうんですか。私は遠い目のまま、どうにも戻ってこれそうにありません……。

それでも、いくらなんでもコレはまずいだろうと、私は自分を遠い目から引き戻したんだけど、本当にもうどこからどう突っ込めばいいのかさっぱりわかんなくなってた。

だけどお母さまは、ごくふつうに、当たり前に、さくっと突っ込んでくれちゃった。

「けれど公爵さま、タウンハウスのお代金までゲルトルードにお渡しくださいますのは、過分にございますわ」

おお、お母さま！　さすがです、もっと言ってください！

お母さまの援護射撃的発言に、私は思わず姿勢を正した。

それでも案の定、公爵さまは渋い顔をしちゃってる。

「しかしコーデリアどの、このタウンハウスも、本来ゲルトルード嬢が相続するべきものであるのだから」

「公爵さまにはすでに『クルゼライヒの真珠』についてご援助をいただいてしまっておりますし、過分なご援助は娘のためにならないのではと思いますの」

お母さま、もっと言っちゃってください！

これはもしかしたら領地の受け取り拒否、げふんげふん、受け取り辞退まで話をもっていけちゃう可能性が……と、私もがぜん身を乗り出した。

なのにお母さまは、またさっくりにっこり言ってくれちゃったんだ。

「もちろん、領地をゲルトルードにお返しいただけますことには、心から感謝いたします」

お、お母さまぁぁぁ！

私の脳内絶叫をよそに、お母さまはにこやかに話を続けちゃう。

「ご存じの通り、ゲルトルードは本当に聡明で、しかも誰よりも心優しい娘です。必ずよい領主になると、わたくし心から思っております。もちろん、ゲルトルードにお返しくださるクルゼライヒ領を、わたくしが再婚することによって他所の殿方にお渡ししてしまうような愚かなふるまいは、決していたしませんと、お約束申し上げますわ」

「うむ。私もゲルトルード嬢なら間違いないだろうと考えている」

なんて言って公爵さまもうなずいちゃってるし、なんならゲンダッツさんズまでうんうんとうなずいてくれちゃってるんですけど！

さすがにこのまま流されちゃうのはマズイと、私もようやく声をあげた。

「あ、あの、公爵さま」

公爵さまの顔が私に向く。

私はぎゅっと両手を握りしめてしまった。

「あの、ご期待いただけるのは光栄でございます。けれどわたくし、これまで領主教育などまったく受けておりませんし、そもそもクルゼライヒ領に足を踏み入れたことすらもないのですから……」

「ならばまず、クルゼライヒ領に足を運ばねばならぬな」

さっくりと公爵さまが答えてくれちゃう。「春先にでも一度、訪問の機会を用意しよう。学院の新学年が始まる前であれば、きみも訪問しやすいだろう」

ちっがーう！　そうじゃなーい！

頭を抱えそうになった私の目の前で、公爵さまがさらにうなずいてる。

「ゲルトルード嬢は、学院二年目のクラス選択はすでにすませたのだろうか？　もしそうであっても、いまの時期であればまだ変更はできるのだから、領主クラスを選択すればよい。領主として必要なことを学べるだけでなく、他領の次期領主と知己を得ておくためにも必要なことだ」

ますます加速されるソウジャナイ感に、私はナニをどう説明すればいいのかと必死に頭を巡らせる。なのに、私がそうやって必死に考えてる間に、またもやお母さまがさっくりと言ってくれちゃった。

「確かに不安はあるでしょうけれど、知らないことはこれから学んでいけばいいじゃないの、ルーディ」

お母さまは、なんの邪気もない笑顔を私に向けてくれる。

「先日、貴女がヨーゼフに言った通りよ。いま知識があるかどうかよりも、わたくしは貴女の誰よりも優しい心のほうがずっと大切だと思うわ」

お、お母さま、いまソレをおっしゃいますか？

違うの、そうじゃないの、そういう問題じゃないのぉぉぉ！

なんかもう、私は脳内絶叫状態になっちゃってるのに、公爵さまがいかにも満足そうに言い出しちゃった。

「クルゼライヒ領は、我が国の建国以来ずっと変わらず、オルデベルグ一族が領主を務めてきたという稀有な領地だ。此度のことで領主が代わるのは望ましいことではないと、実は陛下も気にかけておられた。無事ゲルトルード嬢が相続できるのであれば、陛下もお喜びになるだろう」

へ、陛下って……国王陛下案件なんですか、我が家の相続は！

本当に、マジで、私の意識が飛びかけた。

だってこの状況で、国王陛下案件だとまで言われて、私に領地の受け取り辞退なんてできると思う？　爵位の返上や領地の返納なんてこと、できると思うーーー？

もはや退路は完全に断たれたとしか……。

そんな私に、公爵さまは真面目な顔で追い打ちをかけてくる。

「ゲルトルード嬢、たとえきみがいままで領主教育をまったく受けてこなかったのだとしても、これは領地を持つ貴族に生まれた者の責任であり義務だ。富は、ただ漫然と一方的に与えられるだけのものではないのだから」

富、いらないです。

いや、ゼロでは困るけど、そこそこでいいんです。

なんて、言えるわけがない。

ええ、ええ、公爵さまのおっしゃることは正論です。私だって、一度は一文無しになったと思ってたのに、それでもなんとかやってこれたのは、貴族という特権階級にいたからだって、心底実感しております。

そうですよね、自分はなんにもせずに、一方的に、ただ与えてもらうだけなんて、そんなの誰にも許されないですよね。

本人が望もうが望んでいなかろうが、最初からたっぷりと与えられてしまってた者は、それだけ多くの何かもまた、最初から背負わされちゃってるんですよね。

これはもう、本当に私には拒否権もなければ退路もないってことなのね……。

そうやってずっしり考えこんじゃった私は、結構悲愴な雰囲気になっちゃってたらしい。

お母さまが心配そうに声をかけてきた。

「ルーディ、貴女が不安になるのは当然のことよ。でも、貴女には助けてくれる人が、もう何人もいてくださるでしょう？　もちろん、わたくしもできる限り、貴女を助けていくわ」

「そうだとも。私もそのために、きみの後見人になるのだから」

公爵さまも言ってくれる。「私はきみへの援助を惜しむつもりはない。確かに領地経営は大変な仕事だが、ゲルトルード嬢、きみなら大丈夫だ」

なんですか、その安請け合いは？

てか、やっぱり公爵さまも私が経営するの一択なんですね？

この場合、私は領地経営を学ぶと同時に、お婿さんBをゲットするための婚活をしなきゃいけないんでしょうか？

なんかもう、声に出して問いかける気力もなくて、うつろな気分でそう思ってたら、公爵さまがさらに言い出した。

「確かに、領地経営は貴族男性の仕事だと考えている者も多いが、実質的に領地経営を行っている貴族女性もいないわけではない。私の姉のレオポルディーネも、かれこれ十年近くガルシュタット領の経営を担っているのだし」

え？　そうなんですか？　と、私は思わず顔をあげちゃった。

だって、ガルシュタット領って公爵領だよね？　それに、レオポルディーネさまは爵位持ち娘ではなく、他家へ嫁がれた身だよね？　ガルシュタット公爵さまは、もちろんご健在だよね？　それでなんで、夫人であるレオポルディーネさまが領地経営をしてるの？

思わず私は、公爵さまとお母さまの顔を見比べちゃったんだけど、公爵さまは平然と言ってくれた。

「夫であるガルシュタット公は宰相を務めておられるので、いかなるときも王都を離れるわけにはいかぬのだ。そのため、夫人である私の姉のレオポルディーネが領地経営を担っている」

いや、ソレ、お婿さんAでもお婿さんBでもないですやん。そもそも、レオポルディーネさまがお婿さんをもらわれたワケじゃないんだし。

それにだいたい、宰相閣下とか、私にはそのハードルが雲の上ってくらい高すぎて想像もできません。我が家の領地や財産の維持管理に関わっているヒマなんかないってほど立派な役職を持ってるお婿さんC、なんて新しい選択肢は、私には到底あり得ないでしょう。はぁ……。

とどのつまり、私には拒否権も退路もなし。

それどころかお婿さんAまたはBの選択肢も、このままじゃ間違いなくBだけになっちゃうよね？　だって、公爵さまは私に領地を経営しろって言ってるわけだから。

私が持ってる爵位にも領地にも財産にもまったく興味を示さず、お飾りの伯爵家当主としてただもうにこにこと座っていてくれるようなお婿さんB……を、六年以内にゲットする。

どんな無理ゲーだよ！

しかも私があんなに悩んで考えてたのに、すべてバッサリだよ！

なんかもう、マジでちゃぶ台かなんかひっくり返したい気分なんですけど！

なのに、公爵さまは私が納得したとでも思ってるのか、相変わらず満足そうに言ってくれちゃうんだ。

「ゲルトルード嬢、もちろんきみが成人するまでは、クルゼライヒ領は私が預かる。きみは学院に通いながら、自領について学んでいけばよい。クルゼライヒ領は恵まれた領地だ。特別なことはしなくとも、手堅く経営していれば十分な収益をあげられるはずだ」

ええもう、簡単に言ってくれちゃうわよ。公爵家の嫡男、跡継ぎ息子に生まれて、最初からそのために育てられてきたアナタならそうでしょうけど。

こちとら伯爵家の令嬢に生まれて十六年、ずっと当主から虐待されて学院に入学するまで家から外出したのはたった二度だけっていう超箱入りですからね！　中身はもうちょっと、いやだいぶ、スレてますけど！

でも、お母さまもどこかホッとしたように言い出してくれちゃうんだ。

「そうよ、ルーディ。何もいきなり、貴女一人だけで領地を経営しなければならない、なんてことはないのよ。公爵さまをはじめ、こうして貴女を助けてくださる方がたがいらっしゃるのだから。貴女が前向きになってくれて嬉しいわ」

お母さま、私は確かにさっきまでの悲愴感たっぷりどんよりモードから切り替わってますけど、それは別に前向きになってるんじゃないです。ただ腹が立ってきただけです。

なんて言えるわけもなく、私はただもう両手を握りしめるしかないんだけど。

それでもやっぱり、私はお母さまの笑顔には弱い。

しかもさっきお母さまが言われたことで、私も気がついたのよね。爵位持ち娘になっちゃった私が打算まみれのモテ期到来になりそうなのと同じく、お母さまもとっても危険な状況になっちゃったんだ、ってことに。

それもこれも、領地や財産を公爵さまが私に返してくれるから、なんだけど。

だって、もしいまお母さまが再婚させられたりなんかしちゃったら、公爵さまが私にって返してくれる領地は、その再婚相手に持っていかれちゃうのよ。いや、領地だけじゃないわ、私が相続するもののうち爵位以外は全部持っていかれちゃう。

それを狙って、お母さまに言い寄ってくるクズが湧いて出る可能性、めちゃくちゃ高いでしょ。

それでなくてもお母さまはこんなにも美人でかわいくて、とっても魅力的なんだから。

もしまかり間違って、お母さまがとんでもないクズの罠に嵌められちゃったりなんかしたら……

ダメ、絶対ダメ！

けどホンット、この国ってなんでここまで女性を差別するかな？　結婚したら妻の財産はすべて夫の所有になるのに、夫が亡くなってもその財産は妻には相続されない。すべて子、それも跡継ぎのみが相続する。例外は、子がない未亡人だけ。

でも、その跡継ぎが女子であれば、結婚によって所有財産はすべて夫のものになっちゃう。それだけじゃない、跡継ぎ女子が爵位持ちであれば、二十二歳までに結婚しなければ爵位は国に取り上げられちゃうんだから。

なんかもう、女になんか絶対財産持たせてやんねーよ、って言ってんのかってくらい、もはや悪意を感じるよね。

ああもう、どんな無理ゲーでも、私はやっぱ六年以内にお婿さんBをゲットしなきゃダメなんだわ……お母さまのためにも！

とにかく、どんより凹んで思い悩んでる時間なんてないんだってこと。目の前のことひとつひとつに、取り組んでいくしかないわ。

私は自分の頬をパンッとはたく代わりに、こっそり両の拳で膝をタンッとたたいて気合を入れなおした。

「そうですね、お母さま。いまからあれやこれや、思い悩んでいてもしかたありませんものね」

「そうよ、それでこそルーディよ」

お母さまは、嬉しそうに笑ってくれた。

ええもう、お母さまがいつも笑っていてくれるなら、どんなことだって私は頑張れるわ。

そして私は公爵さまに向き直って言った。

「公爵さま、領地経営のことはこれからゆっくり考えさせていただきます。今日はとにかくまず、予定しているお話し合いを進めてまいりましょう」

「ああ、そうしよう」

公爵さまがうなずいたので、私はヨーゼフを呼んだ。

ヨーゼフはもう止めても無駄なので、今日は最初から仕事をしてもらってる。まあ、手が足りないのは事実だし。

「ヨーゼフ、お客さまはみなさん、到着済みかしら？」

「はい。控えの間でお待ちいただいております」

本日二つめの議題、意匠登録に関する話し合いの開始だ。

公爵さまの意外な一面、からの

ヨーゼフに案内された、お客さま第二弾チームが客間に入ってきた。

キャラが濃いツェルニック商会一行も、さすがにめちゃくちゃ緊張してるっぽい。エグムンドさんは余裕ありそうな雰囲気ね。でも、クラウスの顔色がかなり悪い気がする。クラウスってばそんなに緊張してるんだろうか。この公爵さま、確かに威圧感はあるけど、悪い人じゃないし変に偉ぶったとこもないし、別に怖くないよー。

我が家の客間はとんでもなく広くて、いままで衝立を置いて仕切ってたんだけど、今日はさすがに人数が多いから衝立を取り払ってる。

その広い客間の一番奥に、公爵さまが一人掛けソファーに悠然と腰を下ろし、公爵さまの左手側の少し下がったところに、控えるように近侍さんが座ってる。公爵さまの席の手前、右手側に私とお母さま、左手側にゲンダッツさんズが、向き合うようにして座っているという格好だ。

そしてもちろん、部屋の隅にはヨーゼフとナリッサ、シエラも控えている。

客間に入ってきたメンバーは、まずは公爵さまの前に膝を突いてご挨拶だ。

「エクシュタイン公爵閣下におかれましてはご機嫌麗しく、本日このようなお目通りの機会をいただきましたこと、我らツェルニック商会光栄の至りでございます」

うん、ツェルニック商会は今日も通常運転だね。兄弟とベルタお母さんでワンセットだ。

それに比べると、エグムンドさんは礼儀正しいものの、わりとあっさりしてる感じだった。ただやっぱり、クラウスの顔色がよくないのが気になるな……。

全員が着席したところで、私は声をあげた。

「ではツェルニック商会さん、新しい刺繍の試作品を、公爵さまに見ていただきましょう」

「ははっ、公爵閣下にご覧いただけるとは、我らツェルニック商会恐悦至極にございます」

うん、通常運転はいいから。

リヒャルト弟が例のレティキュールを取り出す。一昨日見せてもらった後、いったん返してあったのよ。さらに改良したいってベルタ母が言うから。

近侍さんがすっと音もなく立ち上がり、リヒャルト弟が捧げ持つレティキュールを受け取る。近侍さんはその場で確認をして（一応変なモノが仕込まれてないかとか確認が必要らしい）、恭しくレティキュールを公爵さまへと手渡した。

「ほう、これは……」

レティキュールを受け取った公爵さまの不思議な藍色の目が、大きく見開いた。

そして公爵さまは、丹念にレティキュールの確認を始めた。いやもう、ホントに丹念というか、ものすっごい真剣な目で確認してらっしゃるんですけど。

レティキュールの表面を何度も手で撫で、縫い付けてあるコードの一本一本をなぞり、なんなら生地にコードを縫い付けてあるその縫い目まで、公爵さまは確認してる。挙句にはレティキュールを完全に裏返して、袋になっているその仕上げまで確認しちゃったり。

ツェルニック商会一行の三人が、固唾をのんで見守っている。

いや、これはさすがにツェルニック商会でなくても胃が痛くなるよね。

しかし公爵さま、こういう服飾品に、そんなに興味をお持ちだったとは。

確かに、公爵さまのお召し物っていっつも黒ずくめで、シャツとクラバットが白、そしてクラバットのピンにだけ色が使われてるっていうシンプルさなんだけど、ものすごく上品で洗練されてるなっていうのは感じてた。

ここんチの主従は、近侍さんがとにかくイケメンで目立つ容姿なわりには、そのイケメンっぷりを上手に抑え、なおかつ地味過ぎない上品な装いをいつもしてるのよね。だから、公爵さまの衣装も近侍さんがコーディネートしてるのかと思ってたんだけど、このようすを見てるとどうやら公爵さまは自分で選んでるっぽいわ。公爵さま、実はかなりのおしゃれ上級者だったらしい。

「ゲルトルード嬢」

「はい」

ようやく顔をあげた公爵さまが私を呼んだ。

「この細いコードを縫い付けて模様を描くという手法を、きみが考えたのか？」

「さようにございます」

うなずく私に、公爵さまの眉間のシワが深くなる。

「いったいどのようにして、このような手法を思いついたのだ？」

「祖母が遺してくれました軍服から思いつきました」

まあ、ウソじゃないよね。

私の言葉に、公爵さまは納得してくれたらしい。

「なるほど、確かに軍服にはモールを何本も縫い付けているな」

「はい。太いモールではなく、細いコードを使えば、繊細な模様も描けるのではないかと思いついたのです」

公爵さまはさらにうなずいてくれた。

でもって、私はちゃんと言い添えておく。

「けれど、わたくしは本当に最初の案を出しただけで、実際にこのようなすばらしい意匠に仕上げてくれたのは、ツェルニック商会さんです」

そう、私が言ったとたん、ビシッとツェルニック商会一行の背筋が伸びまくった。

公爵さまの視線が、ツェルニック商会へ向く。

そりゃあもう、ツェルニック商会一行は背中に板でも入ってんのかってくらい、ガチガチになっちゃってる。

「こちらの図案は、誰が考えたのだろうか？」

「は、はいっ」

公爵さまの問いかけに、ロベルト兄が喉を鳴らして答えた。

「大まかな図案は、私、頭取のロベルトが考案致しました。色と素材は弟のリヒャルトが考え、実際に縫って細部を検討し、仕上げたのは母のベルタにございます」

へえ、ホントに家族そろって、このレティキュールを作ってくれたんだね。

私が感心していると、ロベルト兄はさらに説明した。

「ただこちらの図案につきましては、最初にゲルトルードお嬢さまが蔓草のような模様がよいのではないかとおっしゃってくださいましたので、それをもとに考案致しました」

「なるほど。確かにこの円と曲線を組み合わせた蔓草のような模様は、軍服の直線的なモールとは違い、繊細で立体感のある仕上がりになっているな」

おおう、公爵さま、めちゃくちゃ具体的なご感想だわ。ガチだわ、公爵さまはやっぱ服飾品に関してガチでいらっしゃるわ。

ロベルト兄も、ここぞとばかりに身を乗り出しちゃう。

「はい、このコードを縫い付けるという手法は、立体的な表現ができるという点が最大の特長にございます。細いコードとはいえ、そこに当たる光の加減によって陰影が生まれますので、より趣《おもむき》のある装飾とすることが可能なのでございます」

顔を紅潮させて語るロベルト兄の横で、リヒャルト弟も語りたくてうずうずしてるのがわかる。いっぽう公爵さまは、ロベルト兄の説明に大きくうなずいている。

「なるほど。立体的な陰影をより際立たせるために、こうやって色数を抑えた意匠に仕上げてあるのだな」

「さようにございます、公爵閣下」

ついにリヒャルト弟も口を開いた。「使用するコードのお色は単色であるほうが、より繊細な陰影を楽しむことができるのでございます。それにたとえば、生地の色と同じ色のコードを使用しましても、一見なんの装飾もないように見えますのに、光の加減で立体的な模様が現れますので、落ち着いた中にも上品な華やぎのある装飾とすることも可能でございます」

うん、さすがにふだんの語りの半分以下に収めたわね、リヒャルト弟。

そう思ってたら、リヒャルト弟は新たな包みを取り出した。

「いま公爵閣下のお手元にございますレティキュールは、ゲルトルードお嬢さまのお召し物に合わせてご用意したものでございますが、こちらに色違いでコーデリア奥さま、そしてアデルリーナお嬢さまにも、ご用意いたしてございます」

えっ？　とばかりに、私は身を乗り出した。お母さまもだ。

ヨーゼフが、リヒャルト弟の取り出したレティキュールを私たちのところへ持ってきてくれた。

「すてき！」

お母さまが声をあげる。「本当に色違いだわ、でも色が違うだけでこんなに雰囲気が変わるのね」

リヒャルト弟が、ようやく少しいつもの調子が戻ってきたのか、いくぶん控えめなどや顔で説明してくれる。

「そちらの銀ねず色の生地に淡いすみれ色のコードをあしらいましたほうをコーデリア奥さまに、そしてもう一方の、明るい水色の生地に白色のコードをあしらいましたほうをアデルリーナお嬢さまに、いかがかと」

「ええ、わたくしはこちらの銀ねず色をいただきますわ。そして水色のほうはアデルリーナに。本当に嬉しいわ、わたくしたち母娘三人でおそろいだなんて。ねえ、ルーディ？」

お母さまに呼びかけられても、私はとっさに返事ができなかった。

感動に打ち震えていたからである。

だって、だって、おそろいよ？　おそろい！

お母さまとアデルリーナと、三人でおそろいのレティキュール！

「う、嬉しいです」

私は冗談抜きで、ちょっと震える手でレティキュールを受け取っちゃった。光沢のあるきれいな水色の生地に白いコードっていう清楚で上品な色合いで、同じ模様を描くおそろいのデザイン。本当にかわいいかわいいアデルリーナにぴったりだ。

「早くリーナに見せてあげたい……」

「ええ、ええ、リーナも大喜びするわね。三人でおそろいなんて初めてですもの」

「はい、これを持って……三人でお出かけしましょう、お母さま。必ずしましょう！」

「もちろんよ、三人でお出かけしましょうね！」

私とお母さまはもう、完全にキャッキャウフフ状態である。

ああもうホントに、ホンットに、ツェルニック商会はいい仕事してくれるよ！

もう十分、恩を返してもらっちゃったわ！


レティキュールを三つ並べ、公爵さまは眉間のシワを深くしてる。

一同緊張の中、公爵さまはようやくぼそりと言った。

「すばらしい」

一気に場の空気が緩む。

いや、だから、そういう言葉は最初に言ってあげて？

ツェルニック商会一同なんて、もうかわいそうなくらい緊張しまくってたでしょ？　最初に賛辞の言葉をあげていれば、みんな無駄に緊張しなくて済んだのに。

まあ、そう告げた声も低いし、すっごく考え込んでるようすなんだけど、どうやら公爵さまは本気で感嘆しているようなのよね。

「この新しい刺繍は本当に、さまざまな可能性を秘めているな」

唸るように言って公爵さまは、ようやく本日のお題に言及してくれた。

「ゲルトルード嬢、それではこのコードを使った刺繍を、意匠登録するというのだな？」

「それにつきましては」

私はさっとエグムンドさんに視線を送った。「商業ギルド意匠登録部門部門長のベゼルバッハさんから説明をしていただきます」

恭しく礼をしたエグムンドさんが、一昨日私たちに話してくれたマーケティングのお話を公爵さまにも披露してくれた。

公爵さまも身を乗り出して、熱心に話を聞いている。

そして、公爵さまは大きくうなずいてくれた。

「なるほど。其方の説明は実によくわかった。其方の言う通り、このコードを使った刺繍という手法に関しては、意匠登録はしないほうがよいだろう」

私も、ツェルニック商会の名を残すためコード刺繍の図案を意匠登録しておくこと、それによってコード刺繍をするのならまずツェルニック商会へという流れをつくりたいと考えていることを、公爵さまに説明する。それについても、公爵さまはしっかりうなずいてくれた。

ふっふっふっ、やっぱりこの辺りは事前に話し合って根回しできたからとってもスムーズよね。

「現在、ツェルニック商会さんが、わたくしの衣装に何着か、このコード刺繍を施してくれているのです」

私の説明を受けて、お母さまが言い出してくれた。

「そうなんですの、公爵さま。ゲルトルードの夜会用の衣装にも、この新しい刺繍を施してもらっておりますの」

「ほう、夜会用の衣装というと……」

公爵さまは、それだけでもう察してくれたようだ。

お母さまは嬉しそうに言った。

「はい、『新年の夜会』ですわ。公爵さまにはぜひとも、ゲルトルードをエスコートしていただきたいのです。それによって、公爵さまがゲルトルードの後見人になってくださったことのお披露目となりますし、同時に新しい刺繍を使った衣装のお披露目にもなると存じますので」

「ふむ……」

公爵さまはあごに手を遣り、また眉間のシワを深くした。

あれ？

まさか断ったりしないよね？　だって、あれだけ私の後見人になりたがってたんだし、これくらいお披露目にぴったりな場ってないと思うんだけど。

そりゃ、確かに私としては、公爵さまが断ってくれたほうが、踊らなくて済んで大助かりっていうのが本音なんだけどね。

などと思っていたら、公爵さまがおもむろに口を開いた。

「では、私が当日着用する衣装も早急に用意しよう。おそらく黒になると思うが、襟や袖口にこのコード刺繍をあしらえば、ゲルトルード嬢の衣装とともに話題になるはずだ。ツェルニック商会には、いつまでに届ければいいだろうか?」

「公爵閣下!」

ツェルニック商会一同が、その場にひれ伏さんばかりの勢いで叫んだ。

「ありがとうございます! まさか私どもに、公爵閣下のお衣裳に針を通す栄誉をお与えくださるとは!」

「必ずやご満足いただけるものに仕上げさせていただきます!」

「お衣裳につきましては、恐縮ではございますが、お許しになる限りお早くお願いできますでしょうか? ゲルトルードお嬢さまのお衣裳と模様をそろえるなど、意匠にも存分に凝らせていただきますので!」

公爵さま、夜会のエスコートはOKだよって答えもせずに、いきなり自分が当日着る衣装の話まで飛んじゃったよ。

うん、まあ、それだけ乗り気でいらっしゃるんですね? 眉間にシワ寄せてても、気分はノリノリでいらっしゃるんですね?

しかし、いいのか私？

夜会で公爵さまと、おソロの衣装で踊ることになっちまったよ……。

すっかり遠い目になっちゃった私を置き去りにして、エグムンドさんも『新年の夜会』がどれほどお披露目の場としてふさわしいか、公爵さまに力説しちゃってる。

「すばらしいです、公爵閣下。ゲルトルードお嬢さまだけでなく、閣下自らこのコード刺繍を施したお衣裳をお召しくださるのであれば、夜会にお集まりの方がたにそれはもう強く印象付けることができますでしょう。しかも『新年の夜会』は、流行に敏感な年若い貴族の方がたが多くご参加される夜会です。新しい装飾であるコード刺繍に興味をお持ちになり、即座に試してみようとお考えになるかたも少なくないと予想できます。お披露目として『新年の夜会』は、まさにうってつけであると存じます」

はい、エグムンドさんもノリノリです。

さらにここで、エグムンドさんの眼鏡キラーンが入りました。

「閣下、僭越ではございますが、お伺いしたいことがございます」

「なんであろうか？」

「『新年の夜会』におかれまして、エクシュタイン公爵家さまよりご祝儀のお届けは可能でございましょうか？」

エグムンドさんの問いかけに、公爵さまの口の端がわずかに上がった。

「私もいま、それについて考えていた」

「さすがでございます、閣下」

にんまりと、エグムンドさんの口角が上がる。「閣下のお考えの通り、ゲルトルードお嬢さまが考案なさいましたあのメニューを」

「うむ。これまた、まさにうってつけだな」

な、なな、なんですか、その黒幕の悪だくみ的な会話は？　まるで時代劇の越後屋とお代官さまみたいな雰囲気なんですけど！

なんかちょっとドキドキしちゃってる私に、公爵さまは口の端をあげたまま言ってきた。

「聞いての通りだ、ゲルトルード嬢」

いや、聞いてはいましたけど、なんのことか私にはさっぱりわかりません。

あいまいな笑顔を浮かべた私に、公爵さまは上機嫌でさらに言ってくれた。

「我が公爵家から『新年の夜会』への祝儀として、当日参加者が口にする軽食を提供しようと思うのだ。できれば、きみが考案したというあの『さんどいっち』を提供したいのだが、どうだろうか？」

そ、そういう意味のお話でしたか。

それだったらもう、全然問題ないです。サンドイッチなんて、パーティーの立食にはもってこいのメニューなんだし。

私は笑顔で答えた。

「もちろん、公爵さまのお望みのままにご提供くださって結構でございます」

「そうか、ではレシピの購入をさせてもらおう」

うなずく公爵さまに私は、マヨネーズの話もしたほうがよさそうだな、でもまた試食っていうと今日は難しいかな、なんて思案してたら、公爵さまはさらに言ってくれた。

「ああ、細長いパンの『さんどいっち』については、軍が正式にレシピを購入すると決定した。そちらも頼もう」

おおう、なんかすでに、レシピで結構収入が得られそうな展開じゃないですか。こっちもノリノリですね？

私はちょっとほくほく顔になっちゃいそうなのを、なんとかがんばって堪える。

でも、公爵さまのお申し出はまだ終わりじゃなかった。

「それから、例の布についても、魔法省魔道具部が権利を売ってほしいと言っている。それについては、改めて相談したいのだがいいだろうか？」

へ？

あの、例の布って、蜜蝋布ですよね？

それを、魔法省の魔道具部？　権利を売ってほしい？　いったいどういうお話なんでしょう？

なんかもう、きょとんとしちゃった私に、公爵さまは説明してくれた。

要するに、蜜蝋布に機能強化系の魔力付与をした製品を作りたいんだそうだ。

「以前から魔道具部では、軽量で丈夫な梱包資材を研究していたのだが、それにあの布が使えそうだと言っているのだ」

そう言った公爵さまの視線を受けた近侍さんが、さらに説明してくれる。

「以前、私の弟が魔道具部にいるとお話ししましたでしょう。その弟にあの布を見せたところ、ぜひ使ってみたいと言い出しまして」

はいはい、確かにそういうお話は聞いてました。マジックバッグというか、収納魔道具を見せてもらったときですよね。それに、フルーツサンドをお出ししたとき使った蜜蝋布を、公爵さまが見本に一枚欲しいと言われたので渡してあったのよ。

「弟によりますと、布を梱包資材とするために形状記憶や状態強化、さらには撥水保湿といった機能をすべて加えようとすると、かなり複雑な魔術式が必要になるため、費用の面を含め実用化が難しかったようなのです。ところがあの布を使えば、簡単な魔術式で機能強化するだけで十分な梱包資材にすることができるだけでなく、安価で大量に生産できるとのことで」

はー、そんなことができるんだ?

確かに、魔力付与のための魔術式があるとは学院で教えてもらったけど、実際にその魔術式を習うのは二年生になってからなのよね。

でも、近侍さんが言ってることは理解できる。

布にゼロからすべての機能を付与していくのではなく、すでに持ってる機能を強化するだけだからめっちゃコスパがいい、ってことよね?

「つまり、あの布がすでに備えている機能をもう少し引き上げてさらに丈夫にすれば、いろいろなものを梱包するために使える、ということでしょうか?」

「その通りです」

近侍さんがうなずく。「もとが布ですから用途に合わせて大きさは自由に選べますし、たとえば食料品などの梱包に使用しても使用後は薄くたたんでしまうことができます。汚れても水洗いできますし、なにより手で温めるだけで形を整えることができ、ぴったりと封ができる。それでいて空気は通して水分を保ってくれるのですから、本当にすばらしい素材だと弟は狂喜しておりました」

弟さん、そんなに喜んでくれちゃったのか。

そりゃ私としても、さらに便利な品に改良したいと言っていただけるのであれば、否やはございません。

でもやっぱり、確認は必要よね。

「では、あの布の権利を購入したいとおっしゃるのは、意匠登録購入として、あの布を作る権利を購入されたいというお話なのでしょうか？」

「いや、そうではない」

答えてくれたのは公爵さまだった。

「あの布を加工する権利、と考えてもらえばいいだろう。あの布は、平民でも簡単に作ることができるときみは言っていたからな。あの布を作ること自体には制限は設けない、けれどあの布に魔力付与をした製品を作ることは魔法省のみの権利としたい、ということだ」

「それはつまり、魔力付与をしていない状態のあの布であれば、誰でも作れるし販売することもできる、けれどあの布に魔力付与をした特定の品を作って販売できるのは魔法省のみ、ということでしょうか？」

「そうだ。もう少し正確に言うと、魔法省が契約した商会のみが販売できる、ということだな」

私の問いかけに公爵さまはそう答えてくれた。

そういうことなら、全然問題なさそう。

だって、魔力付与した品になると当然プレミアが付くよね？　家で日常的に使う蜜蝋布なんて別に魔力付与した品でなくてもいいだろうし、我が家でも気軽にまた蜜蝋布を作って使うことに支障はないってことなんだから。

私は納得してうなずいた。

「わかりました。公爵さまがおっしゃる通り、魔法省であの布を加工する権利を購入していただいて結構です」

「うむ、ではそれについては後日、魔法省から正式な購入の申し込みをさせよう」

「ありがとうございます、ゲルトルードお嬢さま。弟が喜びます」

公爵さまに続いて、近侍さんが笑顔でお礼を言ってくれた。その笑顔にいつものうさんくささがないもんだから、近侍さんはどうやら本当に弟さんと仲がよさそうだな、なんて思っちゃった。

うーん、蜜蝋布も意匠登録しないってことにしてたのに、意外なところから収入が得られそうになっちゃったわね。

でも、蜜蝋布に魔力付与するって、やっぱファンタジーだわ。どんな魔術式を使うのかとか、そういうのって見学させてもらえないかな？　なんかちょっとワクワクしちゃうよね。

あ、そうだ、蜜蝋布の作り方って公爵さまにも伝えてないし、魔道具部の人……近侍さんの弟さんにでも作り方を実演してみせてあげれば、お返しに魔力付与の見学をさせてもらえるかも。

私がそんなことを考えていると、公爵さまが言い出した。

「では、魔法省との売買契約についても、ゲンダッツ弁護士に依頼できるだろうか？」

「謹んでお受けいたします」

ゲンダッツさんズがそろって頭を下げる。

そこに、エグムンドさんがすっと手を挙げた。

「閣下、発言させていただいてよろしいでしょうか」

「うむ」

うなずいた公爵さまに、エグムンドさんは礼をする。

「ありがとうございます。確認でございますが、本日のお話し合いにおきまして、いま閣下がおっしゃった魔法省魔道具部との権利売買契約、国軍による『さんどいっち』レシピの購入契約、さらに公爵閣下ご本人さまによる『さんどいっち』レシピの購入が決定したということでよろしいでしょうか」

「その通りだ」

公爵さまは何気にうなずいてくれたけど、なんか結構いろいろ決まっちゃったよね。それに後見人契約もあるから、ゲンダッツさんズ大忙しになっちゃったわ。大丈夫かな？

ちらり、とゲンダッツさんズに視線を送ると、やっぱり二人ともちょっとこわばった表情に見える。

忙しいのももちろんなんだろうけど、なにしろ相手が公爵さまに国軍、魔法省だもんね？　国家機関だもんね？　かなり大ごとになっちゃったもんね？

エグムンドさんがさらに言い出した。

「恐れながら閣下、『新年の夜会』にて『さんどいっち』が披露されますと、おそらくご当家にレシピの購入申込が殺到すると思われます。さらに、コード刺繍の申込もツェルニック商会さんへ殺到すると思われます。本日決定されました三件のご契約もかなり大きなものでございますし、今後のことも考慮いたしますれば、いまのうちに明確な窓口を作っておかれることをお勧め致します」

「ふむ……」

公爵さまの眉間のシワが深くなった。

そこで私も発言しておくことにした。

「あの、レシピの販売に関してなのですが」

皆の視線が私に集まる。「わたくし、レシピを本にまとめて販売したいと考えております。サンドイッチもそうですし、ほかにも何点か、ご披露できるレシピもございますので」

「なんと、ゲルトルードお嬢さまはそれほど数多くの新しいレシピをお持ちでございますか。しかも、それをやはり本にまとめて販売されたいと？」

エグムンドさんの感嘆した声に、私はうなずいた。

そりゃあもう、揚げ物っていうレシピの金鉱脈を掘り当てちゃったからね。

「はい、何点かずつレシピを本にまとめておき、それを貴族家の方がたにご購入いただければと。

レシピの購入をお申し込みいただくたびに口頭でお伝えするとなりますと、我が家の料理人にかなりの負担が生じます。本にして販売すれば、その負担も減らすことができますし」

だって、もし本当にレシピ購入の申込が殺到しちゃってマルゴの業務に支障がでちゃったら、それがいちばん困るもん。美味しいごはんが食べられなくなっちゃうよ。

「なるほど。ゲルトルードお嬢さまはそこまでお考えでございましたか」

ありゃ、エグムンドさんの眼鏡がまたキラーンしちゃったよ。

その眼鏡キラーンのまま、エグムンドさんは公爵さまにうなずきかける。

「閣下、ここはやはり」

「うむ、そうだな」

公爵さまも重々しくうなずく。

「早急に、商会を設立せねばなるまい。商会名は、ゲルトルード商会だ」

置いてきぼりどころの話じゃなーい！

「ゲルトルード嬢が考案したレシピや品々を取り扱うのだから、ゲルトルード商会以外の名は考えられぬだろう」

「はい。それがいちばんふさわしい商会名かと」

公爵さまとエグムンドさんがうなずきあってる。

エグムンドさんは自分の鞄から何か用紙を取り出し、さらさらと書き込み始めた。

「まずはレシピ本の製作と販売、それからコード刺繍の製作を行うツェルニック商会さんの窓口業務ですね。そうしておかなければ、ツェルニック商会さんはコード刺繍製作の申込をさばくことに忙殺される可能性が非常に高いですから」

「ありがとうございます。ゲルトルードお嬢さまの商会にそのようなことまでしていただくのは、まったくもって恐れ多いことではございますが、非常に助かります」

ツェルニック商会一行がそろって頭を下げてる。

そこに公爵さまが口をはさんできた。

「あの布に魔力付与をした品の販売権も得られるだろう。加工の権利を売るさいの条件に販売権を入れればいいのだから」

「さようにございますね」

エグムンドさんがまたさらさらと用紙に書き込んでいく。

「それに、ゲルトルードお嬢さまはあの細長いパンの『さんどいっち』を、街の商店で販売することをお考えです」

「ああ、ご当家の料理人の親族が経営する店だな。私も話は聞いている」

「ゲルトルードお嬢さまは、『新年のお祭り』のさいに、あの細長いパンを売る屋台を出すこともお考えだそうです」

「ほう、それは初耳だ。しかし、それもおもしろそうだな」

「ゲルトルード商会直営の屋台として出店すれば、それだけ話題にもなりましょう」

って！

って！

って――！

ようやくそこで、真っ白になっちゃってた私の頭の中が動き始めた。
ゲ、ゲルトルード商会？
って、なんの話をしてるの？　公爵さまもエグムンドさんも？

「商会の設立基金は、そうだな、このタウンハウスの売却代金を充てよう。そもそもこのタウンハウスもゲルトルード嬢が相続すべき財産なのだし」

「はい、とても良いお考えだと存じます。ゲルトルード商会の店舗として使用できる物件も目星をつけておりますので、そちらの購入に使わせていただきます」

「さすがだな。その物件はどの辺りだ？」

「中央広場から通りを一本入ったところにございます。三階建てで、一階を店舗として使用できますので、レシピ本やコード刺繍を使用した服飾品、それに魔力付与をした布などを展示するのもよろしいかと」

だだだだから、だからなんの話？

設立基金？　店舗？　中央広場から通りを一本入ったところ？

なんでお店にする物件がすでに決まってるの？

なんかもう、やっと動き出した私の頭がまったく追いついてくれない。

「それに、国軍とのレシピ売買契約と、魔法省との権利売買契約につきましても、ゲルトルード商会として行われたほうがよろしいかと」

「そうだな。では、ゲンダッツ弁護士にはゲルトルード商会の顧問弁護士になってもらおう」

「謹んでお受けいたします」

粛々と頭を下げるゲンダッツさんズに、エグムンドさんはこちらこそどうぞよろしくと頭を下げ返してる。

「そうなってまいりますと、ここはやはり、ツェルニック商会さんにもゲルトルード商会専属となっていただく必要がありそうですね」

「ありがとうございます。そのお言葉を千秋の思いでお待ちしておりました。私どもツェルニック商会一同、末代までゲルトルードお嬢さまにお仕えさせていただきます」

ツェルニック商会はやっぱり通常運転……って、なんで？

「ふむ、それならばツェルニック商会には刺繍工房を増設するか、あるいは既存の工房を買い取る必要がありそうだ。その資金も、ゲルトルード商会から出そう」

「公爵閣下にはそのようなお気遣いまでいただき、我らツェルニック商会一同感謝に堪えません。ご期待に応えるべく、一同力の限りを尽くすことをお約束申し上げます」

やっぱり通常運転のツェルニック商会……って、だからなんで？

ダメだ、まったく頭が追い付かない。

なんでゲンダッツさんズもツェルニック商会も、当たり前の顔をして通常運転なの？

おかしいよね？　なんか絶対、おかしいよね？

「それではこちらが、商会設立の申請書類になります。商会名はゲルトルード商会、頭取はクルゼライヒ伯爵家令嬢ゲルトルード・フォン・ダ・オルデベルグさま、そして顧問にエクシュタイン公爵家当主ヴォルフガング・フォン・デ・クランヴァルドさま。それでは、概算で結構でございますので、設立基金がいかほどになるかお教えいただけますでしょうか？」

「うむ、陛下より内々に承っている金額は……」

公爵さまがとんでもない金額を告げたところで、なぜかお母さまが口を開いた。

「公爵さま、ゲルトルードは未成年でございますが、それでも商会の頭取になることができるのでございますか？」

はっ、そうだよね？

私、未成年だよね？　それで商会の頭取とか、あり得ないよね？

だけど、公爵さまはあっさりとうなずいた。

「ああ、私が顧問に就任するのであれば、問題ないと聞いている」

「さようにございます、コーデリア奥さま」

エグムンドさんが説明を始める。「未成年の貴族令嬢が頭取をお務めになられる商会というのは非常に珍しくはございますが、後見人であるエクシュタイン公爵さまに顧問にご就任いただいた上に、これだけの設立基金をご用意いただけるのですから、商業ギルドでの審査でもまったく問題ございません」

「そうですのね。それならば安心いたしました」

って、お母さま！　安心しないでぇぇーーー！

いやそもそも、お母さままでなんで、こんなワケわかんない話にナチュラルに参加されちゃってるんですか！

こんな話、これっぽっちも聞いてなかったですよね？

私が頭取になって商会を設立するとか……いったいナニがどうなってこんなことに！

もう置いてきぼりどころの話じゃないでしょうがあああーーー！

もはや完全に脳内絶叫状態になっちゃってる私を置いたまま、話はどんどん進んじゃってる。

私はようやく、よーーーやく、声をあげた。

「公爵さま、お伺いしたいのでございますが？」

私の盛大に引きつった笑顔に、公爵さまが顔を向けてくれた。

「わたくし、自分が商会の頭取になるなどというお話、これまでまったくお聞きしたこともございません。いったいこれは、どういうことなのでございましょうか？」

いやもうマジで、私のこめかみに血管が浮いててもおかしくないでしょな状況で、よくこれだけ落ち着いて問いかけられたよね、私偉いよね？

なのに、公爵さまはしれっと答えてくれた。

「そうであろうな。私もいま初めて口にしたのだから」

って、なんじゃそりゃあーーーーー！

いやもうマジで、目の前にちゃぶ台があったら全力でひっくり返してたよ！

いま初めて口にした？　それでなんで、商会設立の申請書類がいまここにあるっていうのよ！

しかも店舗にできる物件？　誰がどう考えたって、事前にきっちり準備してあったとしか思えないでしょーが！

脳内絶叫どころか脳内ぶちギレ状態の私に、公爵さまは悠然と告げてくれちゃう。

「私も、きみが考案したレシピや品々を一元的に扱える商会をいずれ設立する必要があるだろうという話を、間接的に打診されたのはつい昨日のことだ。そして本日、いまこの場でさまざまな話し合いをした結果、いずれではなくただちに、その商会を設立すべきであると判断したのだ」

間接的に打診？

商会の設立を、公爵さまに間接的に打診って？

公爵さまの視線の先では、エグムンドさんが実にイイ笑顔でうなずいていた。

「ゲルトルードお嬢さまのことは、商業ギルド内でも話題になっておりましたので」

エグムンドさんはイイ笑顔のまま言ってくれちゃう。

「すばらしくご聡明で、特にその発想力が並外れておられると。しかも使用人にたいへん手厚くていらっしゃる。ここにいるクラウスから、意匠登録の件でクルゼライヒ伯爵家へ同行してほしいと言われたときは、これは好機が舞い込んできたと大いに喜びました」

そう言われたクラウスは、視線を落としたままだ。

やっぱりどこか顔色の悪いクラウスにちらりと視線を送り、エグムンドさんはさらに言った。

「実際にゲルトルードお嬢さまとお会いし、お話しさせていただき、これは噂以上のご令嬢だとつくづく感服いたしました。そして、エクシュタイン公爵さまからの後見を受けられるとうかがい、これはもう商会を設立していただくべきだと思いまして、昨日公爵さまに間接的ながら打診させていただきました」

エグムンドさん、アナタ、黒幕っぽいんじゃなくて、本当に黒幕だったんですね？

なんかもう、どう反応していいのか、どこから突っ込んでいいのか、さっぱりわからない。

私はもうすっかり、エグムンドさんのイイ笑顔に毒気を抜かれちゃったような状態で、またもや遠い目になっちゃってた。

「私は当初、適当な商会を買い取って、そこをゲルトルード嬢の窓口として使おうかと考えていたのだが」

公爵さまは長い足を優雅に組み替えながら言う。「ベゼルバッハ氏からの打診を受け、確かにゲルトルード嬢自身の商会を設立するほうがよいと考えを改めた。設立の時期についても早いうちにとは考えていたが、本日の話し合いによってただちに設立すべきだと判断したのだ」

エグムンドさんもまた、公爵さまの言葉を受け、やっぱりイイ笑顔で言ってくれた。

「ツェルニック商会さんは、すでにゲルトルードお嬢さまの専属となられることを希望しておられましたし、ゲンダッツ弁護士事務所さんからも、もしゲルトルードお嬢さまの商会が設立されるな

らば尽力したいとの返答をいただいておりましたので、公爵さまのご決断さえあればいつでも商会の設立ができるよう、準備をしてまいりました」

そしてエグムンドさんは、すっと立ち上がると私の前で膝を突いた。

「それではゲルトルードお嬢さま、どうか私めエグムンド・ベゼルバッハに、ゲルトルード商会の商会員第一号となります栄誉をお与えくださいませ」

は、い？

なんかあまりのことに、また頭ん中が白くなっちゃってた私は、とっさに反応できなかった。

だって、公爵さまのご決断さえあれば、って……私の決断は必要ないの？　それって、ひどくない？

いや、私はただのお飾りで、実際は公爵さまの商会だっていうなら、むしろそのほうがいいんだけど……でもそれだったら、なんで私の前に膝を突くの？

固まっちゃってた私より先に、お母さまが声をあげた。

「つまり、ベゼルバッハさんがゲルトルードの専属のような形で、ずっとお手伝いしてくださるのですね？」

「はい。私はそれを望んでおります」

うなずくエグムンドさんに、お母さまはやっぱり安心したように言うんだ。

「貴方のように頼りになるかたが娘を助けてくれるのなら、とても心強いですわ」

公爵さまも言ってくれちゃう。

「ゲルトルード嬢、商会の運営など実務に関してはベゼルバッハ氏にまかせればよい。きみには学業もあるのだし、きみはきみが考案したものを伝えるだけで、彼はすぐに形にしてくれるだろう。ベゼルバッハ氏は、それほどに優秀な男だ」

いや、まあ、優秀なのはわかりますよ。

それに、頼りになるっていうのもね。

だって昨日一日で、関係各位に根回しをしてすっかり包囲網を敷いてくれちゃったような人ですからね。味方にするなら、そりゃあ頼りになるでしょうよ。

「でも商業ギルドはどうするのです？」

私は脱力しちゃったまま、とりあえず頭に浮かんだ素朴な疑問を口にしてみた。

だって、エグムンドさんは意匠登録部門の部門長だもんね？　つまり管理職なわけでしょ？　それを棒に振っちゃうってことでしょ？

「もちろん辞めます」

やっぱりイイ笑顔でエグムンドさんは言ってくれちゃう。

「本当に辞めていいのですか？」

「はい。辞めて清々いたします」

もうこれ以上ないくらいイイ笑顔で、エグムンドさんってば言い切ってくれちゃったよ……。

いやもう、何もかもどうでもよくなってきちゃった。

さっきまでの怒りとか納得いかなさ感とか、そういうのがもう全部どっかへ行っちゃって、いまの私にはただひたすらずっしりとした疲労感しかない。

だって、もうどれだけ私が思い悩んで考え込んでいても、全然違う方向へどんどん勝手に進まされちゃうんだもん。気がついたら領主になることになっちゃってたし、お婿さんBをゲットするために婚活しなきゃならなくなっちゃったし、おまけに商会の頭取よ?

昨日、一昨日と準備して、私が根回ししてきたことっていったい何だったの?

これ以上、私にナニをどうしろと?

たぶん、ここで私のキャパがオーバーしちゃったんだと思う。本当に、さっきまで自分の中でギチギチに張り詰めてた何かが、ぷつんと切れちゃった感じがしてる。

だから、思った。

もう、いいよね?

本人がやりたいって言って、そのためのお膳立てまで完璧にしてくれちゃったんだし、もう、思いっきり丸投げしちゃっていいよね?

「わかりました。よろしくお願いしますね、ベゼルバッハさん」

私がそう答えたとたん、エグムンドさんは深々と頭を下げた。

「ありがとうございます、ゲルトルードお嬢さま。このエグムンド・ベゼルバッハ、誠心誠意努めさせていただきます」

そしてすっと私の前から下がったエグムンドさんに代わり、クラウスが膝を突いた。

「ゲルトルードお嬢さま、そしてエクシュタイン公爵閣下」

やはりどこか青ざめた顔でクラウスは言った。「私、クラウス・ハーツェルにもどうか、ゲルトルード商会の末席に加わることをお許しくださいませ」

「えっ、でもクラウス、それじゃ貴方も商業ギルドを？」

さすがによく知ってるクラウスのことには、私もほぼ反射的に応えてしまった。

クラウスに問いかけながら、思わずナリッサの顔も見ちゃったんだけど、ナリッサはいつも通りまったく表情を変えていない。

「もちろん、商業ギルドは辞めます」

きっぱりとした声で、クラウスは言った。「私も、辞めて清々いたします」

って、クラウスも？

えっと、商業ギルドってもしかしてブラック職場だったの？　クラウスもエグムンドさんも、実は商業ギルドを辞めるきっかけが欲しかった、とか？

膝を突き、頭を垂れたまま、クラウスは動かない。

「それはもちろん、クラウスが手伝ってくれるのであれば、わたくしは嬉しいです」

率直な気持ちでそう言うと、クラウスの体がぴくりと動いた。

そんな私たちを見ていた公爵さまも、何気ないようすで答えてくれた。

「ゲルトルード嬢がよいと言うのであれば、私も異論はない」

「ありがとうございます」

一気にクラウスの緊張が緩んだのがわかった。

クラウスは深々と頭を下げて言った。

「今後、ゲルトルードお嬢さまにもエクシュタイン公爵閣下にも、ご恩に報いますよう身を粉にして努めますことをお約束申し上げます」

なんか、なんかでも、クラウスまでいいの？

もしかしたら私が知らなかっただけで、商業ギルドって実はブラック職場で、クラウスも、それにエグムンドさんも、辞めたくてしょうがなかったのかもしれないけど……でも私が頭取を務める商会なんて、ホンットにまだ海のものとも山のものともつかないし、まったくわかんないよ？　それに、私はもう丸投げする気満々になっちゃってるし。

あれ？　でも、もしかして私、クラウスとエグムンドさんも養えるだけ稼がなきゃいけないってことで……？

ダメだ、考えちゃダメだー！

いやもう本当に、冗談抜きで、これ以上何か考えちゃったら私、脳みそから煙が出てぱったり倒れそうな気がする。

私がそんな完全オーバーヒート状態なのに、エグムンドさんは追い打ちをかけるようなことを言い出した。

「ゲルトルードお嬢さま、実はゲルトルード商会の設立が決まりましたら、ぜひ自分も商会員に加えてほしいと申し出ている人物がおりまして」

は、い？

なんですか、ソレ？　商会の設立が決まりましたら、って……？

回らない頭で、なんかソレおかしくない？　と私が思ってるっていうのに、エグムンドさんはさらにとんでもないことを言った。

「よろしければ、その人物にご面会いただけないでしょうか？　間もなくこちらに到着する予定となっております」

本当に恐ろしいことに、エグムンドさんがそう言ったとたん、玄関のノッカーがカンカンとその音を響かせた。


いや、おかしいよね？

商会の設立が決定しましたら、って……それで、会ってほしいと言われたとたんに我が家に到着するって……なんかめちゃくちゃおかしいよね？

なんかもう頭がぜんぜん回らないんだけど、とにかくおかしいってことだけはわかるよね？

そこに、ヨーゼフが戻ってきた。玄関へお客さまをお迎えに出ていたヨーゼフが。

「お客さまをご案内してまいりました」

そう告げたヨーゼフの後ろからすっと現れた人の顔を見て、私はぽかーんと口を開けちゃった。

ホントに、ホントにぽかーんと私は口を開けちゃって、そこから動き出せるまで二秒くらいかかったと思う。

そんでもって、動き出せたとたん、私は公爵さまの横を見た。

居るよね？　近侍さん、居るよね？

じゃあ、いまヨーゼフに案内されて客間に入ってきた、この人は誰？

もはや見慣れちゃった感があるあのうさんくさい笑顔……に、そっくりな笑顔を浮かべたその人が、私とお母さまの前に膝を突いた。

「クルゼライヒ伯爵家ご令嬢ゲルトルードさま、ならびに未亡人コーデリアさま、お目通りをお許しいただきまして感謝いたします。ヒューバルト・フォイズナーと申します。どうぞお見知りおきくださいませ」

口上が述べられたとたん、すっと近侍さんが立ち上がった。

そして近侍さんは、その人と並んで私たちの前に膝を突いた。

「今更ながらではございますが、私も自己紹介させていただきます。私はゼルスターク子爵家次男アーティバルト・フォイズナーと申します。そして本日お目通り願いましたこの者は」

近侍さんはやや苦笑を浮かべて言った。「すでにおわかりだとは思いますが、私の弟にございます」

おわかりだとは思いますが、って……そっくり！　マジでそっくり！　なんでこの超イケメンが二人も存在してるの？　ホンットに、マジで、冗談抜きで、そっくりさんなんですけど！

あの、ホントにもしかして、双子さん？

そう思ったのは、間違いなく私だけじゃないはず。

たぶん問われ慣れているんだろう、近侍さんことアーティバルトさんがまたちょっと苦笑気味に言ってくれた。

「双子ではございません。私が一つ上の年子でございます」

年子って……いや、ホンットにそっくりなんですけど。確かに髪形はちょっと違うけど、その髪の色や目の色はもちろん、顔立ちから体つきまで、瓜二つってこういうのを言うのねって感じで。

おまけに、声まで似てるよね？

二人が顔をあげて、そのイケメン顔が並んだ状態で見ると、ヒューバルトさんのほうにだけ右目の下に小さな泣き黒子があった。でもホンットに、違いってそれくらい……って、いや、とんでもない違いがあるわ。

そうなのよ、このヒューバルトさんが客間に入ってきたとたん、キョーレツなアレを感じてしまった。

いやもう、アレとかそういうあいまいな表現はしないほうがいいと思う。

だって、ホントに、ホンットーーーに、なんなのこの人？　フェロモンがダダ漏れなんですけど！

マジで、冗談抜きで、このヒューバルトさんが傍に来ただけで、女子は片っ端から酔いそうなレベルよ？

部屋の隅に控えてるシエラなんかもう真っ赤な顔になっちゃってふらふらしてて、ヨーゼフがさりげなく支えてあげちゃってるくらい。いや、ナリッサは平常運転っていうかいつもの怖い笑顔でにらみつけて威嚇《いかく》し、げふんげふん、私の後ろにべったり張りついてヒューバルトさんに笑顔を向けてるんだけど。

それになんなら、ベルタ母までものすごく戸惑ったようすで、自分の頬をさかんに撫でてる。

でも、さすがにお母さまは……って、お母さま！

な、なんなんですか、そのキラキラの瞳は！

ちょっと本気で私はうろたえてしまった。だって、だってお母さまのようすがおかしい！　なんかもう、お母さまってばすっごく嬉しそうに頬をうっすら染めちゃって、両手で口もとを押さえながらホントにキラッキラの目でヒューバルトさんを……いや、ヒューバルトさんとアーティバルトさん、両方を見てる？

え？　え？　なんで、あの、お母さま、いままでアーティバルトさんに対して何の興味も示してなかったですよね？　ものすっごい、ふつうの態度でしたよね？　なんで？　イケメン倍増になっちゃったから？

混乱しまくってる私の前で、アーティバルトさんが小声で弟のヒューバルトさんをたしなめた。

「ヒュー、今日は仕事の話をさせてもらうのだろう？」

「ええ、そのつもりです、アーティ兄上」

にっこりとうさんくさい笑顔を浮かべてヒューバルトさんが答えたとたん、何かがきゅっと締まった感じがした。

いや、ホントにきゅっと締まったのよ。

締まったっていうか、閉まった？

そうよ、閉まったのよ、本当に！　ヒューバルトさんの、ダダ漏れフェロモンの栓が！

だってシエラは夢から覚めたような顔をしてきょろきょろしちゃってるし、ベルタ母は大きな息を吐いて自分の胸元を押さえてる。

お母さま、は……なんかいっそう、キラキラ状態なのはナゼ？

いや、だけど、ホントになんなの、この人？

えっと、固有魔力で【魅了】っていうのがあるって本で読んだことがあるんだけど、もしかしてソレ？　近づいてきた人を片っ端から自分のとりこにして、思い通りに人を操っちゃうとかって恐ろしい固有魔力らしいけど、それの対象者限定版？

なんか……なんか、このヒューバルトさんの登場で、いろいろ吹っ飛んじゃったんですけど……ホントにインパクトあり過ぎ。

「よろしいでしょうか、ゲルトルードお嬢さま？」

エグムンドさんが声をかけてきた。「このヒューバルトどのは、これまでもさまざまな産物や貴重な情報を商業ギルドにもたらしてくれた、非常に優秀なかたです」

って、あれ？

「魔法省にお勤めの弟さんでは……？」

「ああ、それは下の弟です」

近侍アーティバルトさんが答えてくれた。「ヒューバルトは上の弟になります。我が家は、男ばかりの四人兄弟なのです」

もう一人、弟さんがいるのか。

うーん、この二人がこれだけそっくりなイケメンさんだってことは、その魔法省にお勤めの弟さんはどんなルックスなんだか。それに、アーティバルトさんの上にお兄さんが一人いるってことだよね？　こんなイケメンが四人も家の中にいたら、ある意味うっとうしいかも……。

などと、結構失礼なことを私が考えてると、アーティバルトさんがさらに説明してくれた。

「このヒューバルトはどうも放浪癖があるのか、とにかく腰が据わらず、国内外をふらふらと歩き回っておりまして」

「ヒューバルトどのは、さまざまな地方を訪れては多くの知識や情報を集めてこられ、非常に博識でいらっしゃいます」

エグムンドさんがさらりとフォローする。「しかも、ご自分がお持ちの情報や知識を有効に活用することをよくご存じです。たとえば、我が国でも南方の温暖な地方でしか栽培できない葡萄柚をこの王都でも新鮮な状態で味わえるようになったのは、ヒューバルトどのがその販路を確立してくださったおかげです」

マジですか？

なんかちょっと、私のヒューバルトさんを見る目が変わっちゃう。

だって葡萄柚ことグレープフルーツは、フルーツサンドにぴったりなんだもん。

私の前で膝を突いたままのヒューバルトさんは、イケメン圧力最大の笑顔で言ってくれた。

「私は、私が得てきた知識や情報をもっとも有意義に役立てることができる場を、ずっと探し求めてまいりました。ゲルトルードお嬢さまの類《たぐい》まれなる発想力に添わせていただくことができますれば、必ずやお役に立てると自負しております」

そして実にさりげなく、ヒューバルトさんは私の手を取った。

「ベゼルバッハ氏よりゲルトルードお嬢さまの商会設立の可能性をうかがい、ぜひ私もその末席に加えていただきたく、こうしてはせ参じた次第でございます」

うん、アナタ、お兄さんよりさらにうさんくさいね。

なんかもうこの時点で、私の気持ちとしては『無』になってた。

だって、もう決まってることだよね？

このヒューバルトさんがゲルトルード商会に参加するのって、すでに決まってることだよね？

公爵さまが言ってた『間接的に打診』だって、エグムンドさん↓ヒューバルトさん↓アーティバルトさん↓公爵さま、って流れだよね、どう考えても。だいたい、ヒューバルトさんってば公爵さまに挨拶もしてないし。完全に旧知の仲ってことだよね？

でも、もしここで私が、こんなフェロモンダダ漏れ野郎を未成年女子が頭取を務める商会に入れちゃうと風紀上よろしくないからダメ、とか言っちゃったらどうすんでしょうね？

いや、もし本当に私がそう言ったとしても、絶対なんだかんだ言われて丸め込まれちゃう未来しか見えないから、私は『無』になっちゃうんだけどね。

ホント、私が遠い目でそういうことを思ってる間にも、エグムンドさんが『ゲルトルード商会の設立が決まりました』って言って、ヒューバルトさんが『おお、それは重畳《ちょうじょう》にございます』とか言い合ってんだけど、ものすっごく嘘くさいし。

いいよもう。丸投げしちゃうよ。ホントに、考えたら負けだわ。

それにだいたい、この人だってここまで周到に準備した上で『やらせてくれ』って言ってきてるんだから、本当にやりたいんでしょ？　もう、そういう判断でいいよね？

「わかりました」

私はにっこりと笑ってみせた。「では、よろしくお願いしますね、ヒューバルトさん」

「ありがとうございます、ゲルトルードお嬢さま」

またもやイケメン圧最大の笑顔でヒューバルトさんは答えてくれた。

そして私の手の甲に、彼は自分の額を押し付ける。

「これからは、何よりもゲルトルードお嬢さまのお役に立てるよう、日々精進してまいります」

うん、ナリッサ、私の背後から威嚇するの、やめてね。大丈夫、私も取って食われるつもりはないから。

しかし私、イケメン耐性だけじゃなく、フェロモン耐性もあったらしい。

私はヨーゼフに指示を出して、ヒューバルトさんの席を作ってもらった。

そしてヨーゼフはさりげなく、私に言ってくれる。

「ゲルトルードお嬢さま、そろそろ皆さまにお茶を差し上げてはいかがでしょう？」

うんうん、ありがとうヨーゼフ。ヨーゼフの心遣いが身にしみるわ。

ホントに、こういうときほど甘いおやつが必要よね？

「ええ、では皆さまにお茶を」

「かしこまりまして」

一礼したヨーゼフがシエラを連れて客間を出ていくと、なんか室内がそわそわしだしたのを感じちゃうわ。公爵さままでなんとなく落ち着かないようすで、また足を組み替えちゃったりなんかしてるし。

ふふふふ、皆さん我が家のおやつに期待しちゃってますね？

それにお母さまも、なんだかハッとしたような顔をして、さっきまでとはまた違う嬉しそうな顔になった。

ええ、色気より食い気ですよね、お母さま。正気に返ってくださって何よりです。今日のおやつはプリンですからね、プリン！

ヨーゼフとシエラはすぐに戻ってきた。もちろん、いっぱいおやつを積んだワゴンを押して。

すぐにナリッサも加わり、三人で手分けして皆にお茶を配って回る。もちろん、公爵さまには近侍のアーティバルトさんが給仕している。

そして、プリンののったお皿も、みんなの前に配られていった。

私はお母さまと目を見かわし、思わずうふふふと笑い合ってしまった。

だってね、お皿の上には香ばしいカラメルソースのかかったぷるぷるのプリン、それにホイップクリームと木苺、藍苺が彩りよく盛られているんだもの。そうなのよ、マルゴに頼んでプリン・ア・ラ・モードにしてもらっちゃったのよ。

お客さんたちは、お皿の真ん中のプリンを見て、なんじゃこりゃ？　って顔してるんだけどね。

公爵さまなんか、眉間にシワ寄せてプリンを凝視してるし。

お茶を一口飲んでから、私とお母さまはスプーンを手に取った。

プリンにスプーンを入れると、するっとなめらかにすくい取れちゃう。ホントにホントにマルゴは天才。こんなになめらかなプリンを作ってくれちゃうんだから。

プリンをすくったスプーンを口に運ぶと、やさしい甘さが口の中いっぱいにほどけていく。

「それでは、みなさんもどうぞお召し上がりください」

私の声を合図に、お客さんたちもスプーンを手に取った。

プリンを最初に口に入れたのは、ヒューバルトさんだった。

やっぱり国内外をあちこち回ってるような人だから、好奇心旺盛《おうせい》なのかもしれない。てか、バッチリおやつのタイミングでやってきて、ちゃっかり真っ先に食べちゃうってどうよ、と思っちゃったりもするけど。

ヒューバルトさんは一口食べてちょっと目を見張り、それからなんだか感心したような表情を浮かべた。

「これはまた、美味しいですね。すごくなめらかでやわらかくて、不思議な食感ですし」

「この茶色いソースやクリームを絡めて食べても美味しいですよ」

私が声をかけると、ヒューバルトさんは二口目を口にする。

「本当ですね、この茶色いソースのほろ苦い味わいがとても合います」

公爵さまも一口食べて目を見張り、そこから二口目、三口目と、黙々とスプーンを口に運んでる。

どうやらお気に召したらしい。

ほかのお客さんたちも、一口目は誰もがちょっと目を見張ってるのが、なんとなく笑えちゃう。ホント、こういう食感の食べものって、この世界にはまだなかったのかも。

でもみんな気に入ってくれたようで、すごくなめらかだ、やわらかい、甘くて美味しいなんて、口々に言いながら食べてる。

ずっと顔色の悪かったクラウスも、ようやく緊張がほぐれたのか、なんだか嬉しそうに食べているし。

そのクラウスの横で黙々とプリンを食べていたエグムンドさんが、すっと手を挙げた。

「ゲルトルードお嬢さま、このおやつのレシピも販売されるご予定ですか？」

「はい、もちろんです」

私が笑顔で答えると、エグムンドさんが真剣な顔で言い出した。

「もしよろしければ、本にまとめられる前に、このおやつのレシピだけ私に購入させていただけないでしょうか？」

おおう、エグムンドさん、プリンがそんなに気に入ったの？

ちょっとびっくりだよ、って顔を私がしちゃったんだと思うんだけど、エグムンドさんはいたって真面目に付け加えてくれた。

「家族に食べさせてやりたいのです。妻も娘たちも、このおやつはとても気に入ると思いますので」

おおおう、お嬢さんがいるんですか、エグムンドさんには。それも、娘たちってことは二人以上ですね？

そうしたら、今度は若いほうのゲンダッツさんも手を挙げた。

「私もレシピを購入させていただけないでしょうか。娘に食べさせてやりたいです」

おおおう、ドルフ弁護士さんチもお嬢さんがいるのね？

とか思ってたら、エグムンドさんが『おや、ゲンダッツさんのお宅のお嬢さんはおいくつですか？』『ウチはまだ五歳で』『そうですか、我が家は十歳と六歳なんですよ』なんて、パパ・トークを始めちゃった。

なんか意外と、お二人ともお子さんはまだ幼いのね？

うん、でもわかりますよ。なめらかでやわらかくて甘くて美味しいプリン、子どももも食べやすいし、間違いなく気に入ってくれるよね。

しかしエグムンドさんチ、上のお嬢さんはアデルリーナと同い年なのか。一応、身分っていうものがあるから、アデルリーナのお友だちに、とはいかないだろうけど……でも、お嬢ちゃまたちにプリンを食べさせてあげたいっていう、エグムンドさんの気持ちはめっちゃわかりますとも！

そんじゃまあ、プリンのおかげですっかりなごんじゃったし、とりあえず商会員と顧問弁護士さんなんだしということで、レシピもメンバー価格でお譲りしちゃいましょうかねえ。

と、思ってから気がついた。

プリンのレシピ、いったいいくらが適正価格なんだろう？

それって……エグムンドさんに訊かないとわからないんじゃ……？　え、えっと、エグムンドさんの言い値になっちゃったりなんか、しないよね？

こんなレシピでどうでしょう

なんかその後、なんだかんだでみんな、プリンのレシピを購入したいっていうことになっちゃった。ツェルニック商会は頑張ってくれているお針子さんたちに食べさせてやりたいって言ってるし、アーティバルトさんたちそっくり兄弟も弟と姪に食べさせたいって言ってる。

公爵さまも『当然私も購入を希望する』と言ってくれちゃったけど、食べさせてあげたい誰かはいないんですか、と私は心の中で突っ込みを入れてしまった。

いや、突っ込みを入れてしまってすぐ、気がついた。

もし公爵さまが、自分の甥や姪に食べさせたい、なんて言ってくれちゃったりなんかしたら……それってつまり、王太子殿下とか王女殿下とか……か、かか、考えちゃいけない！　考えちゃいけないよ、私！

ごめんなさい、もうぼっちだとか、げふんげふん、もうこういう失礼な突っ込みは心の中でもしません！

ダメだわ、だいぶ慣れちゃったせいで、つい忘れちゃうんだよね。この人、国王陛下の義理の弟で、王妃殿下の実の弟なんだ、ってことを。そもそも、この国に四家しかない公爵家のご当主なんだもんね。

ホント、いったいナニがどうなって、こんな雲の上にいるはずの人とこういうことになっちゃったのか、自分でも不思議でしょうがないわ。

「しかし、ここにいる大半の者が購入を希望するとなると、それぞれに対しご当家の料理人さんに口頭で伝えてもらうのは、やはり大変ですよね」

エグムンドさんが言い出した。

確かにそうだわ。

一回でまとめて講習会のような形で済ませるとしても、全員の日程を合わせて我が家の厨房に一堂に会してもらってとか、それだけでちょっと大変。

できるだけマルゴの負担を減らしたいし……と思っていたら、エグムンドさんがさらに言ってくれた。

「もしよろしければ、レシピ本の試作のような形で、ゲルトルードお嬢さまに作り方を紙に書いていただき、各々それを書き写すというのはどうでしょうか？」

私も、それは考えたんだけどね。

「わたくしはそれでも構いませんが、実際に作っているところを見せなくても大丈夫ですか？」

とりあえず、図解というか作り方の手順を描いてくれるイラストレーターさんがまだ決まってないので、文章だけで伝えてちゃんと伝わるのかな、と。

みんながみんな、マルゴみたいに一通りの説明を受けただけですぐに、それも完璧に作れるわけじゃないだろうからね。

そしたら、エグムンドさんはちょっと眉をあげちゃった。

「ご当家では、レシピを口頭で伝えるだけでなく、実際に作っているところも見せてくださるご予定だったのですか？」

そう言われて、私もちょっと目を見張っちゃった。

「え、あの、レシピの販売というのは、本当にただ口頭で伝えるだけなのですか？　実際の手順を見せたりはしないのですか？」

「貴族家同士の販売では、基本的にそうですね。購入側の貴族家の料理人が、販売側の貴族家の厨房を訪れ、その家の料理人から口頭でレシピを伝えてもらいます。その際に手順まで見せていただくというのは、かなり稀だと思います」

なんとまあ。

ああ、でも確かに言われてみれば、貴族家同士ならお互いプロの料理人だっていうのがあるか。言葉による説明だけでも、それなりに作れちゃうんだろう。

それにホットドッグなんか、手順もナニも本当に挟むだけだし。

でも、プリンの場合はねえ……。

「わたくしはこのおやつ、プリンと呼んでいるのですが、これを実際に見たことも食べたこともない人が、文章で書かれた作り方を読んだだけでこの通りに作るのは、少し難しいのではないだろうかと思ったのです」

私がそう言うと、公爵さまがうなずいてくれた。

「そうだな。我が家の料理人もレシピだけでなく、完成された料理そのものも一緒に購入してほしいと言ってきそうだ」

やっぱそうだよね。

なんか、プリンそのものもだけど、こういうぷるぷるしたやわらかい食べもの自体が、この国ではかなり珍しいんじゃないかと思ったんだけど、その通りみたいだわ。

それにサンドイッチやホットドッグみたいに、すでに形になっている食材を組み合わせるだけではなく、本当に調理するわけだからね。出来上がりをまったく想像できないような状況で、いきなり作れって言われても難しいよね。

そう思ってたら、公爵さまが結構衝撃的なことを言ってくれちゃった。

「ただ、レシピを購入して、その通りに料理を作ることができなければ、それは料理人の腕が悪いという話になる。レシピ通り作れなかったという理由で、料理人を解雇する貴族家も珍しくない」

ええええ、それってひどい話なのでは？

見たことも聞いたこともない、もちろん食べたこともない料理を、その通りに再現するってかなり難易度高いよね？　しかも、そのレシピだって口頭で説明されるだけだよ？　その場でメモを取っても、実際にやってみたらわからないことが出てくる場合だって、ふつうにあるでしょ？

それに、新しい料理をいきなり作ることは苦手でも、作り慣れさえすればとっても美味しく作れる料理人さんだって多いはず。

なのに、エグムンドさんもその話を肯定してくれちゃう。

「そうですね。料理人のために、レシピだけではなくわざわざ完成された料理も購入したり、料理の手順を見せていただけるようにしたりするような貴族家は、やはり珍しいと思います。その場合は当然、追加料金も発生しますし」

そんでもって、ヒューバルトさんまで言い出した。

「料理の見映えだけを気にして、味はどうでもいいと思っている貴族家も結構ありますからね。そういう貴族家の場合、レシピ代の上乗せなど考えられないでしょう。料理人のほうも、見た目さえ恰好がつけばそれでいいと思っている者も多いのでは」

あーマルゴが言ってたアレか。

いや、でも、生卵を使うマヨネーズに腐りかけの卵なんか使われちゃったら、とんでもないことになりそうなんですけど！

うーん、レシピ販売って、聞けば聞くほど、私が思ってたのと違う気がする……。

私がちょっと考えこんじゃってると、エグムンドさんが問いかけてきた。

「失礼ながらこちらの、『ぷりん』でございますか、このおやつを考案されたのはゲルトルードお嬢さまご本人なのでしょうか？」

「ええ、そうです」

うなずく私に、エグムンドさんはさらに問いかける。

「では、ご当家の料理人には、どのようにレシピをお伝えになったのでしょうか？」

「それはもちろん、口頭と……そうですね、石盤にレシピを書いて料理人に伝えました」

でもね、マルゴは特別だと思うのよ。

ホントに、ホンットに腕がいいもん。私の説明だってすごくちゃんと理解してくれるし、その上で私が期待した以上の仕上がりにしてくれるし。

エグムンドさんが考え込んでる。

そして、考え込みながらエグムンドさんは言った。

「大変恐縮ですが、ゲルトルードお嬢さまがご当家の料理人のためにお書きになったという、そのレシピを拝見することはできますでしょうか？　もちろん、レシピ購入の一環とさせていただきますので」

えーと、私がマルゴのために書いたレシピを、エグムンドさんに見せるのは別に構わないんだけど、問題は書いた石盤が厨房に備え付け、つまり壁にはめ込んであるってこと。たぶん、補充する食材や下働きへの指示なんかを書き出しておくために、備え付けてあるんだと思うんだけど。

さすがに、エグムンドさんまで我が家の厨房に入れてあげたくはないわ。

それに、プリンだけじゃなくて、マヨネーズとメレンゲクッキーのレシピもその石盤には書いてあるんだよね。

「わたくし、厨房に備え付けの石盤にレシピを書いたのです。その石盤を持ち出すことはできませんので……」

「さようにございますか……」

私が答えたところで、エグムンドさんがまた考えこんじゃった。でも、私はそのまま続きを口にした。

「けれど、いまここで書いたものでよければ、お見せしますが?」

「は?」

エグムンドさんの目が丸くなってる。「あの、ゲルトルードお嬢さま、いまこの場で、レシピを書いてくださるのですか?」

「ええ。いまこの場にいる方がたの大半がプリンのレシピを購入したいと言われているのですし、この場でお見せしても問題ないと思いますので」

「いや、しかし、本当にいまこの場で?」

「はい」

書くよ、プリンのレシピくらい。

そんなに複雑な手順があるわけじゃないし、すぐ書けるよ。

私はそう思って答えてるのに、エグムンドさんはなんかすっごくびっくりしてる。

私がヨーゼフに向かって手を挙げると、ヨーゼフはすぐさま紙とペンを差し出してくれた。紙は我が家の紋章入りの便せんだ。

受け取った私は、そのまんまプリンのレシピを書き始めた。

まず食材とその分量を一覧にして書き出して、それから番号を振って手順を箇条書きにし、その箇条書きの合間に調理ポイントをさしはさむように書き込んでいく。容器に流し込むときに泡が残ってると『す』になっちゃうとか、強火で蒸しちゃうとボソボソになりやすいとか、そういうことを、ね。

すでに一回、マルゴに説明しながら書いたから、もうさくさく書けちゃうよ。

「はい、どうぞ」

私は書きあがったレシピを、エグムンドさんに渡した。

「拝見します」

丁寧に受け取ったエグムンドさんは、紙面を見たとたん、ぎょっとした顔をした。

「ゲルトルードお嬢さま、これは……？」

プリンのレシピですが、何か？

私は、エグムンドさんがなんでそんなにぎょっとしてるのかが、さっぱりわからない。

でも横から覗き込んでるドルフ弁護士さんもなんだかぽかんとしてるし、いつの間にか回り込んでちゃっかりと覗き込んでるヒューバルトさんも目を見張っちゃってる。

てかアナタたち、お料理のレシピを見て内容がわかるの？　ふだんからお料理をしてる人たちだとは思えないんだけど？

「私にも見せてもらえるだろうか？」

ものすごく覗き込みたそうなようすだった公爵さまも、言い出しちゃった。

エグムンドさんが、私の書いたレシピを恭しく公爵さまに差し出す。

「どうぞ、ご覧になってくださいませ」

って、紙面を見た公爵さまも、なんかぎょっとしちゃってるんですけど？

「ゲルトルード嬢、これはなんだ？」

「プリンのレシピでございますが？」

公爵さまの問いかけにも、私は首をかしげるしかない。

えーと、材料だって卵とか牛乳とか、この世界でも一般的な食材しか書いてないし、手順だって基本は材料を混ぜて容器に入れて蒸すだけだよ？

てか、公爵さまだって料理のレシピなんか見て、内容を理解できるの？

首をかしげている私に、公爵さまは身を乗り出して私の書いたレシピを示した。

「だから、この書き方だ」

「あの、書き方、で、ございますか？」

私も身を乗り出して、自分の書いたレシピを覗き込む。書き方って言われても、別に難しい言葉を使ったりもしてないはずなんだけど。

やっぱり首をかしげちゃう私は、公爵さまが続けて言った言葉にびっくり仰天してしまった。

「これは覚え書きではなく、正式なレシピなのか？　正式な文書で、このような項目ごとに番号を付けて並べていくような書き方など、私は見たことがない」

マジっすか！

って、ちょっと待って、箇条書きってこの世界には存在しないの？

マジで？

「しかも、このように文章の合間に絵を描き入れてあるなど」

絵を描き入れてって、ちょいちょいっとカップの形を書いてこの辺まで卵液を入れるって、ホントに落書き程度なんですけど？

「こちらの、横に書き加えてあるのは注釈ですか？　手順のほかに、さらに注釈を？」

後ろから覗き込んでるアーティバルトさんも不思議そうに言っちゃってるし。

そこで私は思い出した。

そう言えば私、前世で、英語で書かれた十九世紀あたりのレシピブック見たとき、びっくりしたんだったわ。本当に、ただ文章でそのまんま書いてあるだけだったから。

なんかこう、卵をボウルに割り入れ、フォークでかき混ぜたら砂糖を何グラム入れてさらにかき混ぜる、みたいな文章が、本当に箇条書きにもされず、図解もなく、ただずらずらと書いてあるだけで……それを見て、私が日本で当たり前に見ているレシピって、実はすっごい進化してるんだ、って本当にびっくりしたんだよね。

まさに、ソレ？

うん、そうだよ、私、この世界の本もすでに何冊も読んでるけど、確かに箇条書きって見たことないかも。学院の授業でも見たことないわ。

本全体としては、見出しがあって章ごとに番号が振ってあったりするけど、センテンスごとに番号を付けて順番に並べて書くような書き方って、一度も見た覚えがない。

なんとまあ、箇条書きがまだ存在していなかったとは……これじゃあ、もっとかみ砕いたフローチャートなんて、書いてみせてもみんな理解できないかも。

ああ、そういえばフローチャートだって、あっちの世界でも認識され始めた当初は落書きみたいな書き方だとかって、文書としては認められないって感じだったんだよね？　この世界でも、こういう一見ばらけた書き方はメモ書きとかそういうものでしかなくて、正式な文書では使わないっていう認識なのかな？

でも、読み方さえわかれば、こういう書き方のほうが断然わかりやすいと思うのよ。マルゴだって、この書き方でちゃんと理解してくれたし。

てか、レシピの書き方なんて特に何も考えてなかったわよ。ホントに、自分が『知っている』通りに書くこと以外、考えもしなかったわ。こんなところにまで、私の前世の記憶がばっちり現れちゃうなんて……うーん転生、恐るべし。

眉間にシワを寄せて私の書いたレシピをにらんじゃってる公爵さまが、首をかしげながら言ってくれちゃう。

「しかし、この覚え書きのようなものを読んで、料理人は実際に『ぷりん』を作ることができるのか？」

失礼ですね、公爵さま。メモ書きとは違うんです。我が家のマルゴは、ちゃんとコレで作ってくれましたよ。それも、期待以上の仕上がりで。わかる人が読めば、ちゃんとわかるんです。

そこで、ツェルニック商会一行がおずおずと言い出してくれた。

「大変恐縮でございますが、我らにもそのレシピを見せていただくことはできますでしょうか？」

そうか、たぶんベルタ母なら自分で料理もしてるだろうから、見たらわかるよね？

私と同じように思ったのか、公爵さまもすぐにレシピを差し出してくれた。

近侍のアーティバルトさんが持ってきてくれたレシピを受け取り、ツェルニック商会一行が頭を寄せ合うように紙面を覗き込む。

「これは……！」

口を開いたのはリヒャルト弟だった。「このレシピは、大変わかりやすいです！　料理の手順がひとつひとつ順番に書き並べてありますし、その手順を行うときの注意点もすぐ横に書かれておりますから、とても理解しやすいです！」

ベルタ母もロベルト兄も、レシピを覗き込んだまま、うんうんとうなずきあってる。

そしてベルタ母も言い出した。

「このレシピが手元にあれば、私でもこの『ぷりん』が作れると思います。このレシピは本当にわかりやすいです！」

てか、ツェルニック家ではもしかして、リヒャルト弟がお料理担当なの？　すごい、ドレス選びのセンスがいいだけじゃなく料理男子でもあるのか、めちゃくちゃポイント高いぞリヒャルト弟。

そんでもって、私もちょっとどや顔で言ってみた。

「我が家の料理人も、このレシピと簡単な説明だけでちゃんとプリンを作ってくれました。料理人はそれまでに、プリンを見たことも食べたこともなかったのに、です」

うん、まあカールやハンスからどういうおやつなのかっていうことは、マルゴも聞いてたとは思うけどね。それにカールは、私がプリンを作ったとき一通り手伝ってくれてるから、手順もぜんぶ覚えちゃってるはず。もしかしたら、マルゴはカールからそういうの聞いたかもしれないけど。

でもやっぱ、ピクトグラムなんかもそうだし、日本人が考えて工夫してきたわかりやすさって、世界が変わっても通用するんだよ！

「では、ゲルトルード嬢がいま書いてくれたそのレシピを、まず私が購入して、我が家の料理人に試しに作らせてみるというのはどうだろうか」

公爵さまが眉間にシワを寄せたまま言う。「料理人にとってわかりやすいレシピなのであれば、本にするのであってもそのまま使用できるのではないか？」

公爵さま、それって……と、私は問いかけていいのかどうか迷ったんだけど、公爵さまは私の視線にすぐ気がついてくれた。

「もし我が家の料理人が『ぷりん』を再現できなくとも、解雇したりはせぬ」

うん、それって、とっても大事なので！

「わたくしは、自分で考案したお料理の手順をまとめるとき、いつもこのように書いてまとめていたのです。まさか皆さまがそれほど驚かれるような書き方だったとは、まったく思ってもおりませんでした」

と、一応私も驚いていますな的なアピールをしておく。

そして、その上で言ってみた。

「わたくしとしては、このように手順ごとにまとめたレシピに、完成したお料理の挿絵を添えることができれば、さらにわかりやすく見た目も華やかなレシピの本にできると考えていたのですが」

本当は、手順をもうちょっと図解したいと思ってたんだけど、箇条書きしただけでこれだけ驚かれちゃうんだから、図解入りはしばらく封印しておいたほうがよさそうだよね。

「そうしますと、本というよりは、絵として販売するほうがいいかもしれませんね」

エグムンドさんが言い出した。

「絵として、ですか？」

「はい。このように手順ごとにまとめた文章とその出来上がりを示す絵を、一枚の絵巻物のように扱い、購入者は各々表紙をつけて綴っていただく形がいいのではないかと」

あっ、バインダー式で販売するのか。

それはすごくいいアイディアかも。大判のレシピカードみたいな感じだよね。欲しいレシピを一枚ずつ購入できるなら、むしろ本よりも気軽に購入してもらえそう。そんで、レシピが溜まっていったらバインダーに綴じてもらう、と。

ぴったりサイズのバインダーも一緒に販売できると、さらによさそうじゃない？　なんか、めっちゃ方向性が見えてきたわ！

「それは、とてもいい案だと思います。確かにそのほうが、欲しいレシピだけ一枚ずつ、気軽に購入していただけますし」

私が笑顔で答えると、公爵さまも言ってくれた。

「うむ、私もその案に賛成だ。最初から一冊の本にまとめてしまうより、製作もしやすいだろう。

ゲルトルード嬢がいま出せるレシピを順番に印刷していけばよい」

エグムンドさんもうなずく。

「それでは、挿絵を描いてくれる絵師を早急に手配いたしましょう」

あ、それについては……と、私が声をあげるまえに、案の定お母さまが声をあげた。

「あの、レシピの挿絵なのですけれど」

ずっと黙っていたお母さまが口を開いたことで、皆の注目が集まる。

「わたくしの友人に頼もうと、考えているのです」

「コーデリア奥さまのご友人でいらっしゃいますか？」

まあ、びっくりしちゃうよね。

エグムンドさんも目を瞬いちゃってるし。

「奥さまのご友人とおっしゃいますと、貴族のかたでしょうか？」

「ええ、学生時代からの友人なのです」

お母さまがそう答えたところ、思わぬ方向から声が聞こえた。

「コーデリアどの、それはもしや、ホーフェンベルツ侯爵家夫人であるメルグレーテどののことであろうか？」

いきなり公爵さまが言ってきたことに私もびっくりしたんだけど、お母さまはもっとびっくりしちゃったようだ。

「え、あの、公爵さまは、その、ご存じ……ですの？」

「姉のレオポルディーネから、ある程度話は聞いている」

なんかお母さまはものすごくうろたえちゃってるし、公爵さまは公爵さままでなんかちょっと遠い目になってるのはなぜなんだろう？

えっと、ナニ、もしかして過去にナニか、ソコに複雑な関係が……？

なんかワケもわからず私もどぎまぎしちゃったんだけど、公爵さまは遠い目からすぐ戻ってきてくれた。

「ホーフェンベルツ侯爵家夫人メルグレーテどのについては、このたび正式に離婚が成立した。数日のうちに公布される予定になっている」

「えっ……」

お母さまが目を見開いて固まっちゃった。

公爵さまはそんなお母さまにうなずき、さらに言った。

「令息が十五歳になり、来春、中央学院へ進学することが正式に決まった。それにともない、令息が仮の当主として侯爵位を継承することが認められたのだ。正式な叙爵は令息が成人してからになるが、学院在学中であれば爵位の継承は認められているため、今回の決定になったとのことだ」

「では、では、あの、メルは……？」

なんだか茫然としちゃっているお母さまに、公爵さまはやっぱりうなずいてくれた。

「近日中に、令息とともに王都へ居を移される予定だと聞いている」

「メルが……！」

お母さまは声を震わせ、両手で口元を覆ってしまう。

「メルが、また、王都に……！　ではわたくしたち、また、以前のように三人で……！」

「姉のレオポルディーネも、たいそう楽しみにしているらしい」

そう言った公爵さまが、またちょっと遠い目になってるのはナゼ？　なんだけど。

でもとにかく、お母さまにとっては喜ばしいことで間違いなさそう。だってお母さま、本当に泣いてしまいそうなくらい嬉しそうなんだもの。そうよね、ずっと会えなかった仲良しのお友だちと王都で再会できるってことだもんね。

「よかったですね、お母さま」

私が声をかけると、お母さまは何度も何度もうなずいた。

「ええ、ええ、本当に……本当によかったわ」

でも離婚が成立して王都へ移るって……お母さまは確か、そのお友だちはずっと領地にいて連絡が取りづらいって言ってたから、やっぱクズな夫に領地にしばりつけられてた感がすごくするんですけど。

それで、息子さんが爵位を継承できるようになったから離婚が成立したって、つまりその侯爵家夫人なお友だちさんは、爵位持ち娘だったってことよね？

いや、しかし、冷静に考えて侯爵家夫人にイラストをお願いするって……ホントに大丈夫なんだろうか？　侯爵家夫人だよ、侯爵家夫人……。

「メルグレーテどのにレシピの挿絵を頼めるのであれば、それがいちばんいいだろう。彼女の絵の腕前は、私も知っている」

公爵さまの言葉に、私はちょっと目を見張っちゃう。公爵さまもご存じなくらい、本当に絵の上手なかたなんだ？

ただ、そう言ってから公爵さまは、またちょっと遠い目をしてるんですけど。

「そもそもこのような状況で、メルグレーテどのに挿絵を頼まないなどということになれば、レオ姉上が文句を言ってくることは目に見えているしな……」

そんでもって、エグムンドさんがまとめてくれた。

「では、その方向でまいりましょう。ゲルトルードお嬢さまにはこの形式でレシピを書いていただき、挿絵を添えて絵巻物と同じ扱いでレシピを販売する。これは間違いなく、非常に話題になりますよ」

はい、黒幕さんの眼鏡キラーンでイイ笑顔、いただきました。

「ゲルトルード嬢、きみはとりあえず、いくつくらいレシピが書けそうだ？」

公爵さまに問われて、私は指を折ってしまった。

えーと、サンドイッチはマヨネーズなしとマヨネーズありの二種類にする？　それにフルーツサンドは別にして……ホットドッグってレシピの需要あるのかな？

「公爵さま、ホットドッグ……ええと、細長いパンのサンドイッチはどうしましょう？　個別にレシピは書くべきでしょうか？」

「うむ、あったほうがよいと思う」

公爵さまがうなずいたので、ホットドッグもカウントする。いや、ホットドッグなんて本当に、パンに切込み入れてソーセージ挟むだけなんだけどねえ。

あとは、プリンとメレンゲクッキーでしょ？　あ、思い付きでマルゴに頼んだアレも入れてもいいかも。それから、試作さえ間に合えば唐揚げ……塩唐揚げかフライドチキンになりそうだけど、それに天ぷら、コロッケ、フライドポテトにポテチあたり？　なんか、おイモばっかだな。あ、おやつメニューにドーナツとかいいかも。

「とりあえず、十種類くらいなら書けると思います」

私がそう答えると、公爵さまが眉を上げた。

「すぐにそれほど書けそうなのか？」

「はい。おやつや軽食など、種類もいろいろありますので」

公爵さまはエグムンドさんと視線を交わし、うなずきあう。

「それでは、とりあえず書けるレシピから書き出してくれるか。ただ、挿絵についてはメルグレーテどのが王都に到着されてからの話になるのだし、それほど急ぐ必要はない」

「わかりました」

私がうなずくと、エグムンドさんが言ってくれた。

「ゲルトルードお嬢さま、実際にレシピの販売を始めるのは、おそらく年明けになると思います。『新年の夜会』にて『さんどいっち』などゲルトルードお嬢さまが考案されたお料理をご披露し、その後レシピの販売を始めるという流れにすべきだと思いますので」

公爵さまも言い出した。

「そうだな、今月で学院の自由登校期間が終わるのだし、きみは学業を優先させなさい。レシピは時間があるときに書き溜めてくれればよい」

「もしよろしければ、『新年の夜会』でご披露されるお料理のレシピを、優先的に書いていただければと存じます」

「なるほど。確かにそのほうがよさそうだな」

エグムンドさんの言葉に公爵さまがうなずき、私もうなずいた。

「わかりました。そのようにいたします」

でもって、確認である。

「『新年の夜会』では、どのような形でお食事が供されるのでしょうか？　その形式にあわせたメニューを考えたいと思いますので」

「ホールとは別に休憩室が用意され、そこで食事が供される」

公爵さまが答えてくれた。「椅子は用意されるが、着席して食べるような食事ではない。基本的に立食だな。各々、好きな料理を自分の皿にとって食べる。軽くつまめるような料理が好まれるので、さっと手でつかんで食べられる『さんどいっち』は最適だろう」

あ、じゃあやっぱ、立食パーティーをイメージすればよさそうだね。

うーん、でもそうすると、唐揚げとフライドポテトくらいは出したいなあ。学生メインの夜会なんだし、男子にめちゃくちゃ受けるの間違いナシだよね。女子向けにはプリンと、ほかにも何かおやつを考えるかな？　あ、メレンゲクッキーを、ボンボニエールみたいな容器に入れて出してもいいかも。プリンやマヨネーズを作ればどうせ卵白が余るんだし。

そんでもって、やっぱり確認である。

「では、軽食用のハムや卵を使ったサンドイッチと、おやつとして食べられる果実とクリームのサンドイッチの二種類は確実に出すということで、よろしいでしょうか？」

「そうだな。それにあの細長い『さんどいっち』も出すべきだろう。軍で採用した料理だといえば興味を持つ者も多いはずだ」

公爵さまに続いてエグムンドさんも言ってくれる。

「それに、この『ぷりん』も、可能であれば出していただければと存じます」

うん、エグムンドさん、ホントにプリンが気に入っちゃったのね。

「わかりました。では、そのほかにもお出しできそうなメニューがあれば、試作してみてご報告します」

「ほかにも出せそうなメニューがあるのか？」

私の言葉に、公爵さまが即反応してくれちゃった。

「はい。ほかに二、三点考えています。ただ、まだ思い付きの段階ですので、試作してみないことにはなんとも申し上げられないのですが」

「ふむ、試作はすぐにできそうなのか？」

公爵さま、試作品を食べにくる気、満々ですね？

厨房にまで乗り込んでこられちゃうことを思えば、ちゃんと客間にご招待して食べてもらうほうがずっとマシだとは思うけどね。

うん、とりあえず、笑顔で言っとくわ。

「そうですね、わたくしもできるだけ早く試作してみたいのですけれど、引越し作業もまだ途中ですし、まずは身の回りを落ち着かせてからと考えております」

私だって早く唐揚げ食べたいんだよ！

笑顔の私に、公爵さまはうなずいた。

「そうであったな。では、引越しを急ぐ必要があるな」

って、さっき『急ぐ必要はない』とかおっしゃってませんでしたかねえ？　そんなに試食したいんですか、そうですか。

「それでは、尊家の新居の確認にこれか――」

「まだ灯の魔石すら調えておりませんし、日中の明るいうちでなければ、ご確認いただくのは難しいと思います」

この流れは経験済みだからね、これからすぐ行こうって言われても困るの！　私はもう今日はクタクタなんだから！

笑顔でぶった切った私に、案の定公爵さまは言った。

「では、明日の午前中に確認に行こう。ゲルトルード嬢、きみも同行できるな？」

「かしこまりました」

できるもナニも、行くしかないでしょーが。

しかも明日の午前中だよ、大急ぎだよ、そんなに試食したいですか、そうですか。ええもう、そのうちがっつり唐揚げ食べさせて差し上げますわよ、美味しさに驚くがいいわ！

「閣下、明日はもし可能であれば、ゲルトルードお嬢さまとご一緒に商会用の物件の確認もお願いできますでしょうか」

エグムンドさんが言い出した。

公爵さまは鷹揚にうなずいてる。

「そうだな、そちらもすぐに確認したほうがいいだろう」

「では明日に。よろしくお願いいたします」

「うむ、ではまた明日に」

そんなこんなで、今日のまためちゃくちゃ濃くて長い長いお話し合いが、ようやくお開きになりました。

って、明日もまた、とっても長くなりそうなんだけどね。はぁ……。

公爵さまが教えてくれたこと

そんでもって私、本日は公爵さまとお出かけである。

とりあえず、昨日は赤琥珀色のデイドレスだったから、今日はまた若草色のデイドレスを着たんだけど、ホンットに服がない！

もうこんなに連日公爵さまと会わなきゃいけなくて、しかも公爵さまってばガチでファッションに明るいってわかっちゃったから、ホンットにホンットに手が抜けないのよ。

頼む、ツェルニック商会！　一着でもいいから新しいドレス、大至急プリーズ！

などと思いながら、ナリッサを連れて私は公爵家の馬車に乗り込む。

馬車に乗ってるのは私たちのほか、公爵さまと近侍さんという合計四人。公爵さまがステッキで天井をトントンとたたくと馬車が動き出した。話には聞いていたけど、本当にステッキで天井をたたいて合図するんだねえ。

馬車が動き出したところで、公爵さまは自分の正面に座っている私に、いつものように眉間にシワを寄せて言い出した。

「ゲルトルード嬢、きみに言っておかなければならないことがある」

うっ、なんかいきなりきたよ。

とりあえず、澄ましてほほ笑んでみる。

「なんでございましょうか？」

「他家の馬車の御者に、食事を供してはいけない」

「は、い？」

なんかまったく予想もしてなかった話に、私はきょとんとしてしまった。

公爵さまは、眉間にシワを寄せたまま言う。

「先日、夜遅くまで尊家に私が滞在させてもらったとき、きみは我が家の御者にも食事を供してくれただろう？　きみになんの他意もないことは理解しているが……今後、客人を迎えたときのために覚えておきなさい。御者には食事も飲み物も、いっさい出してはいけない」

ぽかん、としちゃってる私に、公爵さまは言い聞かせるように言ってくれた。

「御者に変事があった場合、その馬車に乗っている者の身に危害が及ぶ可能性が高いからだ。それこそ酒でも供されてしまったらどうなる？　酔った御者が操作する馬車に、きみは乗りたいか？」

「あっ……！」

思わず声をあげてしまい、私は手で口元を覆ってしまった。

そうだよね、おやつだっていちいち毒見をしなきゃいけない世界なんだもん、御者に一服盛ってわざと事故を起こさせようだとか、よからぬことを考える輩がいないとはいえない。

それに、明らかに毒じゃなくても、好意を装ってお酒を勧められちゃったら、御者さんだって断りにくいよ。それで酔っぱらった状態で、帰りの馬車を操ったりなんかしちゃったら……。

つまり、そういうことを疑われないために、御者には食事も飲み物もいっさい出さないというのが、おそらく暗黙のルールなんだ。

「あの日、我が家の御者は、尊家の厩番の少年が毒見をしてくれたので供された食事を食べたと申告してくれたが……今後はそのようなことはしないようにしてほしい」

「たいへん申し訳ございませんでした」

私は慌てて頭を下げた。

いや、ホントにそういうことって、言ってもらわないとまったくわかんないわ、私。

ううう、私に貴族の常識がないっていうの、本当にこういうところだよね。

なんかこういうのって凹まずにはいられないけど、それでもこうやって指摘してもらえるのはありがたい。

「教えていただいてありがとうございます、公爵さま」

私が素直にお礼を言うと、公爵さまはちょっと眉を上げた。

「いや、以後は気を付けてくれればいい」

なんだか咳ばらいなんかしながら、公爵さまは視線を泳がせてくれちゃったけどね。

でも、いま思うと、たぶんハンスはそのことを知ってたと思うわ。

私が御者さんにも食事をって言ったとき、ハンスはなんか挙動が怪しかったもんね。商業ギルドで厩の下働きをしてた子なんだから、そういうルールを知っててもおかしくない。

それでもハンスの立場として、主人である私には何も言うことができなくて、それで自分が毒見をすることで御者さんにお願いして食べてもらったんだと思う。

あーハンスにも悪いことしちゃった……。

なんかしょんぼり反省してるうちに、馬車は新居のタウンハウスに到着した。

けれど公爵さまは馬車をすぐに門には入れさせず、タウンハウスの周辺を一巡りするよう御者に告げる。そして一巡りしてから門をくぐっても、馬車を降りた公爵さまと近侍さんはすぐには玄関には向かわず、塀に沿って庭をぐるりと歩いて回った。

「鉄柵が低いな」

「勝手口の扉には覗き窓が必要ですね」

「客間の窓も格子を取り付けるなり、補強する必要がある」

「あの木の枝は落としておいたほうがいいでしょう。二階の窓に近すぎます」

なんか、二人して防犯チェックをしてくれてるっぽい。

確認、とかいって、いったいナニを確認するつもりなんだかって正直思ってたんだけど……本当に『確認』してくれてるんだ……。

あっけにとられちゃってた私に、公爵さまが訊いてきた。

「護衛は何人ほど予定している?」

「ご、護衛ですか?」

うっ、と詰まってしまった私に、公爵さまは察してしまったらしい。片手で頭を抱えてくれちゃった。

「まさか護衛の準備をしていないとは……きみには、危機感というものはあるのか?」

「そんなに、危ないものなのでしょうか……?」

「決まっているだろう。未亡人と令嬢しかいないタウンハウスだぞ？　しかも貴族街の外れに位置している。その上、隣家は空き家ではないか。よからぬ連中が目を付けないとでも、思っているのか?」

じろり、と公爵さまににらまれてしまって、私は思わず首をすくめてしまった。

ため息をこぼした公爵さまが、あごに手を遣って思案する。

「領主館から腕に覚えがある者を何名か呼び寄せるのも、いまはまだ難しいな……我が家から人を出すしかないか」

「えっ、あの、そこまでしていただくのは……商業ギルドで求人をかければいいことですし」

慌てて私は言ったんだけど、さらに公爵さまににらまれてしまった。

「何を言っている。身元の確認もろくにできないような者を、護衛として家に入れることなどできるわけがないだろう」

「それは……そうかも、しれません……」

言われてみればその通りでございます。未亡人と令嬢しかいない家に、身元の不確かな男性を雇い入れるなんて、どう考えても危ないよね。

公爵さまはまたひとつ、息をこぼした。

「いま尊家の使用人は本当に最低限しか置いていないようだが……ほかにどのような者を雇い入れる予定にしているのだ？」

「あの、侍女と庭師という夫婦者を予定しています」

「なるほど。ほかには？」

思わず視線を泳がせちゃった私に、公爵さまはまた頭を抱えちゃった。

「侍女はいま二人だったか？　その夫婦者の侍女が増えたとして三人。それでは足りぬだろう。最低でもあと二人は雇い入れなさい。それに御者は？　従僕や下働きについてはどうするつもりなのだ？」

「御者は、その、当面はナリッサが……」

「は？」

公爵さまが目を剥いて、私の後ろにいるナリッサを見た。

「あの、一頭立ての二輪軽装馬車を購入して、ナリッサに御者をしてもらって通学する予定なのです」

ごめんなさい、公爵さまがまたまた頭を抱えてらっしゃいます。

「……百歩譲ってその通学方法を認めたとして、いま尊家にある紋章入りの箱馬車はどうするつもりなのだ？」

「それは、あの、もともと家屋敷全部を公爵さまに差し押さえられているものと思っておりましたので……箱馬車も当然、公爵さまにお渡しするのだとばかり」

「………御者も、我が家から出そう。だから、箱馬車も持っておきなさい」

なんか、いろいろすみません……。


それから私たちはようやく、玄関から家の中に入った。

そして一階にある客間や晩餐室を見て回る。

「確かに少々手狭だが、かえってそれがいいだろう」

私がまたもやきょとんとしてしまうと、公爵さまは説明してくれた。

「未亡人と令嬢だけの家に、不用意に客を招くべきではない。それは、たとえ女性の客であってもだ」

そして、ちょっと顔をしかめて公爵さまは言う。

「言い訳をさせてもらうと、最初に私が尊家を訪問したときも、まさか邸内にあそこまで人がいないとは思っていなかったのだ。それがわかっていれば、私は客間に招かれたりはしなかった」

一応、気を遣ってはくださってたんですね？

うなずいた私に、公爵さまは続けた。

「今後は、よほど親しい客を招くとき以外は、後見人である私か、最低でも弁護士か商会員を同席させなさい」

そこまで注意しないとダメなんですか？

私はびっくりしちゃったんだけど、でも確かに言われてみればそうだと思い直した。

だってこないだだって、不用意に門を開けてしまっていたばかりに、あのクズ野郎を招き入れることになっちゃったんだし。

本当に、あのとき公爵さまが駆けつけてくれていなかったら、どうなっていたことか。ヨーゼフだって、あの程度のケガで済まなかったかもしれない。

公爵さまはさらに言ってくれた。

「この後、商会用の建物を確認しに行くが……今後、きみが新たな客と面会する場合は、そちらを使うようにしよう。商会での面会であれば、必ず商会員の目がある。それに、きみの母君や妹もそのほうが安全だ」

「ありがとうございます。そのようにいたします」

ホンットに、絶対、お母さまやアデルリーナを危ない目にあわせるわけにはいかないわ。うかつに自宅に人を招き入れちゃいけないって、基本だよね。

やっぱり、前世の日本はなんだかんだ言っても治安がよかったもんねえ。女の一人暮らしだと確かに用心はしてたけど、いまは家の中に何人も人がいるっていうことで、どこか気持ちが緩んでたと思う。その感覚じゃダメってことだ。

それに、いま暮らしてるあのバカでかいタウンハウスも、高い塀と鉄柵にぐるりと周囲を囲まれていて、門もめちゃくちゃ立派で頑丈で、窓には鉄格子がはまっていたりするんだけど、それってやっぱり防犯に威力を発揮してるってことだわ。なんかもう、でっかい監獄かって思ってたりもしてたんだけど。実際、その意図もあったとは思うけど。

「さきほど我々が確認した点については、早急に対策を施そう。まずは、塀の上の鉄柵を高くすることを急がせよう」

そう言う公爵さまの横で、近侍さんがさっきのチェック項目をささっとメモしてる。

あー、うーん……もうこういうときは、よろしくお願いします、だけでいいんだよね？

遠慮というか、そこまでなんでもかんでもヨソの人にしてもらっちゃっていいのかって、どうしても私は思っちゃうんだよねえ。

私がまたちょっとぐるぐる考えこんじゃってる間にも、公爵さまはさくさくと自分の考えを進めてる。

「そうだな、春先に一度、きみをクルゼライヒ領に連れて行くとして……そのとき何人か、領主館から人を連れてこられれば、それがいちばんなのだが……」

「え、あの、領主館からって……使用人を、こちらに連れて来るということですか？」

思わず問いかけた私に、公爵さまはうなずく。

「そうだ。それがいちばん確実だからな」

「あの、でも、わたくしはいままで一度も領地を訪れたことはございませんし、領主館の使用人とも一度も面会したこともないのですが……」

いや、いくら自分トコの使用人だからって、いきなりこっちへ引き抜いちゃっていいもんなの？だいたい、私なんて未成年の小娘だよ？　おまけに領主だなんていったって、完全に（仮）状態だし。そんな頼りない領主の命令で、いきなり王都に連れてこられて、それで納得して働いてくれるもんなの？

同じ家の中で日常的に接する使用人なのに、ずっと不満を抱えたまま接することになるのは、お互いキツイと思うんだけど……。

公爵さまは、なんだか不思議そうな顔で、その藍色の目を瞬いてる。

「それが、何か問題なのか？」

「えっ、えっと、わたくしはその、領主といっても、いまのところ完全にお飾りですし……」

私の言葉に、公爵さまはさらにその目を瞬かせた。

「飾りの、何がいけないのだ？」

は、い？

今度は私が目を瞬かせてしまった。

公爵さまは眉を寄せて私の顔を見下ろしてる。

そしてわずかに首を振ると、公爵さまは静かに言った。

「クルゼライヒ領の現状について、少し話しておこう。そこに座りなさい」

私は言われるままにその場の、つまり客間の椅子に腰を下ろした。

うーん、衣装箱を運んできたとき、ナリッサと二人で埃を払う程度だけど掃除しておいてよかったわ。

私の前に腰を下ろした公爵さまは、しばし逡巡していた。何から話すか考えていたんだと思う。

そして、公爵さまは口を開いた。

「クルゼライヒ領は豊かな領地だ。土地や気候にも恵まれ、交易の拠点もある。だから本当によほどのことがない限り、領内が荒れるということは考えにくい」

そう言って公爵さまは息を吐く。「しかし、そのよほどのことが、起きていた」

目を見張っちゃった私に、公爵さまは淡々と続けた。

「五年前、先代未亡人がお亡くなりになって以来、クルゼライヒ領から国へ納める税がいっさい上がってこなくなった。いくら問い合わせても『不作だ』の一点張り。まったく、そんな幼稚な言い訳が通用するとでも思っていたのか……国もさんざん指導をしてきたがらちがあかず、この収穫期には抜き打ちで査察に入ることになっていた」

あー……あのゲス野郎、領地を私物化してやがったのか。

なんかもう、私は簡単に想像がついちゃって、恥ずかしさで顔を覆いたくなっちゃった。

公爵さまはまたひとつ息を吐いて続ける。

「しかし、領主が急逝した。どんな形であれ領主が交代するときは必ず国から一度、査察が入る。そうなると、領地で私腹を肥やしていた連中が真っ先にすることは決まっている。領主の私財の強奪、そして逃亡だ」

うわー……これも簡単に想像がついちゃうよ。タウンハウス内であのゲス野郎に媚びてるだけだった使用人が、どういう連中だったか私は身をもって知ってるから。

実際、我が家から使用人が次々と辞めていったあとも、確認したら明らかに銀食器が減っていたし、こないだ魔石回収を行ったときは魔石が入っていない魔道具がいくつも見つかった。

たぶん、辞めていくときに勝手に持ち出した、いやもうはっきり盗んでいったヤツがいるんだよね。あまりにも情けなくてみっともないことだから、私もお母さまも口にせずにきたけれど。

「私としては、それはなんとしても避けたかった」

公爵さまはやっぱり淡々と言う。「だから、証文が調ったところですぐ、私はクルゼライヒ領へ向かった。そして、かろうじてそのような不逞《ふてい》の輩に領主館を荒らされてしまうことを未然に防ぐことができた」

うわー！　ホントに、ホンットに申し訳ないです！　そんな事態になってたなんて！

もう、ただ頭を下げる以外、私にできることなんかない。

「ありがとうございます、公爵さま。心から感謝申し上げます。そして、本当に申し訳ございませんでした」

「いや、きみが気にすることではない」

公爵さまはそう言って、軽く手を振って視線を逸らしてる。

いやいや、どう考えてもソレって、誰を差し置いてもまず私が気にしないとダメなことでしょ。

でも、なんかようやく、私にもわかってきた。

『わざと』だったんだわ。

公爵さまは『わざと』あのゲス野郎の身ぐるみを剥いだんだわ。

たぶん、そうすることで、クルゼライヒ領を一時的にでもあのゲス野郎から取り上げることが目的だったんだと思う。それもおそらく、国からの依頼で。

やり方としてはかなり強硬だけど、何かそういう強硬策を取らないといけないくらい、緊急で大きな問題が生じてたんじゃないだろうか。

なんか……なんか、ホンットーーーに、いろいろすみません、公爵さま！

「で、その私腹を肥やしていた輩の処罰はこれからなのだが」

咳ばらいをして公爵さまは続ける。「取り急ぎ、領地の立て直しが必要だ。幸いなことに、先代未亡人に仕えていた使用人たちがまだ領地に残っており、領主館の人員を総入れ替えしてきた」

そこで、公爵さまは私に視線を戻した。

「先代未亡人に仕えていた彼らは、代々クルゼライヒ領主、つまりきみのオルデベルグ一族に仕えてきた者たちだ。それこそ家令から下働きにいたるまで、彼らには自分たちが領主を支え、ともに領地を発展させてきたという自負と誇りがある。私は、彼らに領主館へ戻ってもらうにあたり、手続きが済み次第必ずきみに、つまりオルデベルグ一族の当主たるゲルトルード嬢に、領主の地位を返すと約束した。彼らはそのことに納得したからこそ、いま領地の立て直しに奔走しているのだ」

ぽかん、と……本当にただ、ぽかん、と……私はしてしまっていた。

あの、代々って……使用人も、もしかして世襲《せしゅう》？　いや、ちょっと待って、それってもう使用人というより、家臣？　あの、領主と使用人って……そういう関係なの？

公爵さまはさらに言う。

「領主館の家令は、七代目である自分の代でクルゼライヒ伯爵家を、領主であるオルデベルグ一族を絶えさせてしまうわけにはいかないと、何度も何度も王都へやってきて、前当主をいさめようとしていたらしい。けれど完全に門前払いで面会することすらかなわなかったと、それこそ声を震わせて私に告げてくれた。彼らにしてみれば、どれほど歯がゆい思いをしてきたことだろうか」

な、七代目って、ナニソレ、譜代の家臣？　家令じゃなくて家老？

領主って、もしかして本当にお大名とか、お館さまみたいなもんなの？

なんか、なんか、私がこの王都のタウンハウスで経験してきた、雇い主と使用人っていう関係とは、根本的に何かが、まったく違う気がするんですけど……！

冗談抜きで驚愕しちゃってうろたえてる私を、公爵さまはその不思議な藍色の目で見つめてる。

「彼らにとっては、きみが、領主であることが何より重要なのだ。たとえきみがまだ五歳の幼児であったとしても、彼らは喜んできみの前で膝を折るだろう。きみが一言、王都で人手が足りぬと言いさえすれば、彼らは競って手を挙げるに違いない。きみの傍に仕えることができる、その名誉を欲しがって」

公爵さまは視線を落とし、そして深く息を吐きだした。

「きみは、領地を訪れたことが一度もないと言う。親から領主教育を受けたこともないと言う。それはつまり、こういうことが、まったくわからないということなのだな……」

「わかりませんでした……」

私は、本気で泣きそうだった。

だって、まさか領主っていう立場がそれほどのものだったなんて……そりゃもう、私には最初から拒否権も退路も、そんなものあるわけがない。公爵さまだって、最初からそんなもの斟酌《しんしゃく》することすら夢にも考えてなかったのも当然だ。

絶対的、なんだもの。

単なる世襲の経営者なんてものとは、まったく違う。絶対に逃げることが許されない、できるかできないかではなく、必ずやるしかない、そういう類のものなんだ。

こういうことって本当に、幼いときから定期的に領地を訪れ、領主一族であることを周囲から求められ、そのように使用人に傅《かしず》かれて育っていれば、自然と理解できることなんだと思う。

でもそれだけに、学んで身につくようなものじゃない。

もしかしたら王都のタウンハウスにだって、代々仕えてきた使用人が居たんじゃないだろうか。

それを、あのゲス野郎がみんな追い出して、自分に都合のいい、自分に媚びるだけの使用人に代えてしまった可能性が高い。

だから私には『こういうこと』が、決定的に足りてないんだ。

前世の日本社会の庶民にはすっかり縁遠くなってしまってた話だけど……お家のために身を捧げる、それが要求されてしまう立場に、私は転生しちゃったんだ。

この世界の貴族に生まれたということは、つまりこういうことだったのかと、私はいま初めて痛感した。

なんかもう、自分がどれほど思い違いをしてしまっていたのか、そのことがショック過ぎて茫然としちゃってる私に、公爵さまは言ってくれた。

「きみが育ってきた環境を考えれば、いろいろと不安になるのはしかたのないことだろう。それでも、領主であるきみを支えようと、支えたいと願っている者がいる」

そして公爵さまは少しばかり苦笑を浮かべた。「どのみち、領主であろうが一人ですべてを司ることなど不可能なのだから。領主の仕事の九割は、人を測ることだ。自分を支えてくれる者を見極めることができれば、たいていのことは片が付く」

そう言って、公爵さまは私に立ち上がるよう、手で示した。

「とりあえずきみの場合、できるだけ多くの人に会うことから始めるべきだな。いまきみが見ている世界は、どうにも狭すぎるようだ」

うっ……それに関しては、まったくもってその通りだと思います。

本当にいままでずっと、あのバカでかいタウンハウスの中だけが、私の世界だったんだもん。

椅子から立ち上がる私に、公爵さまはまた言ってくれた。

「もうきみが、家の中でまで必死になって母君や妹を守る必要は、なくなったのだし」

そこまでお見通しでしたか……。

なんか私、公爵さまのこともいろいろ思い違いしてたかも。悪い人じゃない、どころじゃなかったかも。これからは、もうちょっと素直に頼ってしまってもいいのかも。

とりあえず、先輩領主であることは間違いないんだし、いろいろ教えてもらおう。相談にも乗ってもらおう。

そう思いながら、私は公爵さまと一緒に客間を出た。

そこでふと、思い出したように公爵さまが言った。

「ああ、そう言えば、きみと同じ学年にいるのだったな」

「どなたが、ですか?」

きょとんと見上げる私に、公爵さまはまた苦笑する。

「きみは、どのような学院生活を送っているのだ？　少しは令嬢同士の付き合いというものもしておくべきだぞ?」

ええ、それについても、返す言葉はございませんとも。わたくし、すでにお茶会参加もきっぱり諦めております。

もう思わず胸を張っちゃいそうになった私に、公爵さまは教えてくれた。

「クルゼライヒ領に隣接している、デルヴァローゼ領の侯爵家令嬢と、同じく隣接しているヴェルツェ領の子爵家令嬢だ。ヴェルツェ子爵家は、令息も在学しているはずだ。せめて隣接している領地の領主一族とくらいは、知己を得ておきなさい。領境で何か起きたときも、まったく知らない相手と交渉するより、はるかにいいだろう?」

同学年にそんなご令嬢やご令息が!

全然知らなかったよ!

「それに、ヴェントリー伯のリドも、すぐに紹介できるな。まあ、リドの場合は、私が放っておいてもレオ姉上が紹介するだろうが」

どなたですか、リドさんって?

問いかけてしまっていいのか、私が迷っている間に、公爵さまはさくさくと話を進めてしまう。

「学生の間は、本格的な社交には参加しないことが建前になっているが、そんなものは本当に建前にすぎぬ。『新年の夜会』でお披露目をすれば、きみも一気に注目を集めてしまうだろうから、いまのうちに学院内で顔を売っておくべきだな。まあ、いきなり顔もわからぬ者ばかりの集まりに放り込まれてしまっても構わないというのであれば、特に勧めはしないが」

な、なんか、さらっと恐ろしいことをおっしゃっていませんか?

思わず身をすくめちゃった私に、公爵さまはクッと口の端を上げた。

わ、笑いましたね? 笑ってくれちゃいましたね、公爵さま!

「これからは、きみの周りには多くの人が集まってくる。むしろ、その中から誰を選んでどのように付き合っていくのか、それをまず考えなければならないだろう」

そして公爵さまは廊下の奥を示した。

「それでは、厨房の確認をしようではないか。これから、新たな料理のレシピを作っていくには、非常に重要な場所だな」


で、その重要な場所である厨房に入ったとたん、公爵さまが思いっきりダメ出しをしてきた。

「これは駄目だろう。いくらなんでも、狭すぎる」

入り口から一歩中へ入って、厨房の中をぐるりと見まわしただけで、なんかもう思いっきり不満そうに、公爵さまってば言い放ってくれちゃった。

「いまの尊家の厨房と比べると、あまりにも狭すぎる。これでは、試食の席につくこともままならぬではないか」

試食の席って！

試食の席って！

大事なことなのでもう一回言っちゃうよ、試食の席って！

公爵さま、ご自分が我が家の厨房へ試食に来ることが、すべての前提なんですね！　この新居でも厨房に乗り込む気、満々なんですね！

なんかもう、さっきまではめっちゃ公爵さまのこと見直してたのに、台無しなんですけど！

いやいや、私の後ろでヒュッと気温が下がったの、気のせいじゃないと思うよ。振り向かなくてもわかるもん、またナリッサの笑顔がめっちゃ怖くなってるな、って。

それに公爵さまの後ろの近侍さん、アーティバルトさんなんてうつむいてるけど、我慢しきれなかったみたいで肩がひくひくしてるし。

公爵さま、そもそもここにあるのは試食のためのテーブルではなく、調理のための作業台でございます。

って、言っちゃっていいんでしょうか？

と、私も一瞬考えちゃったけど、さすがにそこまでストレートに言っちゃうのはマズイかもと思った。曲がりなりにも相手は公爵さまだからね。だから、せいいっぱい笑顔を貼り付けて言った。

「公爵さま、もし、試食にお招きする場合は、客間にてお召し上がりいただきますので」

「それでは調理しているところを見られないではないか」

ナニ即答してくれてるんだよ！

調理してるとこを見たいって、そんなの自分チの厨房で見せてもらえよ！

「公爵さま、通常、厨房のようすなど、お客さまにお見せするようなものではございませんので」

口元をひきつらせながらも、ちゃんと言えてる私、偉いよ。

なのに、それも台無しにしてくれちゃったよ、この人。

「私は後見人なのだから、親族扱いであろう？　親族であれば――」

「親族でいらしても、厨房になどお招きしないと存じますが？」

親戚のおっちゃんやおばちゃんを台所に入れるんかい！

法事でもなんでも、親族の集まりだってお座敷で会食してもらうよ！　台所でごはん作りながら味見してもらったりなんかしないよ！

私の言葉に、公爵さまはふいっと目を逸らしてくれちゃった。

もしかしてこの人、親族は厨房にも入るっていうのが『貴族の常識』だと、私に思い込ませようとした？　私が『貴族の常識』を知らないのをいいことに？

油断も隙もあったもんじゃないわ。

ホントに、せっかく見直したのに超台無しだよ！

「しかし、この狭さではやはり困るだろう」

視線を戻してきた公爵さまが言い出した。「レシピには挿絵を入れるのだから、少なくとも絵を描くホーフェンベルツ侯爵家のメルグレーテどのには、厨房に入ってもらう必要があるのではないだろうか？」

ん？　戦法を変えてきたわね？

そりゃゆくゆくは、調理の手順も図解してもらえればとは思ってるけど……でも、そうしたらやっぱり、侯爵家夫人な絵師さんには厨房に入ってもらう必要が、ある？

私が一瞬、迷ったのを見逃さず、公爵さまはさらに言い募る。

「やはり、調理の手順から確認したほうがよりよい挿絵が描けるのではないか？　それであれば、厨房を拡張してもっと大きなテーブルを置けるようにすべきだろう」

いや、いやいや、言いくるめられちゃダメだよ、私。

そもそも、仕事として絵を描くために厨房に入ってもらうのと、試食のために厨房に入らせろって言ってるのは、完全に別モノだからね。

「公爵さま、今後もしホーフェンベルツ侯爵家のメルグレーテさまにここで絵をお描きいただくことがございましても、実際にお料理を召し上がっていただくのは別室へご案内してから、になりますので」

にこやか〜に私がそう言うと、公爵さまはムムッと口端を下げた。

私はさらに一押しする。

「それはもう、せっかく描いていただいた絵を、試食のさいにお料理で汚してしまうなど、決してあってはなりませんので。召し上がっていただくのは、どうあっても別室になります」

公爵さまの口元がさらにムムッと下がる。

ふふふん、勝った。

私がそう思ったとたん、公爵さまはなんかもう開き直ったように言い出した。

「それでは、客間ではなく、すぐとなりにある朝食室を使うのはどうだ？」

公爵さまは後ろの壁に振り返る。「この壁の向こうが朝食室であったな？　この壁を取り払ってしまえばよいのだ。そうだ、それがいちばん良い」

………………いや、いやいやいや、待って、ナニ言ってるの、この人？

私は理解が追いつくまで三秒くらいかかっちゃった。

壁を取り払う？

この壁をぶち抜いちゃって、あくまで厨房が見える形にした上で、朝食室で試食をさせろって言ってんだよね？

はあ？　ナニソレ、厨房と朝食室をくっつけちゃうとか……あれ？　キッチンとダイニングを、くっつけちゃうってことか？

なんかあまりのことに、私の頭の中がちょっとバグっちゃった気がする。

いや、でも……壁を全部取っ払っちゃうのではなく、ちょっとこう、大きな窓を開ける感じで対面式キッチンっぽくカウンター付けたら……かなり、便利じゃない？

だってそうしておけば、カウンター越しにお料理を出せるから、いちいちワゴンで運ぶ必要がなくなる。新しいメニューを試作してるときも、朝食室にお母さまとアデルリーナにいてもらえばすぐ味見してもらえるよね？

揚げ物なんかしてるときは、二人に厨房にいてもらうのはちょっと危ないんだし、カウンターに開閉できるよう戸を付けておけば必要に応じて閉じちゃえるわけで……それってめちゃめちゃ便利な気が……。

「うむ、我ながら実に良い案だ。すぐに壁を取り払う工事の手配をしよう」

私が黙り込んじゃったものだから、公爵さまは私が納得したと思い込んだらしくて、すっかり上機嫌になっちゃってる。

「アーティバルト、すぐに業者の手配を」

「お待ちくださいませ、公爵さま」

ビシッと、私は公爵さまの指示に割り込んだ。

「壁をすべて取り払ってしまうのは賛成いたしかねます」

公爵さまは眉間にシワを寄せまくって私を見おろした。

私はその公爵さまの顔をしっかりと見上げて、きっぱりと言った。

「壁を取り払うのではなく、窓をつけましょう」

「窓?」

さらに眉間のシワが深くなった公爵さまに、私はいままとめた自分の考えを説明した。

「そうです、窓です。腰高の大きな窓を、この壁のここからこれくらいの広さで開けて」

私は壁に向かって大きさを示す。「そして窓の下にこれくらいの幅の棚を作ります。そうすればいちいちワゴンを使わなくても、お料理をそのまま窓からとなりの朝食室に出すことができます。さらに、窓に戸を付けて開閉できるようにしておけば、必要に応じて窓を閉じて厨房が見えないようにできますし」

公爵さまの眉間のシワが開き、その目がぱちくりと瞬く。

私は構わずにまくしたてた。

「そうですね、ただ我が家の料理人の意見も聞いてみなければ。それに母と妹とも相談したいと思います。我が家では、朝食は家族で集まって食べますから。自室に運ばせたりはしておりません。ですから、そこはわたくしの独断では決めかねますので」

私は公爵さまににっこりと笑みを向けた。

「そういうことで、よろしくお願い申し上げます。公爵さま」

「あ、う、うむ。相分かった」

公爵さまが私の勢いに押されたようにうなずいてくれちゃった。

ええ、ここはひとつ、カウンター付きの対面式ダイニングキッチンでよろしくお願いします。

ただし、公爵さまを試食のためにそのダイニングキッチンまでお招きします、とは、一言も申し上げておりませんが、ね。ふふふーん。


厨房での攻防が決着し、次は二階のチェックだ。

階段を上がり、まずは客室に入る。うーん、客室は全然掃除もしていないから、少々埃が積もっちゃってます。

「内装はどのようにする予定だ？」

室内をぐるりと見まわし、公爵さまは言った。

「壁紙やカーテンなどを替える手配は済んでいるのか？　家具は、いまのタウンハウスから持ち出してくる予定なのだろうか？」

「え、あの、特に内装を替える予定は……家具は、その、ご許可をいただきましたので、いくつかは運んでこようと思っていますが」

私の返答に、公爵さまはまた頭を抱えてくれちゃいました。

「……せっかくなのだから、客室の内装くらいは替えなさい。特に人を招く予定はなくとも、それくらいはしたほうがいい」

「そういうものなのですか？」

「そういうものだ」

うーん、どうやら、貴族家のお引越しの場合、最低限でも客室の内装は替えなきゃいけないいっぽいわ。もうカーテンもカーペットもこのまんま使っちゃって、リネン類だけ新しいのを入れればいいと、私は思ってたんだけど。

「もしかして、きみたちの私室の内装も、特に替える予定はないなどとは、言わないだろうな？」

そう言われて視線を泳がせちゃった私に、公爵さまは深々と息を吐いてくれちゃう。

いや、だって、こっちはもう節約生活に入る気満々だったんですからね？　いま在るものを使いまわす気満々だったんですから。

「私がご婦人がたの私室に入るわけにはいかぬ。その辺りの内装については、そうだな、私の姉のレオポルディーネに相談するといい」

「え、あの、ご相談……させていただいて、よろしいのですか？」

公爵さまの言葉にちょっとびっくりしちゃったんだけど、私はすぐに思い直した。いくらなんでも、この公爵さまみたいにお支払いまで丸抱えの『ご相談』になるわけないよね。ふつうに、内装をどうしたらいいですかって相談すればいいってことだよね。

貴族としての常識がわかってないのはたぶん私だけじゃなくて、お母さまもそういう意味じゃだいぶ浮世離れしちゃってるわけだから、いろいろ相談できる貴族女性がいてくださるのは本当にありがたい。

なにより、レオポルディーネさまは、お母さまとずいぶん仲良くしてくださってるみたいだもんね。公爵家の令夫人だなんてご身分がずいぶん上だけど、お母さまのお友だちだと思うと私の緊張感もちょっと薄らぐわ。

だけど公爵さまは、いくぶんげんなりしたようすでうなずいてくれちゃった。

「まあ、放っておいても口出ししてくるだろう、レオ姉上は。数日のうちに領地から王都へ戻ってくると思うので、そうすればすぐ尊家に顔を出すはずだ」

な、なんか、お話を聞くたびにやたら押しの強いお姉さまを想像してしまうんですが……うん、きっと大丈夫よ。なんてったってお母さまのお友だちなんだし。

次は執務室のチェックだ。

執務室っていうのは、文字通り貴族家の当主が仕事を行う部屋だ。同時に、当主が仕事関係の客を含め親しい友人を招く部屋でもある。一階にある客間は割と改まったお客さんを迎えるための部屋で、夫人や令嬢がごく親しい友人を招く場合は居間を使うことが多い。

いまのバカでかいタウンハウスの執務室には、私はほとんど入ったことがない。ゲス野郎が留守のときに、読みたい本を取りに何回かこっそり入ったくらいだ。

新居の執務室に入ると、正面の大きな執務机と、壁いっぱいの本棚が目に入ってくる。ただし、本棚はガラガラだ。

そのガラガラの本棚を見て、公爵さまは言った。

「ここの本棚に、尊家の蔵書は収納しきれないのではないか？」

「そうですね。蔵書をすべて持ち出しても構わないのでしたら、入りきりませんね」

「すべて持ち出していいに決まっているだろう」

公爵さまはまたちょっとため息をこぼしてくれちゃう。

「あちらのタウンハウスにあるものは、すべてきみたち家族のものだ。なんでも好きなだけ持ち出しなさい。特に蔵書は、必ずすべて持ち出しなさい。領地の詳細な記録や一族の記録なども含まれているはずだから」

実は、いまのタウンハウスには結構大きな図書室がある。おかげで大量の蔵書があり、家庭教師もつけてもらえなかった私は、お母さまに読み書きだけ教えてもらって、後は図書室の本を読むことでこの世界の知識を得てきた。

だから蔵書をすべて持ち出せるのは、正直にありがたい。

私はうなずいて即決した。

「では、客室をひとつつぶして、図書室にします」

「そうだな、それがいいだろう」

公爵さまもすぐにうなずいてくれた。「もしそれでも収納しきれなければ、領地に送って保管しておけばいい」

あ、そういう方法もアリか。

でも、蔵書を全部に家具やらなんやら、いろいろ持ち出すとなると引越し作業もかなり大掛かりになっちゃうな。ダイニングキッチンのリフォーム工事も必要だし。鉄柵を高くするとか窓に格子を付けるとか、ほかにもリフォームが必要になっちゃったし。

その上、客室や私室の内装も替えて図書室まで造ることになっちゃったよ……ホントに引越しを完了するまで、めっちゃ遠い道のりになってきちゃったっぽいわ。

とりあえず私はうなずいて、公爵さまに答えておいた。

「では、蔵書のほかにも持ち出す品について、母ともう一度よく相談してみます」

「そうしなさい」

うなずき返してくれた公爵さまが、執務室を見回す。そしてまた、アドバイスをしてくれた。

「今後、この執務室はきみが使用することになる。領地経営に関しての仕事はここで行うことになるからな。自分にとって使いやすいように内装を替えるなり、いまのうちに整えておくほうがいいだろう」

あー……そうですね、領主としての仕事はここですることになりますよね。

なんかもう、考えるだけでずっしり気が重いです。でも、どうしても、避けては通れないことなんですよね……。

うーん、実務に関してはこれから勉強すればなんとかなる……なると、思いたいです。

最後に確認した三階には、リネン庫など収納部屋と使用人たちの部屋が並んでいる。こちらは、防犯関係をメインに公爵さまがチェックしてくれた。

チェックに際して、使用人専用の狭くて急な階段や隠し扉があることを、公爵さまから教えてもらった。今回の新居チェックではコレがいちばん楽しかった！

ホントに壁の一部によく見ないとわからない小さな扉があって、そこを開けると狭い階段がつながってたりするんだもん。もう、忍者屋敷かって感じよ。

ナリッサに訊くと、いまのタウンハウスにももちろんあるって言うんだけど、私はそんなの全然知らなかった。引越す前にそういうの、少しでも探検できないかなあ。って、いまの状況じゃちょっと忙し過ぎて無理そうではあるんだけど……。

なんだかんだで、新居チェックに時間がかかっちゃった。

すっかりお昼も回っちゃったんだけど、このまま次へ、つまりゲルトルード商会用の物件確認へ向かうことになった。

いや、いまだってもちろん、すでに商会用物件が確保してあったことに、こう、いろいろと疑念を抱かずにはいられないんだけど。でもエグムンドさんたちが現地で待っててくれてるようなので、とりあえず向かいますってことで。

そんでもって、物件チェックが終わったら、やっぱり我が家でお茶、つまりおやつの時間になりそうな気配なんですけど。それも公爵さまだけじゃなく、下手するとエグムンドさんやヒューバルトさんまでおやつを食べに来そうな気が……いや、確実に来るだろうな……。

マルゴにおやつ多めで準備をお願いしてきたのはやはり正解でした。うん、マルゴ、毎日ありがとう。お手当はずむからね。

いやーでも、商会の頭取なのよね、この私が。

だいたい、あれやこれやでお引越しだってずいぶん遠い道のりになりそうだし、領地のことだって考えるともう気が遠くなりそうだし。その上、商会の頭取だなんて。

私、ホントにこれからこんなにいろいろいっぱい、やっていけるのかなあ……はぁ……。

閑話@商業ギルド意匠登録部門室クラウス

The Daughter of
a downfall Earl
Wants to Support
Her Family

「楽にするといい」

「すみません、そうさせていただきます」

エグムンドさんの言葉に、俺はもう礼儀も何も諦めてソファーに崩れ落ちさせてもらった。

「そんなに緊張していたのか。あの公爵閣下は大丈夫だって言ったのに」

一緒に意匠登録部門室に入ってきたヒューバルトさまが、笑いながら部屋の扉を閉めてくれた。

そしてさらにヒューバルトさまは言ってくれる。

「アーティがちゃんと伝えたんだから、公爵閣下もわかってらっしゃるよ。クラウス、きみは嵌められただけだって」

執務机の椅子に腰を下ろしたエグムンドさんも言ってくれた。

「クラウス、きみが上位貴族の顧客を持った時点で、宝飾品部門の部門長は部下に教えておかなければならなかったことを教えていなかった。しかも今回は、故意に教えなかったことは明白だ」

「そりゃもう、貴族家のご令嬢が競売を提案してくるなんて、誰が聞いてもびっくりだからね。ギルド内でもおおいに話題になってたのに、それを『知らなかった』だとか、そんな言い逃れができるわけがないだろう」

ヒューバルトさまもソファーに腰を下ろす。「処罰されるなら、間違いなく宝飾品部門の部門長のほうだ」

それは、俺も頭の中では理解してる。

あのクソ部門長が、俺を陥れるためにわざと教えなかったんだ、ってことぐらいは。

でも、売ってしまった『クルゼライヒの真珠』が実は売ってはいけないものだったと知らされたとき、俺の全身から文字通り血の気が引いた。

確かに、競売自体を提案されたのはゲルトルードお嬢さまだったし、『クルゼライヒの真珠』を競売に出すと決められたのも、ゲルトルードお嬢さまだった。だけど、ホーンゼット共和国のハウゼン商会に声をかけたのは俺だ。異国の商人を競売に加えることを提案したのは、俺なんだから。

その結果、国の財宝目録に記載されている宝飾品が、国外へ流出するというとんでもない事態になってしまった。

俺は、冗談抜きで、首を刎《は》ねられてもおかしくない状況だったんだ。

けれど俺がそれを知らされてすぐ、クルゼライヒ伯爵家から直々に、俺には責任がないと明記してくださったお手紙が商業ギルドに届いた。それも、ギルド宛と俺宛の二通だ。二通あったので、部門長が秘密裏に握りつぶすことはできなかった。

それがわかった瞬間、本当に情けないことに、俺はその場にへたり込んでしまった。正直に、救われたと思った。

だけどその後、エクシュタイン公爵閣下が『クルゼライヒの真珠』の買い戻しに動かれているという話を聞いたときは、また血の気が引いた。

たとえクルゼライヒ伯爵家が俺をかばってくださったのだとしても、公爵閣下が俺を処罰すると判断されてしまったらもう誰も逆らえない。その判断を覆せるのは、国王陛下だけだろう。

幸いなことに、本当に幸いなことに、公爵閣下は俺の罪を不問に付してくださった。

俺にはなんのお咎めもなかったどころか、事情の聴取すらなかった。

でもそれだからこそ却って、ずっと不安だった。

本当にこのまま、俺は何の罪にも問われずに終わることができるんだろうか、って。

同時に、俺はこのままゲルトルードお嬢さまに、クルゼライヒ伯爵家に、関わっていってしまっていいんだろうか、って。


「私も、ギルド長には正式に伝えた」

エグムンドさんが言う。「宝飾品部門の部門長は、どうやらほかの幹部にも口止めしていたらしい。まあ、煙たがられている私には、なんの話もなかったがね」

嘲笑するようにエグムンドさんは口の端をあげ、そのエグムンドさんの言葉にヒューバルトさまは声をあげて笑った。

「ほかの幹部にまで口止めするほどの念の入れようとは。クラウス、そこまであの部門長に疎まれるっていうのは、ある意味名誉だね」

「勘弁してください、お願いします」

俺は頭を抱えてしまったのに、ヒューバルトさまは勘弁してくれない。

「武勇伝も聞いてるぜ。クルゼライヒ伯爵家を揶揄《やゆ》してきた連中を、殴り飛ばしたんだって？　それも、このギルド内で」

「その話は私も聞いている。なかなか勇ましいな、クラウス」

エグムンドさんまでニヤニヤしてるし。

ヒューバルトさまは、今度は鼻で笑った。

「ふん、ああいう下衆な連中は、奥方や令嬢の閨《ねや》に入ることもなくまっとうに仕事を取ってくるクラウスが、妬ましくてしょうがないんだろうさ」

宝飾品部門は、扱う品物の性質上、どうしても主な顧客は貴族女性になる。

だから、宝飾品部門に配属された者はまず、裕福な貴族家へご機嫌伺いに行くことから始めさせられる。

そこで貴族家の夫人や令嬢に気に入られればたいてい、宝飾品の売買だけでなく貴族家内の奥向きの仕事も任されるようになる。つまり、リネン類などの備品を扱う業者や厨房に出入りする業者の選定を任されたり、侍女など使用人の斡旋なども任されたりするようになるわけだ。

貴族家の奥向きに出入りする業者の選定に関われるようになると、手数料という名の賄賂が得られるようになる。商業ギルド内でも、複数の分野にわたって影響力が持てるようになるので、周囲から一目置かれるようになる。実際にいまの商業ギルドの幹部には、宝飾品部門出身者が多い。

そういう利益や地位が欲しいヤツは、貴族家の夫人や令嬢に気に入られるために、どんな手でも使うようになる。

俺は十二歳で商業ギルドの下働きに入って、十四歳で宝飾品部門に採用された。

下働きをしていたときから『そういう噂』はいろいろ聞いていたけど、実際に何人の貴族家夫人の闇に入ったのかを自慢するような連中がのさばっている職場に、心底うんざりした。

実際に俺も、ナリッサ姉さんと同じような目にあったし。つまり、貴族家の夫人の寝室に引きずり込まれそうになったんだ。もちろん、全力で逃げたけど。

それでもいままで商業ギルドを、宝飾品部門を辞めずにきたのは、貴族の中にもまっとうな人たちがいることを、俺は知ってたからだ。ナリッサ姉さんを、文字通り体を張って助けてくださったゲルトルードお嬢さまのようなかたがいらっしゃるんだと……そう思うと、俺はなんとか頑張っていこうと思えたんだ。

事実、俺のようなギルド職員にも誠実に接してくださる貴族のかたもいらっしゃった。俺はそういうまっとうな貴族の人たちと少しずつ知り合って、少しずつ仕事を広げていった。大きな仕事はなくても、相手に喜んでもらえるのが嬉しかった。

でも、部門長はそれが気に入らなかったらしい。

俺にもっと大きな仕事を取ってこい、媚を売るくらいのことはしろ、と言い続けた。そしてついには、お前のその容姿で貴族の女が釣れないわけがない、なんのために孤児のお前を我が部門に引き上げてやったと思ってるんだ、とまで言いやがった。

ずっとのらりくらり、なんとかかわしてきてはいたけど、さすがにそこまで言われて俺もはっきり言うしかなかった。そんな仕事のしかたは絶対に嫌だ、と。

そうこうしているうちに、クルゼライヒ伯爵家のご当主が亡くなった。

ナリッサ姉さんから伯爵家の窮状を聞き、さらにゲルトルードお嬢さまが資金繰りのために競売を計画されていると聞いた。

これはもう、絶対にお役に立たなければ、と思った。

ゲルトルードお嬢さまはナリッサ姉さんを救ってくださった恩人だ。それにカールまで孤児院から引き取って雇ってくださってる。

俺はがぜん張り切ったし、自分にできることはなんでもしようと、本気で思ってきた。

なのに、その結果がアレだったんだ。

詳しいことはわからないけど、公爵閣下のおかげで『クルゼライヒの真珠』は無事買い戻せたらしい。でも、クルゼライヒ伯爵家はもちろん、エクシュタイン公爵家にもとんでもないご迷惑をかけてしまった。

本当に、いったいどれだけの対価を支払って買い戻されたのか。そもそも競売での売値だって、俺が文字通り身を売って奴隷に落ちても払えないような金額だったんだから。ただもう、考えるだけで恐ろしい。

このまま、本当にエクシュタイン公爵閣下は俺を見逃してくださるんだろうか？

そしていままでと同じように、俺はゲルトルードお嬢さまとクルゼライヒ伯爵家に関わり続けていいんだろうか？

ひとつだけわかっていたのは、もう俺はこのままこの王都の商業ギルドにいることはできないだろう、っていうことだった。

正直、俺一人だけなら、この商業ギルドを辞めてもなんとでもなると思った。

王都ではもう商業ギルドが、というかあのクソ部門長が手を回すだろうから、仕事を得るのは難しいと思ったけど、地方へ行けば仕事はあるだろうと思ってたし。

以前お取引させていただいた貴族家が領主を務めておられる小さな領地へでも行って、そこの商業ギルドなり商会なりで働くことができれば、それで暮らしていけるだろうと、そこまで具体的に考えてた。

ただ、そうなるとナリッサ姉さんとカールとは、遠く離れてしまうことになる。

俺がこういうことになってしまって、二人に何か悪い影響が出たりはしないだろうか。

もちろん、ゲルトルードお嬢さまやコーデリア奥さまは、変わらずに二人に接してくださるだろうけど……。

いや、もう……俺自身が、ナリッサ姉さんやカールと離れたくないんだ。

自分の気持ちを認めてしまったら、俺はどうしたらいいのか本当にわからなくなってしまって、なんだか途方に暮れてしまった。

そういうときに俺は、このエグムンドさんとヒューバルトさまに出会ったんだ。

もちろん、エグムンドさんは意匠登録部門の部門長だから、俺だって顔と名前は知ってた。それに、噂話もいろいろと聞いていた。

エグムンド・ベゼルバッハ意匠登録部門部門長といえば、とにかく有能過ぎて周囲から煙たがられてるとか、いやそれだけじゃなく元貴族だから煙たがられてるんだとか。とにかく、商業ギルドの中でも孤高の人という印象だった。

実際、意匠登録部門に部下は一人もいない。

申請された意匠登録は、すべてエグムンドさんが一人で審査してる。幹部会はエグムンドさんが提出した審査書類に署名するだけだと言われている。

いっぽうヒューバルトさまは、何をしているのかさっぱりわからないけど、とにかくしょっちゅう商業ギルドに出入りしている貴族のご令息という印象だった。

またとにかくその容姿がいつも話題になっていて、俺も初めて対面したときは本気でちょっとクラッとしたほどだ。そりゃあもう、これだけのご容姿でこれだけの色香を振りまいてたら、ご婦人がたなど意のままだろうなんて噂が立つのは、ある意味しかたのないことかもしれない。

でも、実際会ってみたヒューバルトさまは実に気さくで、しかも実に賢い人だということが俺にもすぐにわかった。まあ、まったく裏がない人だとも思えなかったけど。

あの日、俺は、ゲルトルードお嬢さまから意匠登録に詳しい人を紹介してほしいというご連絡をいただいて、この意匠登録部門室を訪ねた。

エグムンドさんは、俺が用件を口にする前に『きみを待っていたよ』と言って、にんまりと笑った。そして、ヒューバルトさまを紹介してくれた。

そこからはもう、なんだかぽかんとしている間にどんどん話が進んでいった。

だけど、エグムンドさんから、俺も『ゲルトルード商会』に参加するように、そのさいゲルトルードお嬢さまからだけでなく、念のためエクシュタイン公爵閣下からも参加の許可をもらうように、と言われたときは、またちょっと血の気が引いた。

実際今日は、公爵閣下からお許しをいただくまで、ずっと生きた心地がしなかった。

「明日の物件確認、ヒューバルトどのも立ち会われますか?」

「ヒューでいいって言ってるでしょう、エグムンドさん」

ヒューバルトさまが苦笑しながら答えてる。「明日はもちろん俺も立ち会いますよ。三階は俺にも貸してもらえることになったし」

そしてヒューバルトさまは、俺に顔を向ける。

「クラウス、明日からよろしくね」

「えっ、いや、とんでもありません」

俺は思わず姿勢を正そうとしたんだけど、ヒューバルトさまはやっぱり笑って俺を抑えるように手を振った。

「そんなにかしこまらなくていいって。クラウスも俺のことはヒューでいいから。それに、俺は毎日にはならないとは思うけど、当面同じ宿舎で寝泊まりするんだぜ? そんなにかしこまってたら疲れるだろ?」

「いや、でも、それはさすがに……」

俺は言葉を濁してしまったけど、不安がないわけがない。

なにしろ、ゲルトルード商会として購入する物件の三階では当面、俺とこのヒューバルトさまが寝起きすることが、すでに決まってるんだから。

商業ギルドを辞めれば、当然寮も出なければならない。とりあえず安宿にでも転がり込んで、それから適当な下宿先でも探せばいいだろうと俺は思ってたんだけど、ヒューバルトさまがあっさりと言われた。商会の建物に住めばいい、って。

「いや、俺は大助かりだよ」

ヒューバルトさまはやっぱり笑ってる。「我が家みたいな貧乏子爵家は、王都にタウンハウスを構えるだけの余裕なんてないからね。兄のアーティは公爵家に住み込みだし、弟のヴィーは魔法省の寮にいるから問題ないんだけど、俺だけずっと決まったねぐらがなくて、さすがに不便だったんだよね」

貧乏子爵家だとか、自分は三男だから家督を継ぐ可能性はまったくないとか、ヒューバルトさまは気軽にそういうことを口にされているけど、それでも中央貴族家のご令息なんだぞ。同じ建物の中で寝起きするとか、緊張するなっていうほうが無理だろ。

それに、エグムンドさんだって元貴族だ。

それも噂によると伯爵家の嫡男だったのに、家督を妹婿に譲って貴族位を返上したらしい。そこにどんな事情があったのかなんて、怖くて俺には訊けないけど。

「三階は、まだあと四、五人は寝泊まりできますよ。場合によっては早急に商会員を増やす必要もあるでしょうから、三階を宿舎にしてしまうのは妙案だと思います」

エグムンドさんがそう言って、ヒューバルトさまもうなずいている。

「俺も通りがかりにざっと見ただけだけど、場所もいいし大きさもいい感じの物件だったね」

「あれくらいの大きさは最低でも必要でしょう」

「うん、一階に店舗を置いても、最初は商品数が足りなくて寂しい感じになるかなあと思ってたんだけど」

ヒューバルトさまがにんまりと笑う。「まったく、ゲルトルードお嬢さまにかかれば、すぐに目新しい商品でいっぱいになりそうだ」

「まったくです」

なんだか、エグムンドさんとヒューバルトさんが悪い笑顔でうなずきあってる。

「そうだ、クラウスは、料理はできるの？」

「は？　えっと、料理ですか？」

ヒューバルトさまからいきなり問われて、俺は慌てて答えた。

「あの、簡単なものなら……たいした料理は作れないです」

「そうなのか。うーん、ゲルトルード嬢のレシピが届いたら、試作と称して商会内で作ってもらえないかと思ったんだけど。あの物件、一階に小さな厨房があるんだろ？」

ヒューバルトさまが苦笑する。「今日の『ぷりん』も美味かったけど、俺、ウワサの『さんどいっち』だってまだ食べさせてもらってないんだよねえ」

「あ、『さんどいっち』くらいなら」

俺が答えたとたん、ヒューバルトさんが食いつく。

「えっ、『さんどいっち』なら作れる？　なんか、細長いパンにソーセージはさむヤツと、パンを薄く切っていろいろ具をはさむヤツの二種類があるって聞いてるけど？」

「あの、はい、先日、エグムンドさんとクルゼライヒ邸を訪問したときに、食べさせてもらいましたし」

　俺がエグムンドさんに視線を向けると、エグムンドさんもうなずいてくれた。

「ええ、本当にパンに具材をはさむというごくごく単純な料理なのに、具材の種類やパンの形を変えるだけで実にさまざまな食べ方ができると驚きました」

「そりゃ朗報だな。じゃあ、楽しみにしてるぜ、クラウス」

「いやもう、本当に簡単に、パンに具材をはさむだけですよ？」

「それが、斬新なんだって」

　なんだかヒューバルトさまはすっかり上機嫌だ。でもって、ちょっと首をひねって言い出した。

「でもさすがに、『ぷりん』は無理か？」

「あー、たぶん無理です。カール……あの、クルゼライヒ伯爵家で下働きをさせてもらってる弟が以前、ゲルトルードお嬢さまが『ぷりん』を作られているとき、お手伝いさせてもらったらしいんですけど」

「えーっ？」

　ヒューバルトさまがさらに食いつく。「なんだそれ、そういうことがあったの？」

「はい、あの、俺も弟から聞いただけなんですけど、その、火加減とか、いろいろコツがあるらしくて」

「うーん、そうなのか……それは残念だな」

そこでエグムンドさんが考え込むように言い出した。

「しかし、あの『ぷりん』を店頭で販売するのは、やはり難しいでしょうかね？」

「そりゃあ、あれだけやわらかいおやつだと、持ち帰る間につぶれちゃうでしょう」

ヒューバルトさまも眉を寄せている。

「あ、でも皿に出さずに容器に入れたままなら、持ち帰りができるんじゃないですか？」

俺が何気なく言うと、エグムンドさんもヒューバルトさまもすごい勢いで食いついてきた。

「クラウス、容器に入れたままとは？」

「あの『ぷりん』ってどうやって作るのか、クラウスは知ってんの？」

「えっ、あの、お二人は、さっきレシピをご覧になったんですよね？」

ちなみに俺は、レシピの購入予定なんかないので、まったく見ないようにしていた。

「レシピなんか見たってわかんないって！　とりあえず卵と牛乳を使ってるんだな、くらいしか」

「私もまったくわからなかった。あの書き方には驚いたが」

さすが貴族家のご令息と元貴族ってことだろうか。

俺はカールから聞いていることを説明した。

「あの、俺も詳しくはわからないですけど、混ぜた材料を小さなカップに流し込んで蒸すんだそうです。だから、弟はカップに入ったままの状態で、スプーンで掬って食べたと言ってました」

「カップに流し込んで蒸す？」

「今日はカップに入っていたものを、皿にあけてあったのか？」

エグムンドさんとヒューバルトさまが顔を見合わせている。

「ええ、だから、カップに入ったままの状態で、それにあの、先日ゲルトルードお嬢さまに見せていただいた、手で温めると形を整えられる布でぴったりふたをしておけば、たぶんそのまま持ち帰りできますよ」

「それだ！」

エグムンドさんとヒューバルトさまが同時に叫んだ。

「冴えてるじゃないか、クラウス！」

ヒューバルトさまが俺の背中をバンバンとたたく。

「いや、すばらしい。実にいい案だ」

エグムンドさんは立ち上がって室内を歩き回り始めた。「明日はまず、商会の一階の厨房を拡張することを公爵閣下とゲルトルードお嬢さまに提案せねば」

「いや、まったくだ！」

なんかまた、二人して悪い笑顔を浮かべてうなずきあってる。

うん、エグムンドさんのおかげで今後も王都で、それもゲルトルードお嬢さまの商会で働けるようになったことには、本当に心から感謝してるけど……でも俺、こんな環境で本当にやっていけるのかな……。

書き下ろし番外編

黒幕の思惑

いや、まったく、とんでもないご令嬢だ。

思わず私は、自分の口元を片手で覆ってしまった。

どうにも頬が緩んでしょうがない。こんな緩んだ顔で商業ギルドの中を歩いていたら、誰に何を言われるか、わかったものではないからな。

自分の執務室でもある意匠登録部門室に入ると、中で待たれていたヒューバルトさまが興味津々という顔つきですぐに問いかけてきた。

「どうでした？　エグムンドさん、噂のご令嬢は？」

「想像以上でした」

緩んだ口元で私がそう答えると、ヒューバルトさまの口元も緩む。

「それは重畳。なにしろ、兄のアーティバルトがあれほど肩入れしているご令嬢ですからね」

「本当にアーティバルトさま、いやエクシュタイン公爵閣下も、肩入れしたくなるご令嬢であるということが、実によくわかりました」

私はそのまま、たったいま面会してきたばかりのご令嬢、クルゼライヒ伯爵家長女のゲルトルード嬢について語った。

彼女が考案したという新しい刺繍とはどんなものか、またその刺繍を流行させるためには意匠登録をしないほうがいいと私が説明したときに、彼女がどういう反応をしたか……私の話に、ヒューバルトさまも目を見張った。

「エグムンドさんの説明だけで、理解されてしまった？　技術を開放することで大量にその品を流通させ、それによって流行を生み出すということの意味を、本当に理解されてしまったんですか？」

「まさに、一を聞いて十を知るとはこのことだと、私も感嘆いたしました」

うなずく私に、ヒューバルトさまも興奮気味に言い出す。

「いや、そういう市場の流れというか、流行を生み出す方策というのは、実際に商売をしている者であってもなかなか理解できるものじゃないですよ？　それなのに、ゲルトルード嬢はエグムンドさんの一般的な説明だけで理解できてしまうとは……本当にとんでもないご令嬢ですね」

「まったくもって同感です」

再びうなずいて、私は話を続ける。

「しかも、それだけではありません。新しい刺繍の試作品を持ち込んでいた商会は、意匠登録ができないと知ってそうとうに気落ちしていたのですが、ゲルトルード嬢は即座にその商会に対して救済案を出してこられました」

「救済案？　専属商会として契約するとか、そういうことですか？」

「いいえ、そのような『よくある話』ではありません」

思わず、本当に思わず、私はにやりと笑ってしまった。

「新しい刺繍の手法ではなく、新しい刺繍を使った図案を意匠登録しておくのはどうか、と。そうすれば、たとえ意匠使用料は発生せずとも、その新しい刺繍を最初に始めた商会として名が残せるからと、ゲルトルード嬢はおっしゃったのです」

「は……？」

ヒューバルトさまの澄んだ水色の目が完全に見開いている。

「名を残す？　本当にそんなことを……まだたった十六歳のご令嬢がそんなことを？」

「ええ、私も驚いたどころの話ではありませんでした」

どうにも緩んでしまう顔で私は言った。「本当に信じられません。手法の意匠登録を希望していた商会への救済として、これ以上の案はないでしょう。それを告げられた商会、ツェルニック商会というまだ若い頭取が率いる商会ですが、本当に感激に打ち震えていましたよ」

「はぁー……」

大きく息を吐きだしたヒューバルトさまが、天を仰いで言った。

「いや、クラウスのときもすぐさま救済に動かれて、周到に手紙を二通送ってこられたという話は聞いていたけど……本当にただ聡明なだけでなく、情にも厚いご令嬢なんですね」

「ええもう、実際にそのごようすを目の当たりにしていても、信じられないような話ですよ」

そこでようやく腰を下ろした私たちは、テーブルをはさんで向き合った。

そして私はさらに話を続ける。

ゲルトルード嬢が考案したというものは、新しい刺繍だけではない。手で形を整えることができて容器のふたにもなる不思議な布、それに薄く切ったパンに具材をはさむという新しい料理。

「いや、その不思議な布や新しい料理についても、俺は兄のアーティバルトからある程度話を聞いてはいたんですが」

ヒューバルトさまが唸っている。

「本当に、それらすべてを、ゲルトルード嬢が考案されたというのは……素晴らしいというか、最早すさまじいというべき発想力ですね」

「本当にとんでもないことですよ。その、パンに具材をはさむ料理にしても、実際に目にすれば誰にでもわかる簡単な料理ではあるのですが、そもそも大きなパンをわざと薄く切って料理に使うなど誰も考えもしなかったことです。それにその不思議な布についても、平民の家庭にもあるもので簡単に作れると言われていました」

私がつい熱心に言い募ってしまっても、ヒューバルトさまもまた熱心にうなずいてくれる。

「いまある素材を組み合わせ、いままでにないものを作ってしまう……本当に素晴らしい」

「おっしゃる通りです」

またも私は言い募ってしまう。「いまある素材を組み合わせる、その点が非常に重要なのです。特殊な素材や道具も必要なければ、また大量の魔力などもいっさい必要ない。これはもう、一度市場に出れば一気に広がることは間違いないでしょう。今後、ゲルトルード嬢はいったいどれだけの流行を生み出してしまわれるのか、想像すると恐ろしいほどですよ」

「本当に、ゲルトルード嬢の発想のいちばんすごいところは、そこですよね」

うなずいたヒューバルトさまは、少し考えこむように続ける。

「兄のアーティバルトによると、ゲルトルード嬢はその、少々特殊な環境で育たれたせいなのか、貴族としての常識に疎いところがお有りだと。それがいいほうへ働くと、常識にとらわれないことで斬新な発想ができるのでは、ということでした」

「おそらく、その通りなのでしょう」

私もうなずいた。

あの『さんどいっち』という不思議な名前の料理ひとつとってみてもそうだ。

豊かさの象徴である大きなパンをわざと薄く切るという発想は、ふつうに貴族家で生まれ育った者であればまず出てくるようなものではない。それに、貴族家で働く平民の料理人にとっても、たとえ思いついたとしても貴族家の食卓に載せる勇気などないだろう。

伯爵家の嫡男として生まれ育ち、いまは平民として暮らしている私には、そのことが実感としてよくわかる。

それなのにあのゲルトルード嬢は、あのようにさまざまな具材をはさむことで、軽食としてもおやつとしても手軽で美味しく、しかも非常に見栄えがする料理にしてしまった。

それだけではない、パンに具材をはさむという発想をさらに発展させ、細長い形のパンに切込みを入れてソーセージを丸ごと一本はさんでしまうという、素晴らしく斬新な料理まで作ってしまったのだから。

そして、さらに。

「ゲルトルード嬢は、それら新しい料理のレシピを、本にして販売することをお考えでしたよ」

「レシピを本にして!」

ヒューバルトさまが破顔する。「そりゃまた斬新だ!」

「ええ、私も驚きました」

うなずく私に、ヒューバルトさまはすぐに思案顔になった。

「いや、でも、最近の料理人は文字が読める者が増えているし、場合によっては執事や侍女頭が読んでやってもいいわけだから、本にするっていうのもアリなのかな？」

「ヒューバルトさまも、そう思われますか？」

「ってことは、エグムンドさんもそう思ってるんですね？」

私たちは顔を見合わせ、思わずにやりと笑ってしまう。

貴族家の料理人は、そのほとんどが平民だ。上位貴族家に代々仕えているような料理人であっても、その出自は平民であることが多い。平民である彼らの大半は、文字が読めない。読めてもせいぜい、食材を示す単語やその単位となる数字くらいだ。

だから長年、レシピの販売は口頭でのみ行われてきた。

それでも、レシピを本にして販売するという案は、悪くない。

「おっしゃる通り、最近は文字が読める料理人が増えてきています」

料理人は、平民であっても貴族家の上級使用人という扱いになる。安定した地位と収入が得られる職業としての認識が平民の間に広まってきており、その職を得るために自身の付加価値として、読み書きを身につける者が出てきたということだ。

うなずいた私はさらに言った。

「それに、エクシュタイン公爵さまが、正式にゲルトルード嬢の後見人となられるそうです」

「ああ、それがあったたか！」

すぐに納得したヒューバルトさまが言う。

「あの公爵閣下が喜んで召し上がる料理のレシピなら、話題になるのは間違いないね！」

「はい、おそらく多くの貴族家が、こぞってゲルトルード嬢のレシピの購入を望まれるでしょう。そのレシピが本で販売されるとなれば――」

「そりゃもう、飛ぶように売れるよ！」

ヒューバルトさまが手をたたく。「実際にその料理を作らなくても、そのレシピ本を持っているというだけで、ほかの貴族家に自慢できるからね！」

私たちはまた顔を見合わせ、にやりと笑いあってしまった。

「公爵閣下がゲルトルード嬢の後見人になられる利点は、それだけではありませんよ」

「ほかにも、どんなことが？」

「新しい刺繍を施したお衣裳をお召しになったゲルトルード嬢を、後見人である公爵閣下がエスコートされて『新年の夜会』に参加されます」

「それはまた、すごいな！」

ヒューバルトさまはもう大喜びだ。「それも間違いなく話題になるね。そのことによって、ゲルトルード嬢が考案したという新しい刺繍も一気に流行するんじゃないかな」

「試作品のレティキュールを拝見しましたが、それはもう素晴らしい出来でした。それでいて、これまた簡単に手に入る材料を使い、従来の刺繍技術も生かせるのです。あの新しい刺繍は、間違いなく流行しますよ」

「そうなるとその試作をした商会、ツェルニック商会だっけ、そこを取り込む必要がありますね。いや、ゲルトルード嬢からそれだけの救済案を出してもらったのなら、向こうも取り込まれる気満々だと思うけど」

「ええ、それはもう間違いないでしょう」

私はうなずいて答える。「自前の工房もまだ持っていないような若い商会です。むしろ、取り込まれることを積極的に望んでいるはずです。実際にあの新しい刺繍が披露されれば、ツェルニック商会に注文が殺到することは目に見えていますし」

「新しい刺繍に、新しい料理のレシピ……しかも、本だ」

感嘆の息を吐くヒューバルトさまに、私は念を押すように言った。

「まだまだありますよ。レシピのうちひとつは国軍が購入することになるようですし、不思議な布についてもエクシュタイン公爵閣下が非常に興味を示しておられるとか」

「あ、その不思議な布についてですが」

ヒューバルトさまが声を潜めた。「実は魔法省魔道具部が、その布に興味を持っていまして」

「魔法省魔道具部……では、ヴィールバルトさまですか？」

「そうです」

にんまりとヒューバルトさまが笑う。「我が家の末っ子が、あの布を魔道具の素材として使いたいと言っていましてね。おそらく、魔法省であの布の権利を買ってくれると思います」

ヒューバルトさまとアーティバルトさまの弟であるヴィールバルトさまは、そのあまりに特殊な固有魔力と卓越した英明さによって、中央学院に入学すると同時に魔法省の研究室に配属されたという傑物だ。そのヴィールバルトさまが必要だと言われるのならば、ヒューバルトさまの言われる通り、魔法省はまず間違いなくあの布の権利を買うだろう。

「そうなると、少なくとも国軍へのレシピ販売と魔法省への布の権利販売、その二つを早急にまとめる必要がありますね」

私は少しばかり眉を寄せて言った。「しかしさすがに、それらの契約を滞りなく交わすというのは、まだ十六歳のご令嬢には荷が重いでしょう。もちろん公爵閣下が後見人になられますし、法務関係はご当家の顧問弁護士であるゲンダッツ氏にお願いすれば大丈夫だと思いますが、なにしろ契約相手はどちらも国の組織ですし」

「さらにこれから、ゲルトルード嬢の新しい料理も新しい刺繍も、流行することはまず間違いなさそうですしね」

ヒューバルトさまが眉を上げて言い、私もうなずいた。

「本当にその通りです。それらを踏まえますとやはり、ゲルトルード嬢が考案される品々について一元的に取り扱う窓口を、できるだけ早く設立すべきだと思うのですが」

そう言った私に、ヒューバルトさまはにやにやと笑いながら言った。

「その窓口を、エグムンドさんは自分でやりたいんですよね？」

「ヒューバルトさまも、その窓口に携わりたいとお考えではないのですか？」

私もにっこり笑ってそう言った。

そこからはもう、私たちは具体的にその窓口、つまりゲルトルード嬢のための商会を設立することについて話し合った。

「では公爵閣下への打診は、俺が兄を通じて行います。兄のアーティバルトによると、閣下も非常に熱心にゲルトルード嬢の後見、後援を考えておられるようなので、まず問題ないと思います」

「よろしくお願いします」

私はヒューバルトさまに頭を下げ、そして手元の書類を再確認する。

「私はこちらの商会設立のための申請書類を、今日中にすべてそろえておきます。設立資金についても、公爵閣下にご相談すれば大丈夫でしょう」

「いや、もし万が一、閣下が設立資金について援助してくださらなくても」

ヒューバルトさまがにやりと笑う。「あのゲルトルード嬢なら、ご自分で資金調達されてしまうかもしれないですよ。なにしろ、ご自邸で競売を開催してしまうようなご令嬢ですからね」

私も思わず笑ってしまう。

「いや、まったく。本当にいったいどのようにして、そのような方策を思いつかれたのか」

「おまけに、今後ご自分たちと同じような立場に置かれてしまった貴族婦女のために、制度としての競売を作ってほしいと、クラウスを通じて商業ギルドにかけあってこられたわけですから」

「本当に、ただ聡明なだけではない、というところがゲルトルード嬢の真価ですね」

だからあの若いツェルニック商会も、ゲルトルード嬢に心酔しているわけだ。そして、彼女の心酔者はこれからもさらに増えていくだろう。

「ツェルニック商会にも専属の打診をしておきます。それに、ご当家の顧問であるゲンダッツ弁護士にも話を通しておきます」

私は用意したすべての書類を机にひろげ、ヒューバルトさまに示した。

「いつ公爵さまからのご承諾がいただけてもいいように、明日中には必要な手続きはすべて済ませておきます」

「さすが、エグムンドさん」

うなずいたヒューバルトさまが問いかけてきた。

「そうだ、当然クラウスも誘いますよね？」

「ええ、もちろんクラウスは外せません。どのみち彼は、このままこの商業ギルドにはいられないでしょうし」

「クラウス、公爵閣下に見逃してもらったことをだいぶ気にしてるようだから、一度ちゃんと閣下と面会させたほうがいいですかね？」

「そうですね、商会設立となったときに、顧問となっていただく閣下にお目通り願うようにしておきましょう」

答えながら、私は王都の地図を広げた。

「実はこの辺りの……ああ、この建物です。これがちょうど売りにでておりますので、商会店舗として押さえておくつもりなのですが」

「エグムンドさん、すでに商会店舗の目星までつけてるんですか?」

少々呆れたように笑いながら、それでもヒューバルトさまは地図をのぞき込む。

「あ、これはまたいい立地ですね。貴族街からも近いし、それでいて大通りの喧騒からも少し外れているし」

「できればクラウスには、商会店舗に住み込んでもらいたいと思っているのです」

「それ、いいですね!」

パッとヒューバルトさまが笑顔になった。

「できれば俺も、住み込ませてもらえないですかね?」

「ヒューバルトさまもですか?」

思わず眉を上げた私に、ヒューバルトさまはうなずく。

「ええ、ずっと王都に自分のねぐらが欲しいと思ってたんですよ。いつまでも兄のいる公爵邸や、弟のいる魔法省の寮に転がり込んではいられませんからね」

王都に自分の部屋が持てると本当に助かると、ヒューバルトさまはご満悦だ。

確か一階には小さな厨房もついていたはずだし、三階を少し改装すれば寝室として使える個室も造れるだろう。ただまあ、いくら気さくなおかただとはいえ、貴族家のご令息と共同生活になってしまうクラウスには……少々頑張ってもらう必要がありそうだな。

それからすぐヒューバルトさまは、兄君でありエクシュタイン公爵閣下の近侍でもあるアーティバルトさまに連絡をつけるため商業ギルドから出立された。

エクシュタイン公爵閣下には、私はまだ一度もお目にかかったことはないが、話はよく聞いている。国王陛下も非常に信頼を置かれている、というよりも、義弟として非常にかわいがっておられるとのことだし。

そうだな、今回エクシュタイン公爵閣下が、クルゼライヒ伯爵家の当主から賭博を装って領地や財産を取り上げたのも、おそらく陛下からの指示だったのだろう。かの伯爵家は、前未亡人がお亡くなりになってからというもの、領地が荒れに荒れているという噂は私の耳にも入っていたほどなのだから。

私は思わず、ソファーに深く座り直して息を吐きだしてしまった。

本当にいったい何をどうすれば、あのゲスで愚かな父親からあれほどまでに聡明で、さらには情に厚い娘が生まれ育ったというのだろう。

学院時代、あの男がどれほど私を貶めてくれたか、いま思い出しても不愉快さで胸がむかむかしてくる。何かにつけ、いちいち一学年下の私のところへやってきては、私の魔力量の少なさや固有魔力が顕現していないことを、あげつらってくれたものだ。

同じ伯爵位を持つ貴族家の嫡男として生まれ、あの男は学院入学時には父親の死去に伴いすでにその爵位を継承していた。

私はというと、学院に入学する十五歳になってもなお固有魔力が顕現せず、両親にも見放されていた。あの男が自分の優位性をひけらかす相手として、私は恰好の的だったのだろう。

固有魔力は、成人する十八歳までに顕現しなければ生涯顕現することはないと判断される。だがたいていの場合、学院に入学する十五歳までに顕現していなければ、ほぼ絶望的だ。

それでも私が親に『始末』されてしまうことなく、中央学院もなんとか卒業し、いまこうして無事に暮らしていられるのは、すべて大叔母さまのおかげだ。大叔母さまは、両親から完全に見放されていた私を保護し、あらゆる援助を与えてくださった。

たとえ親からどれだけ虐待されようとも、守ってくれる誰かが身近にいてくれれば、子どもはまっとうに育つことができる。エクシュタイン公爵閣下も、おそらくそうだったのだろう。

しかし……あのゲルトルード嬢は、どうだったのだろうか？

夫人であるコーデリアさまが完全に籠の鳥にされていること、つまり自由に外出することはおろか、親族や友人と手紙を交わすことすらまったくできないという、ほとんど軟禁と言っていい状態に置かれてしまっていることは、貴族社会の中でも有名な話だった。

長年にわたり、夫人がそのように夫から明らかな虐待を受けている中で、幼い娘が……跡取りの息子ではない娘が、どのように扱われていたか想像に難くない。

実際、ゲルトルード嬢は十六歳という年齢には見えないほど小柄で痩せていた。おそらく、ろくに食事も与えられていなかったのだろう。かつて、私がそうだったように。

私は学院入学後、ほとんどの時間を大叔母さまの邸で過ごすことができ、そこで十分な食事も与えてもらえた。だが、ゲルトルード嬢には頼りにできるような親族はまったくいなかったはずだ。

せめて、前未亡人のベアトリスさまが近くにいらっしゃれば、状況は違っていただろうが。

ベアトリスさまには、一度だけお目にかかったことがある。

大叔母さまの邸で面会させていただいたとき、本当に驚いたものだ。あれほど気品にあふれた知的なご婦人が、あのゲスで愚かな男の母君だとは到底信じられなかった。

その後、大叔母さまから聞いた話によると、ベアトリスさまはご自分の手で息子を育てられなかったことを、当主に媚びるだけの乳母や家庭教師に都合よく息子が甘やかされ放題にされてしまったことを、心底悔いておられるとのことだった。

ゲルトルード嬢は、ベアトリスさまによく似ておられる。

あれほど聡明でしかも情に厚くていらっしゃるのだから、もう間違いなくよいご領主になられるだろう。領地の者たちも、ゲルトルード嬢を大歓迎するに違いない。

問題は、婚姻による財産の移動だ。

貴族女性は、結婚するとそれまでに所有していた財産も領地もすべて、配偶者のものとされてしまう。それでいて、未婚のままでは爵位の維持を認められない。

そのため、ゲルトルード嬢には少なくとも一回は結婚をしていただく必要があるのだが……ここで愚かな相手を配偶者に選んでしまうと、本当にとんでもないことになる。

ゲルトルード嬢が結婚をどのように考えておられるのかはわからないが、いまから対策を講じておくに越したことはない。

商会の設立は、その対策の筆頭だ。

たとえ貴族女性が商会の頭取を務めていて、実質的にその商会を所有していたのだとしても、商会は『財産』にはならない。つまり、ゲルトルード嬢が結婚しても、配偶者には彼女の商会における地位や権利は移動しない。

しかし、その商会から得た利益については、貴族女性の財産とみなされ配偶者の所有となってしまう。

その点については、もちろん抜け道がある。

商会の利益をすべて顧問に信託し、そこから給与を受け取る形にすればいい。

頭取であっても立場はあくまで商会員の一人ということにするわけだ。それによって、頭取が受け取る給与は信託財産の一部ということになり、受取人が指定されている信託財産である以上、配偶者には手が出せなくなる。

詳細については、顧問になっていただくエクシュタイン公爵閣下と詰める必要があるが、おそらく同意してくださるだろう。

今後、ゲルトルード嬢が考案する品々が、莫大な利益を生み出すことは間違いない。

領地の安定した経営だけでなく、商会からも安定した収入を得ることによってゲルトルード嬢が個人としての経済基盤を確立していれば、結婚後に離婚を申請してもすぐに認められる可能性が高い。同時に、たとえ爵位の継承権を持つ子が生まれていなくとも、養子を迎えることも容易になるはずだ。

場合によっては、書類上だけの『白い結婚』をして、一年ほど期間をおけばすぐに離婚もできるだろう。一度結婚し、仮の者であっても養子を迎えておけば、ゲルトルード嬢は自身の持つ伯爵位をそのまま維持できる。

まったく、あれほどの逸材を愚かな男の支配下に置いてしまうような真似だけは、絶対に避けなければならない。あのゲルトルード嬢が領主としての地位を得ず、また自由に経済活動を行えないなどということになれば、それはもう国家としての損失だ。

あの『ホーンゼット動乱』の終結から二十年、泥沼化した戦役によって疲弊してしまった我が国の経済はいまだに立ち直れずにいる。ゲルトルード嬢が考案する、貴族だけでなく平民であってもすぐに手を伸ばせるような品々が流行すれば、我が国の経済を活性化させる糸口となるに違いないのだから。新しい料理の屋台を『新年のお祭り』に出店させるというのも、実によい案だ。

これらのことは、エクシュタイン公爵閣下も十分理解されているはずだ。国家の中枢を担う四公家の当主であるだけでなく、国王陛下と特に近しい立場におられるのだから。ゲルトルード嬢の後見人になることを求められているというのも、間違いなくその表れだろう。

さあ、これから忙しくなるぞ。

またも私の顔が自然に緩んでくる。

これから私はあのゲルトルード嬢の手足となり、この国の、いや、場合によってはこの大陸の最先端を走ることになる。想像するだけで、胸が躍るではないか。

親から虐待され廃嫡され、固有魔力を持たぬ自分を恨み、世の中に背を向けて生きていたこともあったが……こうして生き延びてみれば、この人生も悪くないと思えてくる。

これまでさんざん苦労し、厳しい状況の中で生き延びてきたことはほぼ間違いないゲルトルード嬢にも、ぜひそういう思いを味わってもらいたいものだ。

書き下ろし番外編

弁護士の決意

The Daughter of
a downfall Earl
Wants to Support
Her Family

「ただいま帰りました」

「とうさま、おかえりなさい！」

倅《せがれ》のドルフが商業ギルドでの打ち合わせから帰宅すると、孫娘のリゼルが玄関へ飛んでいく。手をつないで居間へ入ってきた義理息子と義理孫娘を、家内も笑顔で迎える。

「お帰り、ドルフ。お腹が空いているでしょう？　リゼルも父さまと一緒に食べるといって、いままで待っていたのよ。すぐにお夕食にしましょう」

「ありがとうございます、お義母さん」

もちろん私も一緒に食卓に着く。

今日、私はクルゼライヒ伯爵家におじゃまして、コーデリアさまとゲルトルードお嬢さまに後見人制度についてお話をさせていただいた。そして倅のドルフは、商業ギルドで意匠登録部門部門長のエグムンド・ベゼルバッハ氏と、図案の意匠登録や国軍とのレシピ売買契約についての打ち合わせをさせていただいてきた。

クルゼライヒ伯爵家の当主が急逝され、先代のマールロウ男爵さまが娘のコーデリアさまへと遺された信託金の支払い手続きに入ってからというもの、我がゲンダッツ弁護士事務所は思いがけず大忙しになっている。

なにより、家内をマールロウ領からすぐに呼び寄せたのは大正解だった。もうすぐ六歳になるリゼルもすっかりなついて、本当の祖母と孫のように毎日一緒に過ごしてくれている。

いやもう、王都へ出てきたとたんにドルフから、妻が家を出ていってしまいました、連絡もまったくつきません、と告げられたときは、私も途方に暮れたものだ。当然ドルフ本人も、幼い娘を抱えて完全に途方に暮れていた。

そこへ、クルゼライヒ伯爵家からの顧問就任依頼があったものだから、私もマールロウ領へ帰るどころではなくなってしまったというわけだ。

とにかく目の前の案件が片付くまで、引退していた私も倅を手伝う必要があるだろうと大急ぎで家内を呼び寄せ、王都で家を借りた。家内も、事情を説明するとすぐにやって来てくれた。

途中、我々の失態により、これでこの大仕事も終わりかという状況にもなったが、幸いなことにクルゼライヒ伯爵家の顧問を続けさせていただけることになった。

そしていまは私たち夫婦と倅、孫娘の四人で一緒に暮らしているのだが、本当に家内のおかげで大助かりだ。それに幸いにもというか、家内がこっそりと教えてくれたところによると、マールロウ領でののんびりとした暮らしに少々飽きてきていて、本人もだいぶ王都が恋しくなってきたところだったらしい。

「とうさま、あのね、きょうおばあさまと、いちばへおかいものにいったの」

食事の間も、リゼルは嬉しそうに父親のドルフに話しかけている。

「それでね、このスープの、ソーセージとおいもをかってきたの」

「そうか、リゼルはよくお手伝いしてるんだね。えらいなあ」

父親に褒められ、リゼルも嬉しそうだ。

しかし、ドルフがこういうことを自分の娘にちゃんと言うようになったのは、ごく最近のことである。どうやら、この倅は『そういうこと』がさっぱりわかっていなかったようで、家内からかなりいろいろと子育てについて指導があったらしい。

本当にこのドルフは真面目で正直で、けれどそのぶんと言っていいのか、なんとも要領の悪いところがある。

それを承知で私は、三人いた見習の中からこのドルフを養子にし、自分の弁護士事務所を継がせたわけだが……跡継ぎに指名して七年、独立させて四年、ようやくドルフの仕事も軌道に乗り、私生活も落ち着いてきたかと思っていたというのに、いきなり妻に逃げられ、いっぽうでとんでもなく大きな案件が立て続けに入るという、なんとも慌ただしい状況になってしまった。

夕食の後、早速その『とんでもなく大きな案件』について相談するため、私とドルフは仕事部屋にしている書斎へと移動した。

「いやもう、あのベゼルバッハさんという人は、とんでもないですよ」

鞄から書類の束を取り出しながらドルフが言う。

「すさまじく仕事が早い。それも正確かつ的確です。方向性も明確で、そのために必要なあらゆることを実に手際よく片付けていかれます」

「そうか、商業ギルドきっての切れ者という噂は、私も聞いていたが」

私がうなずくと、ドルフもうなずく。

「ええ、私もその噂は……ただ、それ以上に元貴族、それも伯爵家のご嫡男であったという話も聞いていましたので、正直その、どのようなかたであるのかと……」

「まあ、確かに裏で貴族家のつながりを振りかざして、ものごとを強引に進めてしまわれるかたもおられるからな」

「あのベゼルバッハさんには、そのようなところは微塵《みじん》もありませんでした」

広げた書類を示しながら、ドルフが説明してくれる。

「まずこちらが、国軍の携行食料に関して検討されている契約の中身です」

「これは……またとんでもない規模ではないかね。ずいぶんと強気でいらっしゃる」

「まったくです。けれどベゼルバッハさんは、『ほっとどっぐ』にはそれだけの価値があると、確信しておられました。さらには今後ゲルトルードお嬢さまが何らかの料理や道具を考案され、それがまた国へ納められる可能性も大いにあるので、それに対する投資の意味でこれだけの契約内容を求めると言われました」

「それはまた、なんとも……」

息を吐いてしまう私に、倅は次の書類を示す。

「そしてこちらが、あの不思議な布に関する書類なのですが」

「あの布は、意匠登録はしない方向のように、ベゼルバッハさんとゲルトルードお嬢さまは話されていたのではなかったかね？」

「それが、意匠登録とは違う、まったく別の契約をお考えのようなのです」

私はドルフが差し出した書類に目を通し、思わず声をもらしてしまった。

「なんとまあ、魔法省があの布の、加工権の購入を検討されていると？」

「そうなのです。なんでも、エクシュタイン公爵閣下の近侍さまの弟君が、魔法省に勤めておられるとかで……あの布を魔道具として加工したいと言われており、そしておそらくその弟君のご要望は魔法省で採用されるだろうとのことなのです」

「それはまた……いやはや、とんでもないな」

私はつい、額を拭ってしまう。

クルゼライヒ伯爵家の顧問弁護士を務めさせていただくだけでも結構な大仕事で、そのご令嬢であるゲルトルードお嬢さまの後見人にエクシュタイン公爵閣下がなられるための手続きについてもご依頼をいただいた。さらには国軍とのレシピ売買契約もあり、加えて新しい刺繍の図案の意匠登録手続きもあるという、すでに十分すぎるほど大きな案件だらけだったというのに。

今度は魔法省を相手に、権利売買の契約手続きまで発生するというのかね？

しかし、倅のドルフはそこからさらに、私の想像をはるかに超えたことを言ってきた。

「実はこれだけではないのです。ベゼルバッハさんは、早急にゲルトルードお嬢さまを頭取《とうどり》とした商会を立ち上げる必要があると言われていまして」

「は？」

目を剥いてしまった私に、ドルフがうなずく。

「これだけ大きな商取引が何件も続くのです。それに、ゲルトルードお嬢さまがお考えになったお料理のレシピ販売もあります。これはもう、商会を立ち上げて商会として取引をするべきだと、ベゼルバッハさんは考えておられるのです」

いや、それは確かに……売買に関する契約も、相手は国軍に魔法省なのだから、未成年のご令嬢が個人的に契約をするという範囲を軽く超えてしまっていると言えば、その通りなのだが。

それにあのお料理だ。

あれほど美味で、しかも見た目も映えるというお料理なのだから。ゲルトルードお嬢さまのあのお料理のレシピが販売されれば、貴族家からの購入申込が殺到することは間違いあるまい。

ドルフも、なんだか遠い目をして言ってきた。

「そしてベゼルバッハさんからは、ゲルトルードお嬢さまの商会が立ち上がれば、私にその商会の顧問弁護士をしてほしいと、打診されました」

「いや、しかし、ゲルトルードお嬢さまの商会の顧問と言っても……商業ギルドの幹部であるベゼルバッハさんにそのような権限は……」

「ゲルトルードお嬢さまの商会が立ち上がり次第、ベゼルバッハさんは商業ギルドを辞めてそちらの商会員にしていただくご算段だそうです」

私は、額に手を当てて天を仰いでしまった。

家内に頼んだお茶が運ばれてきた。

孫娘のリゼルはすでに床に入って眠ったらしい。

私は倅と一緒にお茶で一服し、倅がいま話したことについて、改めて問いかけた。

「それでドルフ、お前はどうするつもりだね？」

「大変光栄なお話ではありますが、あまりにも、その、突然のお話でありますので……」

まあ、この生真面目な義理息子がためらうのはよくわかる。

「私は今日、クルゼライヒ伯爵家をご訪問し、コーデリア奥さまとゲルトルードお嬢さまにご面会させていただいたわけだが……あのゲルトルードお嬢さまというおかたは、本当に規格外だよ」

そのときのことを思い出しながら、私は息を吐く。

「ゲルトルードお嬢さまを頭取とされた商会の設立というお話も……驚きはしたが、十分に納得できるお話ではある。あのお料理にしても、不思議な布にしても、なんというか発想力が群を抜いて優れていらっしゃるのだから」

うなずく倅に、私はさらに言う。

「こういう言い方は不敬であるかもしれないが、ゲルトルードお嬢さまは良くも悪くも、貴族らしくないご令嬢だという印象だよ。貴族社会の常識をご存じないと言えば確かにそうなのだが、そのおかげであれほどまで細やかな心配りを、使用人に対してもしてくださるということだろうね」

「それは……はい」

ドルフもまたうなずく。「先だっての、ご当家でお雇いになる使用人についてのお話し合いにおいて、私もそのことに非常に驚きましたので」

「まさかあのように、使用人のことを本当に大切に考えておられるとはなあ。私も、これまで弁護士として多くの貴族の方がたと接してきたが……まったく、あのようなご令嬢は初めてだよ」

私も、いくぶん苦笑交じりで言ってしまった。

けれどすぐ、しみじみとした口調で私は続けてしまう。

「今日はエクシュタイン公爵閣下が後見人になられることについてだけでなく、ゲルトルードお嬢さまがご領地や財産を相続されることについてもお話しさせていただいたのだが……あのご令嬢は間違いなくよいご領主になられるね」

倅は神妙な顔でうなずいている。

「本当に、すばらしくご聡明であるだけでなく、使用人にもあれほど手厚く遇しておられるのですから、それはもう領民にとって願ってもないご領主になられるでしょう」

「これを言ってはいけないのだが」

私はまた少々苦笑してしまった。「本当に、あのおかたがご令嬢ではなくご令息であれば、なんの問題もなくご領主として、その座に長くお座りいただけるのだがねえ」

「ええ、本当に……」

ドルフも息を吐きながらうなずいた。

そうなのだ、本当にその点に、倅も不安を抱いているのだろう。

なにしろご令嬢の場合、どのような殿方とご結婚されるかによって、すべての状況が一夜にしてひっくり返ってしまうことが珍しくない。

ご令嬢が領地や財産を相続し、どれほど領地を整えよく治められていたとしても、ご結婚されたとたんそのすべてが配偶者の手に移されてしまうのだから。

さらには、我々のように顧問を務めさせていただいている者を含め、使用人全員がその配偶者の意向によってその場で解雇されてしまうこともまた、珍しくない。

コーデリアさまによると、エクシュタイン公爵閣下はゲルトルードお嬢さまに望まぬ婚姻は求めないと、後見人契約に特記することをご了承くださったとのことだが……それでも、ふたを開けてみなければわからないというのが、正直なところだ。

ただ、そのことを思うと……私は言いようのない思いに胸が締めつけられてしまう。

コーデリアお嬢さまのご結婚は……本当に、どうにかできなかったものだろうか、と。


幼い頃から本当にお美しく、何よりも素直で優しいご気性のお嬢さまだった。

いやもう、天真爛漫という言葉があれほどふさわしいお嬢さまが、ほかにおられただろうか。

男爵家のご令嬢で、ご領主の一人娘であるにもかかわらず、コーデリアお嬢さまは本当にのびやかにお育ちになっていた。

父君である先代男爵さまは奥さま、つまりコーデリアお嬢さまのお母さまをお若くして亡くされていたこともあり、一粒種《ひとつぶだね》のコーデリアお嬢さまを文字通り目に入れても痛くないというほどにかわいがっておられた。

それなのになぜ、あの悪名高いクルゼライヒ伯爵へ、最愛の娘を嫁がせることをご了承なさったのか。

マールロウ領の領民たちは、地方貴族の男爵家令嬢であるコーデリアお嬢さまが中央の名門伯爵家へ嫁がれるということで、みな喜んでいたようだが……男爵さまがあの男の悪名をご存じなかったとは到底思えない。

実際のところ、男爵さまご自身も、まるで悪い夢を見ているようだと、つぶやいておられた。

そして学院卒業と同時にコーデリアお嬢さまはクルゼライヒ伯爵家に嫁がれ、その後ただの一度も里帰りされることがなかった。男爵さまがコーデリアお嬢さまと王都でご面会されることすら一度もなく、コーデリアお嬢さまは父君である男爵さまのご葬儀でさえもご帰郷が叶わなかった。

もちろん、それはすべてあの男の差し金であることは明白だ。なにしろ、あの男が妻となったコーデリアお嬢さまを完全に籠の鳥にしていることは、あまりにも有名な話として我々のところまでも伝わってきていたほどなのだから。

男爵さまは、コーデリアお嬢さまのご婚約が決まってからというもの、みるみる憔悴し、本当に生きる気力のすべてを失ってしまわれたかのようだった。絶望に打ちひしがれた姿というのは、まさにあのときの男爵さまのことを言うのだろう。

いったいどのような事情があって、男爵さまはコーデリアお嬢さまをあの男に嫁がせてしまわれたのだろうか。私にはいまもそのことが、疑問に思えて仕方がない。

唯一の救いは、地方貴族である男爵家の場合、中央貴族とは爵位や領地の継承方法が違うため、いわゆる爵位持ち娘であったコーデリアお嬢さまが嫁がれたのであっても、マールロウ領をあの男に乗っ取られずに済んだということぐらいだろうか。

しかしそのマールロウ領も、先代の男爵さまがお亡くなりになってからは、完全に別物になってしまった。

跡を継がれ新たに男爵となられたご養子さまは、それまで領主館で働いていた使用人たちをすべて解雇し、ご自分が連れてこられた者たちと入れ替え、私もお役御免となった。

先代男爵さまが、私たち一家が長年王都とご領地を行き来していたことを労《ねぎら》い老後の家をご領地にご用意くださっていたので、私は引退後、家内や娘夫婦とともにマールロウ領へと移り住んだのだが……新しいご領主さまとはもうまったく、かかわりを持つことはなかった。

あの誠実な先代男爵さまは、私にも本当によくしてくださった。

私を信頼し、男爵さまと平民の私が同じテーブルに着くこともすぐに許していただいた。多くの業務を任せてくださり、私も男爵さまのご信頼に応えるよう努めてきた。

その男爵さまがお亡くなりになる前、私の手を取って、どうか、どうかコーデリアを頼むと……本当に血を吐くようにおっしゃったのだ。

あれから十年余り……うかつに近づくとあの悪名高いクルゼライヒ伯爵に信託金のことが知られてしまう恐れがあったため、私はコーデリアお嬢さまとの関係をすべて絶っていた。

だから今回、私は十七～八年ぶりにコーデリアお嬢さまにお会いしたわけだが……変わらずにお美しく、何よりもあの悪名高い男から解放されたという、その事実に私は心から安堵したものだ。

そして、あのゲルトルードお嬢さまだ。

男爵さまはとうとうあのお孫さまとご面会は叶わなかったが、もしお会いされていればどれほどお喜びになっていたことだろう。

もちろん、アデルリーナお嬢さまのこともお喜びになられたに違いないが……ことゲルトルードお嬢さまに関しては、本当によくぞあのようにご聡明で情の厚い、お優しいお嬢さまにお育ちくださったと、私ですらしみじみと思わずにいられない。

しかもゲルトルードお嬢さまは、ご領地も財産もすべて失ったと思われていたようなのに、それでもなんとかしてご自分のご家族を守ろうと奮闘されていたのだ。まだたった十六歳のか弱いご令嬢にそのような気概があった、しかも実際にご新居をご購入されたというのだから、まったく信じられないような話ではないか。

本日のお話では、ゲルトルードお嬢さまはご自身がご領主になられることにためらいを感じておられるようだったが……そのためらいも、責任の重大さをよくご理解されているからこそだろう。

そう思うとゲルトルードお嬢さまは、やはり多くの貴族たちとは違う……当然のこととして地位や権力を手にしておきながら自身の責任をまったく果たそうともしない多くの貴族たちとは、あきらかに違うのだと、むしろ信頼感がいっそう増すというものだ。

ゲルトルードお嬢さまには、なんとしても、幸せなご結婚をしていただきたい。

私のようなたかが弁護士にどうこうできるようなものではないことも、十分承知しているのだが……それでも、ご恩を受けた男爵さまのお孫さまの行く末を、少しでも平安なものとなるようお手伝いさせていただきたい。

私は、意を固めた。

「ドルフ、お前、そのお話を受けなさい」

「お義父さん」

「お前はその、これから立ち上げられるという、ゲルトルードお嬢さまの商会顧問の仕事に専念しなさい。そのぶん、クルゼライイヒ伯爵家の顧問としての仕事は、これからも私が引き受けよう」

私の言葉に、倅はわずかにためらったものの、率直に答えてくれた。

「そのようにしていただけるのであれば、本当に助かります」

「ああ、これで私の弁護士引退は、正式に取消だね」

私が笑ってうなずくと、倅は申し訳なさそうに、また面目なさそうに頭を下げた。

「お義父さんには、これからもご迷惑をおかけします」

「構わんよ。幸いなことに、この年寄りでもまだ、頭も体もなんとか動く。私にとって、クルゼライイヒ伯爵家のお仕事が最後のご奉公になるだろうが、むしろ願ってもないことだよ」

私は胸の内で男爵さまに呼びかけた。

マールロウ男爵家前当主コンラッド・ホロヴィックさま、墓前でご報告できるのはまだ少し先のこととなりそうです。私は貴方さまのお嬢さまとお孫さまたちのために、生涯現役で務めてまいります。どうか、貴方さまの深い悲しみが少しでもやわらぎますように。

あとがき

『没落伯爵令嬢は家族を養いたい』二巻をお手にとっていただき、ありがとうございます。無事に二巻が出ました。よかったー。

一巻では家屋敷も領地も全財産を失ったと思っていた主人公ゲルトルードですが、この二巻では彼女が思い付きで作った料理や品々が、なんだかどんどん大ごとになってきましたね。

さらには、本人は全然望んでないのに領主になっちゃうし、商会の頭取にもなっちゃうし、ゲルトルードはすっかり置いてけぼり感を味わわされ、憤慨してしまいます。

だけど周りの人たちは、決してゲルトルードをないがしろにしているのではなく、むしろゲルトルードのためを思い、彼女にとってよりよい環境を整えるために動いているつもりなのですよ。

この二巻の書下ろしSSでは、周りの人たちの考えが読めるようになっていますので、その辺りのギャップというか温度差をぜひ楽しんでください。

またこの二巻では、ゲルトルードが思い付きで作り始めた料理がいろいろ出てきます。気がつけば、異世界転生者が美味しい料理で無双するというテンプレな展開になってまいりました。

私自身は特にそれを狙っていたわけではないのですが、なんだか書いているうちにこんなことに。料理は本当に身近なネタですし、書きやすいのですよ。そうやって書いたお料理ネタを、読むと食べたくなると言っていただけるのは、本当にしめしめ、ではなく、ありがたいことだと思っております。

作中に登場するのは、プリンやマヨネーズといった誰でも知っているお料理です。それがお話のアクセントにもなっているわけですが、ここで衝撃的な告白をします。

私、卵が食べられません。

いわゆる大人のアレルギーで、食べられなくなって十年ちょっとですかね。

それほど深刻なレベルではないので、卵の味が残っていないような加工品、クッキーやケーキなども少しなら食べられます。でもね、卵焼きもオムレツも茶碗蒸しも食べられないのですよ……プリンも卵の風味が強く残っているものは食べられません。マヨネーズも体調によっては反応してしまうので、卵不使用マヨネーズを使ってます。

それなのに、プリンだマヨネーズだ卵サンドだなんて、卵料理を山のように登場させちゃうのはやっぱり、食べたいからですかねえ……。

これからゲルトルードは、またもりもりと庶民的なお料理を作りつつ、爵位と領地存続のためにはとにかく結婚しなきゃ、という方向に進んでいきます。

さてさて、ゲルトルードは無事に誰かさんと結婚できるのでしょうか。

ぜひ三巻以降も楽しみにお待ちくださいませ。

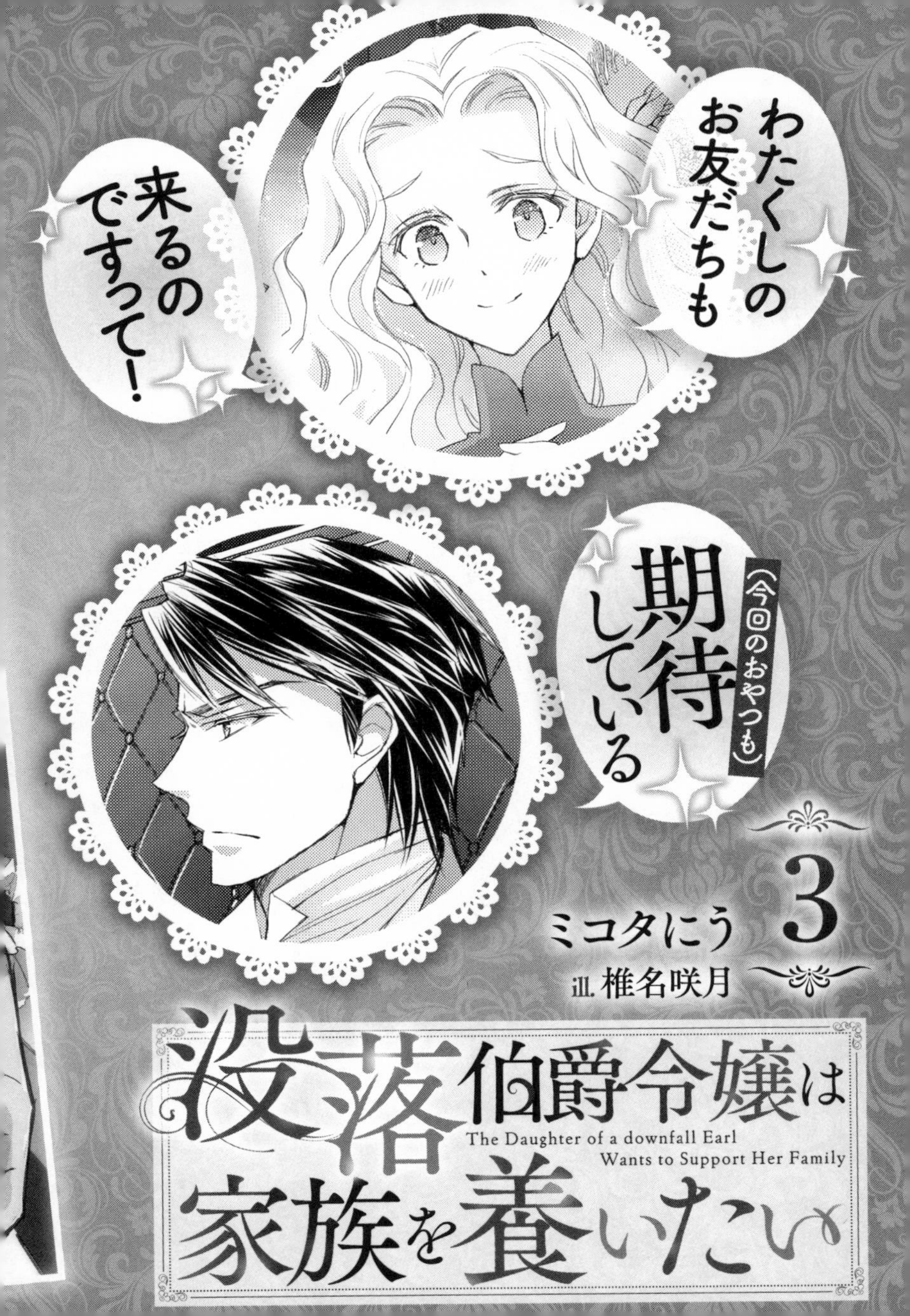
わたくしのお友だちも
来るのですって！
（今回のおやつも）
期待している
3
ミコタにう
ill. 椎名咲月
没落伯爵令嬢は家族を養いたい
The Daughter of a downfall Earl
Wants to Support Her Family

次巻予告
領主や商会のことが
気がかりだけど…
まずは栗拾いピクニックに
向けて準備よ!!
2024年
3巻発売予定!!

リーズ累計120万部突破！（紙＋電子）

TO JUNIOR-BUNKO

※第4巻カバーイラスト

イラスト：kaworu

TOジュニア文庫第4巻
2023年9月1日発売!

NOVELS

※第24巻書影

イラスト：珠梨やすゆき

原作小説第25巻
2023年秋発売!

COMICS

※第10巻書影

漫画：飯田せりこ

コミックス第10巻
2023年8月15日発売!

SPIN-OFF

※WEB連載バナー

漫画：桐井

スピンオフ漫画第1巻
「おかしな転生～リコリス・ダイアリー～」
2023年9月15日発売!

甘く激しい「おかしな転生」シ

TV ANIME

テレビ東京・BSテレ東・AT-X・U-NEXTほかにてTVアニメ放送・配信中!

※放送・配信日時は予告なく変更となる場合がございます。

CAST
ペイストリー：村瀬 歩
マルカルロ：藤原夏海
ルミニート：内田真礼
リコリス：本渡 楓
カセロール：土田 大
ジョゼフィーネ：大久保瑠美
シイツ：若林 佑
アニエス：生天目仁美
ペトラ：奥野香耶
スクヮーレ：加藤 渉
レーテシュ伯：日笠陽子

STAFF
原作：古流望「おかしな転生」(TOブックス刊)
原作イラスト：珠梨やすゆき
監督：葛谷直行
シリーズ構成・脚本：広田光毅
キャラクターデザイン：宮川知子
音楽：中村 博
OP テーマ：sana(sajou no hana)「Brand new day」
ED テーマ：YuNi「風味絶佳」
アニメーション制作：SynergySP
アニメーション制作協力：スタジオコメット

アニメ公式HPにて予告映像公開中!
https://okashinatensei-pr.com/

GOODS

おかしな転生
和三盆

古流望先生完全監修!
書き下ろしSS付き!

大好評発売中!

STAGE

舞台
「おかしな転生」
～アップルパイは笑顔とともに～

DVD化決定!

2023年8月25日発売!

GAME

TVアニメ「おかしな転生」がG123でブラウザゲーム化決定! ※2023年8月現在

▲事前登録はこちら

只今事前登録受付中!

DRAMA CD

おかしな転生ドラマCD第②弾

好評発売中!

詳しくは公式HPへ!

没落伯爵令嬢は家族を養いたい2

2023年9月1日　第1刷発行

著　者　ミコタにう

発行者　本田武市

発行所　TOブックス
〒150-0002
東京都渋谷区渋谷三丁目1番1号　PMO渋谷Ⅱ　11階
TEL 0120-933-772（営業フリーダイヤル）
FAX 050-3156-0508

印刷・製本　中央精版印刷株式会社

ISBN978-4-86699-917-3

Printed in Japan